百姓人家

2023
中国年度小小说

秦俑 ｜ 赵建宇 ▣ 选编

BAI
XING
REN
JIA

漓江出版社
·桂林·

图书在版编目（ＣＩＰ）数据

百姓人家：2023中国年度小小说／秦俑，赵建宇选编 .－－桂林：漓江出版社，2024.1

ISBN 978－7－5407－9670－9

Ⅰ.①百… Ⅱ.①秦… ②赵… Ⅲ.①小小说—小说集—中国—当代 Ⅳ.① I247.82

中国国家版本馆 CIP 数据核字（2023）第 244853 号

BAIXING RENJIA：2023 ZHONGGUO NIANDU XIAOXIAOSHUO

百姓人家：2023中国年度小小说

秦俑　赵建宇　选编

出版人：刘迪才
责任编辑：黄彦
书籍设计：石绍康
责任监印：张璐

出版发行：漓江出版社有限公司
社址：广西桂林市南环路 22 号　邮编：541002
发行电话：010－85891290　0773－2582200
邮购热线：0773－2582200
网址：www.lijiangbooks.com
微信公众号：lijiangpress
印制：北京中科印刷有限公司
　　［北京市通州区宋庄工业区 1 号楼 101 号　邮编：101118］
开本：690 mm×1000 mm　1/16
印张：20　字数：274 千字
版次：2024 年 1 月第 1 版
印次：2024 年 1 月第 1 次印刷
书号：ISBN 978－7－5407－9670－9
定价：45.00 元

目　录
contents

第 5 辑　大湖谣

第 6 辑　寄给风的信

第7辑　你到底爱不爱我

第8辑　第八级台阶

新选题·新视角·新表达
——编选前言

秦　俑

在谈论 2023 年中国小小说创作态势之前，我想先聊一聊这一年里小小说业界发生的三件事情：

第一件，杨晓敏文学馆揭牌开馆。杨晓敏是当代小小说文体的主要倡导者和推动者，他曾主持、主编《小小说选刊》《百花园》20 余年近 1000 期，编选出版《中国当代小小说大系》等图书选本 129 种 460 余卷，提出"小小说是平民艺术"，撰写 300 余篇《当代小小说作家论》，创意设立"金麻雀奖"和"小小说节"，策划举办征文、评奖、笔会、研讨等全国性小小说活动 100 余次。杨晓敏文学馆由王蒙题写馆名，筹建于 2022 年 8 月，2023 年 9 月基本落成。馆址为豫北获嘉县杨家老宅，占地面积 700 平方米，主体展馆两层，面积约 350 平方米，内设 2 个展厅和 8 个单元展室。中国作协原副主席吉狄马加参加揭牌仪式并讲话。他说，杨晓敏文学馆不仅仅是一个人的文学馆，也是全国小小说创作者的作品展示馆与精神家园，是当代小小说的珍藏库和编年史。

第二件，第二届全国小小说青春笔会暨 2023 青年作家训练营在河南新乡举行。时隔 15 年，青春笔会得以重启，参加训练营的 34 名学员中，张秋寒、王溱是中国作协会员，刘兆亮、何君华、莫小谈、徐建英、苏三皮曾获业界重要奖项，他们均已形成鲜明的创作风格与艺术追求；九峰云、高晋旭、周泽宇、李景泽、塔娜、刘博文、西小麦、刘晶辉、飘尘、邢东洋、王大烨、夜风创作势头强劲，属于近年来迅速崛起的新锐作家；包文源、唐呱呱、韩树振、包马乔、陈永胜、杨昊宇、高雨欣、杨逸云具有硕士或博士学位，是值得期待与发掘的"宝藏"作者；陈雨辰、曾龙、李森、陈七斤、刘佳、李萌萌、缪林翔出手不凡，显示出不俗的创作潜力。活动结束后，《小小说选刊》《百花园》分别推出"青年作家训练营专号"，为小小说的健康发展注入新鲜活力。

第三件，《小小说选刊》强势出镜国庆档电影《莫斯科行动》。该电影由邱礼涛执导，刘德华、张涵予、黄轩、文咏珊等联合主演，根据中国第一桩跨境追捕案件改编，首次将 1993 年中俄列车大劫案搬上大银幕。为展现上世纪 90 年代初期社会风貌和时代氛围，电影 1∶1 还原俄罗斯众多标志性建筑，真实展现属于国民集体记忆的诸多元素：绿皮火车、大哥大、呼机、随身听、皮夹克……除此之外，1993 年第 5 期《小小说选刊》作为道具在影片中先后出现 4 次，且有多处特写。一方面，应该是为照应 1993 年 5 月大劫案的时间，是影片细节表达的需要；另一方面，作为那个时代独特的大众文化符号，《小小说选刊》能够出现在中俄边境的列车上，符合当时杂志的发行量、覆盖面与影响力，以及乘客坐车阅读书刊的习惯。

这三个事件，杨晓敏文学馆揭牌是成就总结，青春笔会是推陈出新，而文学期刊"触电"成为热点则是提醒我们：随着新媒体时代到来，人们对书刊的关注方式已悄然发生变化，如果不能应对全新的传播方式与阅读习惯，传统纸质期刊将面临严重的生存挑战。

聊回到创作本身。2023 年的小小说创作继续在传承与创新中蜿蜒前行，总体上呈现出新选题、新视角、新表达的特点。

一是笔记体小小说热度持续不减。冯骥才《俗世奇人》是当代传奇小小说创作巅峰，创造了小小说业界诸多传奇：多篇作品入选中小学语文课本，以"足本""全本"等形式出版的图书总销量达数百万册，《俗世奇人》（足本）荣获第七届鲁迅文学奖，成为第一本也是目前唯一一本荣获"鲁奖"的小小说集。在这些光环之下,《北京文学》今年第一期推出《俗世奇人新篇》,同样是一组 18 个人物,以传奇为经,世相为纬,冯骥才先生从对一条街、一群人的关注,逐渐拓宽到了对一个城市、一个时代的审视。今年以来,聂鑫森《百姓人家》、谢志强《故乡古人》、相裕亭《盐河旧事》、王琼华《裕后街风情》、马宝山《唐朝诗人》、杨静龙《太湖笔记》、墨中白《泗州传奇》等笔记体小小说创作争相辉映,大有蔚然成林之势。

二是主旋律小小说创作向纵深发展。2023 年 5 月,生态环境部与中国作家协会联会发布《关于促进新时代生态文学繁荣发展的指导意见》,确立了传播生态文明主流价值观、书写生态文明建设伟大实践、讲好生态环境保护感人故事的创作方向。《小小说选刊》多次开辟专题或专栏,选发了马卫《水井》、刘建超《大湖谣》、津子围《满绿》、金光《放鹿归山》、申平《大雁快飞》、王溱《一棵水蒲桃的迁徙》等一系列环保题材佳作,讲好生态文明故事,弘扬环境保护文化,激发全社会共同呵护生态环境的内生动力。此外,刘国芳《稻田晚宴》、刘向阳《画村》、李伶伶《蓝蓝的天上白云飘》、伍中正《杀牛》等作品聚焦乡村振兴中人与社会、人与自然、人与人之间的和谐关系,在日常生活中窥探时代影子,在平常经验里洞察生命光辉,近距离地展示当下社会的"众生相"。薛培政《淬火》、秦俑《灯光》、刘帆《天坑的声音》、刘平《沙场点兵》等作品选取独到角度书写中国故事,体现了新时代期刊回应"时代之问"的使命与担当,也展露了新时代作家践行"人民之问"的职责与操守。

三是"新青年写作"渐成气候。创新与规范永远是辩证与矛盾的存在。我们发现,越是年轻的作者,越不愿意自己的创作被戴上"枷锁"。他们的创作内容与风格都相对随性、自由,甚至有一些"反小小说"的意味。相比较而言,他们更擅长"虚构",更注重讲故事的方式。"虚构是贴近现实的一种方式。"在小小说创作中,虚构与现实是矛盾统一的辩证存在。当下的文学生态重现实,轻虚构,这是对小说本质的一种戕伤。相对现实而言,虚构需要更多的创造、创新和冒险,拒绝平庸,倡导探索性和创新性,呼吁有难度的写作,期待小小说呈现新的美学面貌，既可以帮助我们开拓看待世界的角度，打开解读生活的更多可能，也能从一定程度上扼制小小说创作思想内容同质化的现象。为此，在《百姓人家：2023中国年度小小说》和《青春火车：2023我们都爱短故事》两书的选稿上，我们特别增加了青年作家的比重。

编辑是一门遗憾的艺术。与漓江出版社合作编选小小说年选本20余年，每回书稿编完，样书捧到手上，总感觉还存在这样那样的不足。我们愿意听取广大作者读者的意见，留待来年，争取越做越好。

第 1 辑

百姓人家

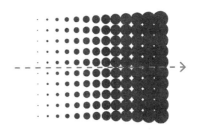

俗世奇人新篇

冯骥才

万年青

西门外往西再走三百步，房子盖得就没规矩了，东一片十多间，西一片二三十间，中间留出来歪歪斜斜一些道儿好走路。有一个岔道口是块三角地，上边住了几户人家，这块地迎前那个尖儿，因为太小太短，没法用，没人要。

住在三角地上的老蔡家动了脑子，拿它盖了一间很小的砖瓦房，不住人，而是开一个小杂货铺。这一带没商家，买东西得走老远，跑到西马路上买。如今有了这个吃的穿的用的一应俱全的小杂货铺，方便多了，渐渐成了人们的依赖。过日子还真缺不了这杂货铺！求佛保佑，让它不衰。有人便给这小杂货铺起了个好听的名字，叫万年青。老蔡家也喜欢这个店名，求人刻在一块木板上，挂在店门口的墙上。

老蔡家在这一带住了几辈，与这里的人家都是几辈子的交情。这种交情最金贵的地方是彼此信得过。信得过可不是用嘴说出来的，嘴上的东西才信不过呢。这得用多少年的时间较量，与多少件事情较真，才较出来。日常生活，别看事都不大，可是考量着人品。老蔡家有个规矩，从早上日出，到下晌日落，一年到头，刨去过年，无论嘛时候，店门都是开着的，决不叫乡亲们吃闭门羹。这种规矩是老蔡家自己立的，也是立给自己的。自己说了就得做到，而且不是一天一月一年做到，还得十年二十年三十年做到，没一天不做到或者做不到。

现在万年青的店主是蔡得胜，他可是个死性人，祖上立的规矩，他守得更严更死。这可是了不得的！谁能一条规矩，一百年不错半分？

这个规矩，既是万年青的店规，也是老蔡家的家规。虽然老蔡家没出过状元，没人开疆拓土，更没有当朝一品，可是就凭这天下独有的店规家规，一样叫人敬佩，脸上有光。老蔡走在街上，邻人都先跟他招呼。

一天，老蔡遇到了挠头的事。他的堂兄在唐山挖煤砸断了腿，他必须得去一趟看看，连去带回大约要五天，可是铺子就没人照看了。他儿子在北京大栅栏绸缎庄里当学徒，正得老板赏识，不好叫他回来。他老婆是女人家，怵头外边打头碰脸的事。这怎么办？正在这时候，家住西马路的一个发小马得贵来看他，听他说起眼前的难事，便说他一个远亲在北洋大学堂念书，名叫金子美，江苏常州人，现在放暑假，因回家一趟得花不少钱，便待在学堂没走，不如请他来帮忙。他人挺规矩，在天津这里别人全不认识，关系单纯。

老蔡把金子美约来一见，这人二十多岁，白净脸儿，戴副圆眼镜，目光实诚，说话不多，有条有理，看上去叫人放心。寻思一天后，便把万年青交给他了。说好五天，日出开门，日落关门，诚心待客，收钱记账。老蔡家的店铺虽小，但规矩挺多，连掸尘土的鸡毛掸子用完了放在哪儿都有一定的规矩。金子美脑袋像是玻璃的，放进什么都清清楚楚。老蔡交代完，又叮嘱一句："记着一定守在铺子里，千万别离身。"

这位北洋大学堂的大学生笑道："离开这儿，我能去哪儿？除去念书，我什么事也没有。放心吧！"

老蔡咧嘴一笑，就把万年青放在他手里了。

金子美虽然没当过伙计，但人聪明，干什么都行。一天生，两天熟，干了两天，万年青这点儿事就全明白了。每天买东西的也不过几十人，多半是周边的住家。这些老街坊见了金子美都会问一句："老蔡出门了？"金子美说："几天就回来了。"老街坊互相全都知根知底，全都不多话。这些街坊买的东西离不开日常吃的用的。特别是中晌下晌做饭时，盐没了，少块姜，缺点儿灯油，便来买，缺什么买什么。过路的人买的大多是一包纸烟，馋了买个糖块儿搁在嘴里。

金子美每天天刚亮就从学堂赶到万年青，开了地锁，卸下门板，把各类货品里里外外归置好，掸尘清扫，一切遵从老蔡的交代。从早到晚一直盯在铺里，有尿就尿在一个小铁桶里，抽空推开后门倒在阴沟里，有屎就憋着晚间回去路上找茅房去拉。在铺子里，拿出全部精神迎客送客，卖货收钱，从容有序，没出半点儿偏差。他一天三顿饭都吃自己带来的干粮。下晌天黑，收摊关门，清点好货物和收银，上好门板，回到学堂去睡觉。一连三天，没出任何意外，一切相安无事。

转天一早刚到了万年青，一位同室学友找来说，从租界来了一个洋人，喜欢摄影，个子很高，下巴上长满胡子，来拍他们的学堂。北洋大学堂是中国首座洋学堂，洋人有兴趣，这洋人说他不能只拍场景，还要有人。可这时放暑假了，学堂里没几个人，就来拉他。金子美说店主交代他这铺子白天不能关门，不能叫老主顾吃闭门羹。学友笑了，说："谁这么死性子，你关门了，人家不会到别的地方去买？"他见金子美还在犹豫，便说："你关一会儿门怕什么，他也不会知道。"金子美觉得也有道理，就关上店门，随着这位学友跑到了大营门外运河边的北洋大学堂。

金子美头一次见到照相匣子，见到怎么照相，并陪着洋人去到学堂的大门口、教室、实验室、图书馆、体育场一通拍照，还和几位学友充当各种角色。大家干得高兴，玩得尽兴，直到日头偏西，赶回到城西时，天已暗下来。在他走到街口，面对着关着门黑乎乎的店铺，一时竟没有认出来，以为是走错了路。待走近了，认出这闭门的小店就是万年青，心里有点儿愧疚。他辜负了人家老蔡。在点货结账时，由于一整天没开门，一个铜钱的收入也没有，这不亏了人家老蔡了吗？他便按照前三天每日售货的钱数，从铺子里取出价钱相当的货品，充当当日的售出；再从自己腰包里拿出相当货价的钱，放在钱匣子里。这样一来，便觉得心安了。

再过一天，老蔡回来了，金子美向他交代了一连五日小店铺的种种状况，报了太平，然后拿出账目和钱匣子，钱货两清。老蔡原先还有些莫名的担心，这一听一看，咧开满是胡茬的嘴巴子笑了，给子美高高付了几天的工酬。子美说："这么多钱都够回家一趟了。"

他认为这事便结了。可是还没结。

一天，金子美在学堂忽然接到老蔡找人送来的信儿，约他后晌去万年青。子美去了，老蔡弄几个菜半斤酒摆在桌上，没别的事，只为对子美先前帮忙，以酒相谢。老蔡没酒量，子美不会喝，很快就上了头。老蔡说："我真的挺喜欢你。像你这种实诚人，打灯笼都没法找。我虽然帮不了你嘛忙，但我这个铺子就是你的，你想吃什么用什么——就来拿！随你拿！"

子美为了表示自己人好，心里一激动，便把他照看铺子时，由于学堂有事关了门，事后怕亏了老蔡而掏钱补款的事说了出来。他认为老蔡会更觉得他好。谁想到老蔡听了，脸上的笑意登时没了，酒意也没了，直眉瞪眼地看着他，好像他把老蔡的铺子一把火烧了。

"您这是怎么了？"他问。

"你关了多长时间的门？"老蔡问，神气挺凶。

"从早上。我回来的时候……快天黑了。"

"整整一天？一直上着门板？"

"上了呀，我哪敢关门就走。"

静了一会儿。忽然老蔡朝他大叫起来："你算把我毁了！我跟你说好盯死这铺子，绝对不能离人，绝对不能关门！我祖上三代，一百年没叫人吃过闭门羹！这门叫你关上了，还瞒着我，我说这些天老街坊见了我神气不对。你坑了我，还坑了我祖宗！你——给我走！"老蔡指着门，他从肺管子里呼出的气冲在子美脸上。

子美不明白到底发生了什么。他惊讶莫解，但老蔡的愤怒与绝望，使他也无法再开口。老蔡的眼珠子瞪出了眼白，指着门的手剧烈地抖动。他慌忙退身，出来，走掉。

这事没人知道，自然也没人说，但奇怪的是，从此之后这一带人再也没人说老蔡家的那个家规了；万年青这块牌子变得平平常常了；原先老蔡身上那点儿神奇的光也不见了。

一年后，人说老蔡得了病，治不好，躺在家里开不了店，杂货铺常常上着门板，万年青不像先前了！过了年，儿子把他接到北京治病养病，老伴儿也跟着去了，居然再没回来。铺子里的东西也渐渐折腾出去了，小砖房空了，闲置一久，屋顶生满野草，像个野庙荒屋。那块"万年青"的店牌也不知嘛时候没的。再过多半年，老蔡的儿子又回来一趟，把这小屋盘给了一个叫杨柳青的人，这人开了个早点铺，炸油条、烙白面饼、大碗豆浆，热气腾腾，香气四溢，就像江山社稷改朝换代又一番景象。

欢　喜

针市街和估衣街一样老。老街上什么怪人都有。清末民初，有个人叫欢喜。家住在针市街最靠西，再往西就没有道儿了。

欢喜姓于，欢喜是大名，小名叫笑笑。

这可不是因为他妈想叫他笑才取名笑笑，而是他生来就是张笑脸。

也不是他生来爱笑，是他天生长着一张笑脸，不笑也笑。眉毛像一对弯弯月，眼睛像一双桃花瓣，嘴巴像一只鲜菱角，两个嘴角上边各有一个浅浅的酒窝儿，一闪一闪。

他一生出来就这样，总像在笑；叫人高兴，可心，喜欢。于是大名就叫欢喜，小名就叫笑笑。

可是，他不会哭吗？他没有难受的时候吗？他饿的时候也笑吗？他妈说："他什么时候都笑，都哄你高兴。他从来不哭不闹，懂事着呢。"

这样的人没见过。老于家穷，老于是个穷教书匠，人虽好，但人穷还得受穷。邻人说，这生来喜兴的小人儿说不定是老于家的一颗福星，一个吉兆，这张像花儿的小脸仿佛带着几分神秘。

可是事与愿违，欢喜三岁时，老于患上痨病，整天咳嗽不停，为了治病把家里的存项快花光了，最后还是带着咳嗽声上了西天。这一来，欢喜脸上的笑便没了秘密。他却依然故我，总是那个笑眯眯的表情，无论对他说嘛，碰到嘛事，他都这样。可是面对着这张一成不变，并非真笑的笑脸是嘛感觉呢？人都是久交生厌，周围的人渐渐有点儿讨厌他。甚至有人说这个三岁丧父的孩子不是吉星，是克星，是笑面虎。

欢喜十岁时，守寡的于大妈穷得快揭不开锅了，带着他嫁给开车行的马大牙。马大牙是个粗人，刚死了老婆，有俩儿子，没人管家，家里像个大车店，乱作一团，就把于大妈娶过来料理家务。马大牙的车行生意不错，顿顿有肉吃，天天有钱花，按说日子还算好过。可是马大牙好喝酒，每酒必醉，醉后撒酒疯，虽然不打人，但爱骂人，骂得凶狠难听，尤其是爱当着欢喜骂他妈。

叫马大牙和两个儿子奇怪的是，马大牙骂欢喜他妈时，欢喜居然还笑。马大牙便骂得愈加肮脏粗野，想激怒欢喜，可是无论他怎么骂，欢喜都不改脸上的笑容。

只有于大妈知道自己儿子这张笑脸后边是怎么回事。她怕哪天儿子被憋疯了。她找到当年老于认识的一个体面人，把欢喜推荐到城里一个姓章的大户人家当差，扫地擦桌，端茶倒水，看守房门，侍候主家。这些活儿欢喜全干得了。章家很有钱，家大业大，房套房院套院，上上下下人多，可是个耕读人家，规矩很严，不喜欢下人们竖着耳朵，探头探脑，多嘴多舌。这些恰恰也不是欢喜的性情。他自小受父亲的管教，人很本分，从不多言多语；而且家中清贫，干活儿很勤快。尤其他天生的笑脸，待客再合适不过，笑脸相迎相送，叫人高高兴兴。

欢喜在章家干了三个月，得到主家认可。主家叫他搬到府上的用人房里来住。这一下好了，他终于离开那个天天骂街的车行了。

欢喜的好事还没到头。不久，他又叫这家老太太看上了，老太太说：

"我就喜欢看这张小脸儿，谁的脸也不能总笑。总笑就成假的了，可欢喜这张笑眯眯小脸是天生的。只要一见到他，心里嘛愁事也没有了。叫他给我看院子、侍候人吧。"

老太太金口玉言，欢喜便去侍候老太太。他在老太太家一连干了四年，据说老太太整天笑逐颜开，待他像待孙子，总给他好吃的。老太太过世时，欢喜全身披麻戴孝，守灵堂门外，几天几夜不吃不睡，尽忠尽孝。可有人说，他一直在偷偷地笑。这种说法传开了，就被人留意了，果然他直挺挺站在灵堂外一直在眯眯地笑。

起灵那天，大家哭天抢地，好几个人看见欢喜站在那里，耸肩扬头，张着大嘴，好似大笑，模样极其荒诞。

有人把这事告诉给章家老爷。老爷把欢喜叫来审问，欢喜说天打雷劈他也不敢笑，老太太待他恩重如山，自己到现在还是悲痛欲绝呢。老爷说：

"你会哭吗？我怎么从来没见过你哭？"

"我心里觉得疼时，脸上的肉发紧，紧得难受，究竟什么样不知道。"

老爷忽然叫人拉他下去，打六大板子，再拖上来。他半跪地上，垂着头，嘴里直叫疼。老爷叫他抬起头来，想来一定是痛苦不堪的表情，可是头一抬起，叫老爷一惊，居然还是那张眯眯的笑脸！

老爷是个见多识广的人，心里明白，这欢喜算得上天生尤物，一个奇人。这个人是母亲生前喜欢的，就应当留在家里，留下对母亲的一个念想。这便叫人扶他去养伤，养好后仍在府上当差，并一直干下去。

小尊王五

保定府的李大人调到天津当知县，李大人周围的人劝他别去，都说天津地面上的混混太厉害，个个脑袋别在裤腰带上，天不怕地不怕，那时官场上的人都怵来天津做官。可是人家李大人是李中堂的远堂侄子，自视甚高，根本没把土棍地痞当回事。他带来的滕大班头又是出名的恶汉，谁敢不服？李大人笑道：

"我是强龙不怕地头蛇。"

李大人来到天津卫，屁股往县衙门大堂上一坐，不等混混来闹事，就主动出击，叫滕大班头找几个本地出名厉害的混混镇服一下，来个下马威。头一个目标是小尊王五。

王五在西城内白衣庵一带卖铁器，长得白白净净，好穿白衣，脸上带笑，却是一个恶人。不知他功夫如何，都知他死活不怕，心狠没底。在天津闹过几件事，动静很大，件件都叫人心惊胆战，故此混混们送给他一个绰号叫作"小尊"。他手下的小混混起码有四五十个，个个能为他担当死干，拿出命来。白衣庵东边是镇署，再往东过了鼓楼北大街就是县衙门。李大人当然要先把身边这根钉子拔了。

这天一早，几个小混混给王五端来豆腐脑、油炸果子和刚烙出来的热腾腾的大饼。大伙儿在院子里吃早点时，一个小混混说，这几天县大人叫全城的混混都要去县衙门登记，打过架的更要登记，不登记就抓。

王五说："甭理他，没人敢来叫咱们登记。"

小混混说："县衙门的一位滕大班头管这事。这人是李大人的左膀右臂，人凶手狠，已经有几个混混落在他手中了。"

王五说："这王八蛋住在哪儿？"

混混说："很近，就在仓门口那边一条横街上。"

王五说："走，你们带路！"说完，从身边铁器中"哗啦"拿起一把菜刀，气势汹汹夺门而出。混混一帮前呼后拥跟着他。

到了滕大班头家就"哐哐"砸门。滕大班头正在吃早点，叼着半根果子开门出来，见是王五便问："你干吗？"

王五扬起菜刀，刀刃不是对着滕大班头，而是对着自己，嘛话没说，"咔嚓"一声，对着自己脑门砍一条大口子，鲜血冒出来。然后才对滕大班头说：

"你拿刀砍了我，咱俩去见官！"

滕大班头一怔，跟着就明白了。这是混混找他"比恶"来的。按照这里混混们的规矩，如果这时候滕大班头说："谁砍你了？"那就是怕了，认栽，那哪行？滕大班头脸上的肉一横说："你说得对，大爷高兴砍你，见官就见官！"

小尊王五瞅他一眼，心想这班头够恶。两人去到县衙。李大人升堂问案。小尊王五跪下来抢先把话说了："小人姓王名五，是城里卖香干的。您这班头天天吃我香干不给钱，今早我去他家要钱，他二话没说，从屋里拿出菜刀给我一下，凶器在这儿，是我抢过来的。伤在这儿，还滴答着血呢。青天大老爷，您得给小民做主。"

李大人心想，我这儿正在抓打架闹事的，你县里的班头却去惹事。他问滕大班头这事是否当真。

如果这时滕大班头说："我没砍他，是他自己砍的自己。"也还是说明自己怕事，还是算栽。只见滕大班头脸又一横说："这小子的话没错。我是吃他的香干了，凭嘛给钱？今天早上他居然上门找我要钱，我就给他一刀。"

小尊王五又瞅他一眼，心想这班头还真够恶的。

"你怎么知法犯法！"李大人大怒，左手指着滕大班头，右手一拍惊堂木，叫道，"来人！掌手！五十！"

衙役们一拥而上，把掌手架抬了上来，拉过滕大班头的手，把他的大拇指往架子上一个窟窿眼儿里一插，再一掰，手掌挺起来，抢起枣木板子就打。"啪啪啪啪"十下，眼看着手掌肿起两寸厚；"啪啪啪啪啪啪"再十五下，前后加起来二十五下，离着五十才一半，滕大班头便挺不住了，硬邦邦的肩膀子像给抽去了筋，耷拉下来。小尊王五在旁边见了，嘴角一挑，嘿嘿一笑，抬手说：

"青天大老爷！先别打了，刚才我说的不是真的，是我跟咱滕大班头闹着玩呢。我不是卖香干的，是卖铁器的，他没吃我香干也没欠我债，这一刀不是他砍我的，是我自己砍的，这刀也不是他家的，是我家铁铺里的，您看刀上还刻着'王记'两个字呢！"

李大人给闹糊涂了，不明白这个到底是嘛事。他叫衙役验过刀，果然上边有"王记"二字。再问滕大班头，滕大班头就不好说了。如果滕大班头说小尊王五说得不对，自己还得接着挨那剩下的二十五下。如果他点头说对，那就认栽了。可是他的手是肉长的，掌心的肉已经打飞了，再多打一下也受不住，只好耷拉脑袋，认头王五的话不假。

这一来李大人就难办了。王五说他是自己砍自己，那么给谁定罪？如果就此作罢，县里边上上下下一衙门的人不是都叫这小子耍了？滕大班头还白白挨了二十五板子呢。如果认可王五说的是真的，不就等于承认他自己是蠢蛋，叫一个混混戏弄了？他虽然心里边冒火，但脑袋里没法子，正在骑虎难下时，王五出来给他解了套儿。只见王五忽说：

"青天大老爷！王五不知深浅，只顾取乐，胡闹乱闹竟闹到衙门里。您不该就这么便宜了王五，怎么也得给我掌五十！您把刚刚滕大班头剩下那二十五下也算在我身上，总共七十五下！"

李大人正火没处撒，台阶没处下，心想这一来正好，便大叫：

"他这叫自作自受，自己认打。好！来人，给他掌七十五！"

王五没等衙役过来，自己已经走到掌手架前，把大拇指往窟窿眼儿里一插，肩膀一抬，手心一挺，这就开打，"啪啪啪啪啪啪啪啪"，随着枣木板轮番落下，掌心一下一下高起来，跟着便是血肉横飞。王五看着自己打烂的手掌，没事儿一样，还乐，好像饭馆吃饭时端上来一碟鲜亮的爆三样。挨过了打，谢过了县大人，扭头便走，把滕大班头晾在大厅。

事过一个月，滕大班头说自己手腕坏了，拿不了刀，辞了官差回保定府，整治混混一事由此搁下没人再提。天津卫小尊王五的故事从此又多了一桩。

百姓人家

聂鑫森

拔步床

曲曲巷的老班辈，说起于爷于干丰和他的内人巴晓月，几十年来相敬如宾，没红过脸，没吵过架，感情巴酽得像牛皮糖扯都扯不开，是因为每夜都睡在一张古旧的拔步床上，连做梦都相同。

这不是在说笑话吗？但曲曲巷的男女老少都相信。特别是一些人到中年的堂客们，羡慕得直咂嘴巴。

"拔步床真是个好东西，可惜我家没有。怪不得我那当家的，早和我分床了。"

"于爷两口子，无儿无女，庭院里空落落的，不能不抱团取暖。"

"那倒也是。"

于干丰七十岁了，干干瘦瘦，腰有些弯，说话声音低。退休前他是本市华湘家具总公司的细木匠，专做仿古家具，而且雕花刻朵，手上有绝活儿。巴晓月也是这个单位的油漆工，年纪只比丈夫小两岁，身体却健旺得多。他们虽不是一个车间，但上班下班可同去同回，比翼齐飞；退休了，有了整块的时间长相守，四目含情相对。于干丰有时也要出去一下，老朋友邀他去小酌几杯。

做大工匠、细木匠的，都爱喝酒。于干丰也不例外，只是他量大，喝得猛也喝得多，把肠胃喝出了病，不得不时常去麻烦医生。巴晓月劝过他，劝不住。

直到几年前，于干丰才收敛了许多，因为妻子几句掏心掏肺的话，把他给镇住了："老于呀，你知道我素来胆小，你一旦先走，漫漫长夜，我怎么挨到天亮？但愿这拔步床上睡的总是两个人！"

于干丰一拍拔步床的雕花围板，说："我……们不能辜负了这张床。"

于家世代都是细木匠。床、桌、几、案、柜、椅、凳……上面还施以浮雕、深雕、圆雕、透雕，花鸟、山水、人物，无不栩栩如生。代代有传人，在古城湘潭名声广为人知。

这张拔步床，是于干丰爷爷的爷爷制作的，时为晚清。采用的是明代中晚期流行的款式，由两部分组成，一是架子床，二是架子床前的围廊，围廊与架子床连成一个整体。床前的廊庑两侧放置桌凳，人跨步进入铺嵌木板的廊，犹如进入室内。故拔步床又称踏板床。床顶下周围有挂檐，床下端有矮围，都雕着各种图案："花好月圆""举案齐眉""鹊桥相会""琴瑟和谐"……充满吉祥、欢乐的情调。

这张床一直拆散、包扎，藏在于家放杂物的阁楼上。1977年丹桂飘香时，二十六岁的于干丰和二十四岁的巴晓月要结婚了，父亲把这张床在新房里拼装好，说："这是个吉物，祝你们和和睦睦，生儿育女，白头偕老！"

于干丰夫妇在拔步床上睡了四十四年。父亲母亲相继辞世，如今他们也老了，只有床还是原样！

可惜他们没有一儿半女。于家的细木匠手艺，只能到此戛然而止。

巴晓月说："老于，我对不住于家，没让于家的绝活儿有个传人！"

于干丰说："这是什么话？我带出了多少徒弟，他们难道不是于门的传人？"

"可惜你和徒弟，没做过拔步床。"

"这玩意儿，费时费材料，价格贵，又没有订货的，公司领导不让做。"

"爹当年搬出拔步床让我们用，是不是还有别的意思？"

于干丰的眼里忽然有了泪水。

记得十多年前，市博物馆有专家来于家观赏拔步床，问于干丰："这是真正的明式好玩意儿，虽制作于清代，但做工、雕工都是一流，能否出让？价钱好商量。"

"祖上留下的东西，我不能出让。你们可以到家具公司去定做，我的手艺自信可以达到这个水平。"

"可博物馆不能收藏当代的东西，这是有规定的。"

…………

秋风凉了，重阳节迎着菊花香翩然而至。

曲曲巷传出了令人惊诧的新闻：于干丰和巴晓月分床了！

是居委会主任带着人，去看望离退休老班辈，到于家时，巴晓月忍不住说出来的，还引着人到卧室去巡看，果然言之不虚。

拔步床的旁边，摆了一张于干丰亲手做的简易平头床，没有上漆，杉木的香气很好闻。窗前的长条桌上，放着一个木雕的不倒翁，头型、脸相酷似于干丰。桌边靠着一支木雕拐杖，杖头雕的是钟馗的头像，拐杖与人肩等高，是握杖而行的形制。

主任问："于爷，你们亲亲热热几十年，是这块地方的榜样，怎么忽然分床了？"

于干丰低声说："我身上有不好闻的气味，怕熏着堂客。"

巴晓月说："我不怕熏，我……喜欢。"

"可我自己都受不了，总要下床去室外透口气，不另外睡会吵闹了你。我知道你胆小，就雕制了这支钟馗头像拐杖，它可以为你驱邪壮胆；还有我雕的不倒翁头像，你瞄一瞄，就知道我在你身边。"

主任微微一笑，说："巴大姐呀，你误解于爷了。你们虽不同床却同屋，于爷想得这么周到，难得。我们就告辞了。"

两个月后，于干丰因肺癌晚期，溘然离开人世。落气时，他挣扎着坐起来，靠着平头床的挡板，对巴晓月和几位老邻居说："我早就知道自己身患绝症，活不长了。晓月胆小，我得趁着还在世，赶快和她分床，让她习惯一个人睡拔步床。至于我睡的这张平头床，我走后，丢掉就是……"

巴晓月大声号哭起来。

待于干丰的后事料理好，巴晓月将拔步床捐赠给了市博物馆，只收下一张朴素的"捐赠奖状"。没上漆的白坯平头床，她没有丢掉，夜夜安详地睡在上面，枕头边放着丈夫的不倒翁像。有时出院门上街去买点儿什么东西，她一定会挂着雕着钟馗头像的拐杖。

"巴娭毑，你健旺！"

"谢谢大家关心！"

忧乐行

红果果真的很后悔。

她怎么能再去烦扰顾忧乐先生呢？

走出大学校门，她参加了工作，一转眼可就几个月了。顾先生年近花甲，瘦高个，瘦削脸，戴着一副深度老花眼镜，在心理学系专开一门课：社会心理学。红果果最喜欢听顾先生的课，不但讲得妙趣横生，声音也浑厚、沉着。她不仅上课认真，下课了还去请教有关问题，成绩自然是班上的翘楚，顾先生很欣赏这个既刻苦又有悟性的学生。

顾先生曾问红果果，是否愿意读他的研究生，读了硕士再读博士。

红果果眼睛湿了，说："愿意。"叹了口气，又说："家在农村，爹妈身体不好，还有正在读书的弟弟妹妹。我得赶快工作，什么工作都行，只要能养活自己和帮助家里。先生，辜负你的美意了。"

顾先生说："人世都道读书好，贫家首思吃饭难。我理解。不过，我建议你优先考虑能广泛接触社会的工作，再在业余时间多读书，别丢弃了学过的专业。"

"谢谢先生教诲。"

湘楚市是座古城，这些年发展很快。老城区依傍湘江，从南到北早成格局；陆续在江上建起几座大桥，铆着劲儿向江对岸挺进，形成一片宽阔的新区。地方大了，道路多了，与之配套的公交车线路自然与日俱增。

公交公司张榜招聘司机和售票员。司机得有驾驶证，售票员不限性别、年纪，只要身体好就行，工资每月近三千元。红果果觉得这个工作不错，立即去应聘并被录用，分配到跑44路的一辆公交车上。当她用手机向顾先生汇报时，顾先生说："好！你可以接触不同的人群，了解他们不同的心理趋向，让你见多识广。休息日，来我家吧，让师母给你做好吃的。"

44路，起点在城南，终点在城北，全长十来公里，沿途有十多个停靠站。共有八台车跑这条线路，两班人马轮换，人歇车不歇。早晨六点至下午两点是一个班，下午两点至晚上十点是另一个班。

红果果售票的这台车，还有一个和她同时应聘上岗的司机尹勇，是部队退伍的汽车兵，三十多岁，长得粗黑健壮。得闲时，他喜欢谈在部队开车的奇闻，高山险岭路窄，多少次死里逃生，就没害怕过！红果果很佩服他。

这条线路有几个站上车下车的人多：伤科医院、肿瘤医院、养老中心，还有终点站殡仪馆。

红果果发现，这个城市居然有这么多的伤残者、重病者、衰老者、悲痛者！他们或头上、手臂上、腿上缠着渗出血痕和药味的白绷带，或挂着木拐、坐着轮椅，或拎着装CT片的牛皮纸袋，或戴着化疗后的假发，或手臂上套着黑袖章，或压低声音在呻吟。陪同他们和搀扶他们的人，满脸皆是酸楚和无奈。

一晃过去了三个月。

司机尹勇的话，越来越少了。有一天在终点站的休息室，他突然对红果果说："难怪新来的司机和售票员，都安排跑44路，天天接触的是伤、残、病、死，心里压抑得难受。"

"你当过兵，还怕这个？"

"那时，惊怕来了又去了，我当然可以不惧不尿。可要长期面对惊恐，一日又一日，难！我老婆说我脸相都变了，让我赶快辞职。"

红果果认真看了看尹勇的脸色：白里透出淡青；再看他坐着的模样：体形僵直。她想起顾先生曾讲过，长期面对惊恐的环境，心理和情绪的恐惧必须得到合适的释放和抚慰，使之消泯。但她摇摇头，说："你和先前一样，没变！"心里却嘀咕："你变了。我也一样。"

红果果却不能辞职，她需要这个工作这份工资，必须坚守下去。她忍不住把尹勇和她的感受，打电话告诉了顾先生，得到的答复是："你别着急，这是个好课题！"

到了星期天，轮到红果果休息时，顾先生打电话叫她去吃中饭，顾师母特意做了几道可口的菜，还热了一小壶黄酒。

顾师母说："果果，你瘦了，工作累吗？"

"师母，卖车票，不累。"

"我也是教心理学的，你的脸色告诉我，情绪中积存着许多不安的因子啊。"

顾先生忙说："来，喝口温好的黄酒，然后你多吃菜，古人说'酒能增豪气'！"

"谢谢老师和师母！"

"果果，接到你电话后，我去贵公司找来一份市区线路图，好好地研究了一番。"

"让老师操心了。"

"有条77路公交线，从老城区始发，过湘江一桥去江对岸的新城区，沿途停靠点有市妇幼保健院、天台幼儿园、白鹤小学、体育馆等八个站。你去坐过吗？"

"没有。"红果果低声回答。

"我和你师母去坐过好几次。司机和售票员称'77'为'喜喜'。你们的'44'，我也去坐过，是在你不当班时。"

"怎么叫'喜喜'呢，老师？"

"这几个站上下的人也多：腆着大肚子的孕妇，期待新生命的诞生，满脸喜气洋洋；抱着新生儿的年轻人或是老辈子，听着清亮的啼哭声，笑得特别开心；幼儿园的孩子、小学生娃娃，和家长牵着手，不停地说着有趣的话；还有运动员，满身透出力量和朝气，让人觉得这个世界充满希望！我们两个老人，忽然觉得心情很阳光，不知老之将至。"

"怪不得老师说这是个好课题。"

"这个课题是你——红果果首先发现的，我不能据为己有。饭后，我们陪你去坐77路公交车，来回多坐几次，实地感受一下。让在44路公交车上积压的悲凉，得到舒散和蜕变，重获快乐。也许你可以写出一篇论文。"

"好！"红果果笑了，笑得流下了眼泪。

…………

公交公司忽然在大会上宣布：跑44路车的员工，三个月为一个周期，与跑77路车的员工互换。此后，依前例，再互换下去。总经理还特意表扬了红果果，说她虽是一名大学生，却乐意当售票员，品德高尚；而且能着眼全局，关爱同事，通过调研，向公司提出了切实可行的措施，解决了一直困扰我们的难题；她还将写一篇关于社会心理学的论文，让我们翘首以待！

尹勇对坐在身边的红果果小声说："谢谢你。要不我只能辞职去另谋生计。"

"是顾忧乐先生启悟了我。他深知我的忧乐、老百姓的忧乐。"

"对呀。对！"

三个老师

范子平

最后一课

李老师是路屯小学的"老民办"教师。

我舅家就是路屯的。路屯村子不大，小学也小，学生最多时有三四位老师，那时李老师被称作校长，但他带两个班，教书任务量仍是最大，后来慢慢就剩下他一位老师了，复式班，李老师教课照样出成绩，乡里统考成绩排名没有落后过。

小学就在村东边路口。我小时候，有一次随母亲来舅家走亲戚，跟同路来的姨家表哥追逐打闹，一直打闹到学校院子里边，忽然眼前就耸起一座山，仰脸望去是个一脸严肃的高个子，后来才知道这就是李老师。他不怒自威，压低声音道："上课时间不得喧哗！"那声音像电视台播新闻似的，把我们"镇"得一下子老实了，绷住嘴赶紧一溜儿小跑回舅家。

李老师被他妻子戏称为"两面派"。在家里穿着旧布衫，干农活儿一把好手，挽起裤腿下田地，锄草打药，收秋种麦，样样精通；一说去学校，他必定换上熨得服服帖帖的衬衫，打着折子的裤子，穿上擦得锃亮的皮鞋，戴好玳瑁眼镜，整好头发，全身上下规规矩矩干干净净，好像刚从城市大机关过来一样。在家里地里，满嘴方言和俗言俚语，可一到学校，他言谈举止温文尔雅，讲课交谈，都是地道的普通话。对学生他也这样严格要求。全县的中小学普通话大赛，路屯小学每一届都拿名次。那年县教育局教研室有新分配来的大学生，深入乡村来这里调研，对李老师的普通话水平佩服得五体投地，盯着李老师疑惑地问："李老师您是——从小在北京长大的吧？"

李老师在路屯教书，一晃二十五六年了，模样慢慢变老了，头发稀了，眉毛淡了，脸皮糙了，唯有那一口标准的普通话，依旧洪亮动听，经常穿过学校教室的后窗传到大路上。

前年我在路屯办了个文具厂，跟李老师碰头磕面次数就多了，有空我也去学校找他聊，慢慢就熟了。路屯跟周边村子一样，村民都争着出去打工，学校学生越来越少。李老师提起来长吁短叹。有的庄稼地荒了，村子大街小巷上，感觉越来越冷清了。有的人家长期关门闭户，开着门的也多是依门坐着老头儿老太太。李老师也迂执，每次见面，不仅给我说学生走掉几个，而且还要细细给我介绍走掉的学生的情况，他们的名字、学习成绩，还有爱好和特点。比如说到张攀同学，李老师说，他小名叫有才，我给他爹叮嘱了，是真有才呀！一点就透！那课文你讲半截他就全会了，从一年级到五年级，全乡统考就没有下过前二十名。要是不耽搁，能一直上到高中，考大学肯定985，现在跟他爹娘去深圳了。我说过他的爹，你要是光说挣钱，不顾孩子上学，那不是捡芝麻丢西瓜，是捡芝麻丢灵芝啊！

这天从小学经过，正好闹钟铃响，下课了。我见李老师一手揽着一个学生从学校走出来。我打招呼说，放学了李老师？李老师点点头，把两个学生送出校门，回过头苦笑着说，就剩他俩了。可，两个学生也得有学上啊。

以后每当从学校路过，听见李老师讲课，声音高低错落地从教室后窗传出来，我心里都油然而生一股肃穆的感觉，站定不想移步。听着他清风扑面的讲课声，能让杂芜烦躁的心顿时静下来。

这次去南方谈生意好久才回，我到厂办处理了一些杂事，又休息了一会儿，就信步出门，鬼使神差就来到路屯小学的校园。我脚步轻轻的，恐怕打扰了李老师的讲课。

也许跟我自己的心绪有关系，我觉得今天李老师的声音尤其激昂，后音还带有一种悲壮感，传入我的耳膜，重重地敲打在我的心房：

"……谁来讲讲这几个词语的意思？好，讲得很好，谁来补充？'居然'和'竟然'意思相近，都是出乎意料的意思，可细细比较，用法也略有差别。谁来辨析一下？说得对，在许多语境里它们可以换用。'竟然'使用范围更广，'居然'更书面语。好，谁用'居然'造一个句子？很好。

"同学们，上次咱学的岁寒三友，指什么呀？对，松、竹、梅，其实是很普通很常见的植物，为什么被推崇呢？是因为拿来比喻和象征人的品格高尚，意志坚强……

"在咱们课外阅读里，还有什么以物喻人的呢？对，莲花、菊花、牡丹、杨树、柳树、蜡炬、高山、大海……说得很好！我们今天学的课文，是以花生喻人的。

"作者围绕花生写了几件事？对的——种花生、收花生、尝花生、谈花生……谈了哪几个方面？对！归纳起来，就是要做有用的人，不能做只讲体面而对别人没有好处的人！好了！同学们，这是最后一课，你们到家要自己学呀。"

最后一课？我被吸引着，不由自主地走进教室。李老师昂立在讲台上，背后黑板上是一行行漂亮的板书，粉笔末飘满他的肩膀，一只手还紧紧握住一个粉笔头。那方正寡瘦的脸上淌着汗水，一绺头发散落下来粘在额头上，眼镜已经从鼻梁上掉下半截，透过眼镜的目光，满怀希冀地望着讲台前边。

我顺着他的目光望去，教室里空空如也，一个学生也没有！我惊呆了，说，李老师，您……

李老师喃喃自语地说，备好的课总要讲完吧……姜大明和吴小花也走了！

我说，咱小学没学生了？

李老师转过头来向着我说，他们的爹妈，打工都在大城市，他们去了，不会辍学吧？

我犹豫了一下，说，不会的。

李老师说，你说得对！他们的爹娘都知道，不上学是不会有出息的！

芹菜打蝇

这一天，王欣正在文化馆编稿，一个窄长脸颊上凹着坑的瘦高个年轻人推门进来，一屁股坐在对角沙发上看报。王欣问他有啥事。他说他是六利水泥办公室的，叫李三，家就在这附近，现在下岗没啥事，来这里看看报。王欣也没有在意。后来李三频频出现在这里看报，来得多了，两人慢慢熟悉了，李三就说我现在反正没事，有没有啥事让我帮帮忙。王欣说没事没事，你看你的报。李三说的次数多了，王欣就说我正在编咱市的文化史，你要是真没事，就帮我校对校对。李三就来校对。李三坐在那里一边校对一边说着闲话，有时候还大腿放在二腿上咔嚓咔嚓嗑瓜子，瓜子皮随口吐了一地。王欣心里就有些烦，后来就说你拿家里去校对吧。

李三就拿起稿子回家。这一走就有二十多天没过来，王欣要用稿就有点儿急了，想起李三丢下的电话，就打手机给他。还好，没过多大会儿李三过来，说好了，我校对好了。王欣赶忙拿起来看，一看大失所望，说你看看，上边的错别字没校对出来，倒把正确的抹了一大片，你看这一页也是，看看，还有下边这，都是！……算了算了，我自己再校吧。

李三听而不闻，笑嘻嘻坐下，说，还有稿子要校对没有？

王欣想，难道听不出我的意思？你这种校对水平不自觉难堪？他不好意思说破，就说，没有了，就这些了。李三就又坐下拿起一本画报翻着看。

一连好几天，李三比上班还准时，天天来文化馆看画报。他这样坐在对角，王欣不知道咋回事就心烦意乱。后来王欣说，李三对不起，这一段我编稿子正紧，过了这几天你再来看报，中不中？

李三就歪着嘴笑，露出嘴里新镶的金牙，说，王馆长，你还没有给我报酬哩。

王欣听了一愣，说实话，原来想着他帮忙校对好了，自己掏钱请他吃顿饭喝两盅。但他校对根本不入门，胡抹一气不说，忙没帮上还添一堆乱，现在竟又来要工钱！

王欣就说，我不是馆长，再说你校对这稿子也不成，编这个文化史原本就没有拨款，咋给你报酬？

李三继续嘻嘻笑着说，你负责这事就是馆长嘛。哎呀不好意思，弄好弄赖我也费了一个月工夫，至少给个一两千？

王欣大吃一惊，心想遇到无赖了，说，你开玩笑吧？拨给俺小组头上的经费，全年也没有两千块，再说我也不当家，我下乡搜集素材坐公共汽车，车票攒几个月了都报不了。

李三笑嘻嘻地说，那是你们馆里内部的事，我不管，反正你得给我工钱。

王欣见他耍无赖，委曲求全说，这样吧，我自己掏腰包，给你拿出一百块钱。

李三连连摆手说，那连边儿都不沾！一百块钱还不够喝一壶酒！

第二天李三又来吵吵嚷嚷半天。第三天李三又来，还带了一个虎背熊腰的黑胖子，说是他表哥。这个表哥自我介绍说是什么拳的冠军，好像要和王欣过过招的架势。王欣只好从头给他介绍说馆里没钱，莫说李三根本就没有校对好，就是真的校对好了稿子，也不可能有这么高的报酬。黑胖子说，这个我不管，反正欠债还钱，人家劳动的报酬你得给的。王欣一急跟他们吵起来。黑胖子说，我也不打算来这里闹事，但真要闹事我还真不尿，我的徒弟们叫个三五十人还真不成问题。

王欣本来最怕事，遇事就躲，但到了这一步也只好给领导汇报。就像原来想到的一样，馆长除了指责他一通，别的啥法也没有，又跟他讨论向公安机关报案的事情，也没拿定一个主意。馆长担心的是，现在报案，他们还没有咋着你；不报案，恐怕啥时候吃他们大亏。

这一段时间李三和那个黑胖子见天来，王欣被折磨得夜里失眠，一睡着又做噩梦，到白天吃不进饭，眼窝发黑，脸上瘦了一圈，走路腰都佝偻下去了。那个编稿子的任务也早顾不上了。

这天李三又领着那个黑胖子来了，两人也不脱鞋，就上到沙发上蹲那儿，虎视眈眈地望着王欣，快到十二点才嘴里叼着烟走了。王欣不由自主跟到大门口，望着他们的背影直发呆。这时早已退休的县一中体育教师肖文康提着一兜青菜过来，喊王欣道，王老师在这里发啥呆哩？又奇怪地问，他们俩来你这儿干啥？

肖老师常来这里看看杂志报纸，王欣和他不生，但也就是见面打个招呼而已。可当下王欣正无奈，就像遇到知己一样，把肖老师摁到沙发上倒一杯茶，把此事的来龙去脉说了一遍。

肖老师听了感叹道，我说呀，他俩会有看报纸的雅兴？肖老师起身走了。走到门口回过头来说，他俩再来，你喊我一声。

王欣打量一下肖老师单薄的腰身和走路拉拉垮垮的样子，想，叫你？恐怕我得连你的医药费一起拿。但他嘴上不好意思说出来。

第二天上午十一点，肖老师过来了，说，他俩来了没有？王欣说，今天倒是没有。肖老师点点头，走了。

第三天李三和那个黑胖子又来了。正在吵闹，肖老师推门径直走过来，看到桌子上放着一捆芹菜，就抽出一根说，多嫩的芹菜！王老师你在哪里买的？

王欣现在最担心的是李三他们把肖老师打伤，甚至出人命事故。他听到肖老师说这个，愣了一下，回答道，在菜摊上，梁村的卖家。这时两只苍蝇嗡嗡地从头顶飞过。肖老师嘟囔道，真烦人！他两根手指头捏着那根芹菜的红根，看也不看往头顶一抽，两只苍蝇无声栽落下来。

李三和那个黑胖子脸色都白了，恭恭敬敬地说，老人家是一中的肖老师吗？肖老师说，你们来这里有啥事？两个人连声说，没事，没事！转身一溜烟跑了。肖老师什么也没说起身走了。

第二天在大门外又遇见肖老师，王欣担心地说，他俩会不会来报复？肖老师笑笑说，估摸着不会再来了吧。

果然，两个坏人再也没有卷土重来。王欣想，就是他们再来也不怕，因为肖老师差不多天天来看报纸杂志呢。

景老师小传

1975年的教学秩序还有点乱，麦假后开学，班主任又换了人。新来的老师叫景老师，听说是哪个村的老知青，来俺学校代课的。他中等个头，白净面皮，看上去有点文弱。

景老师语文课讲得好，改作业很细心，哪一点错了，他都要用红笔在下边画一道，同一个字词第二次再错，他画两道，要是错第三次，那就对不起——他眼睛一瞪：连这个都记不住！你给我站起来！你要保证下次不再错，才让你坐下来。我作文写得好，景老师常当范文在课堂上读，但我也因为错别字被罚过几次站。说来也怪，打景老师教我们，我的错别字基本上消失了。

一周一次的作文，景老师阅改得就更认真了。他钢笔字写得很好看，文后批语工整秀丽，蝇头小字总是密密麻麻写上五六行，还常有眉批。全乡的小学生作文比赛，我拿了第一名，我们班有三位进前十名。

俺小学条件差，夏天教室里特热，一进门人人身上都是汗。景老师找我们谈话，就到挂着大钟的老榆树下。景老师改作文，那就必须在他办公室了。景老师的办公室兼宿舍是一间老式小平房，因为漏雨，上边铺了油毛毡又浇了柏油，所以毒太阳的大热天，他屋里比教室又热得多了。我去送作文本，门一开简直是揭开了蒸笼，一股子热气直扑过来，扑得我撂下作文本转身就跑！景老师来教室上课，总是办公室门大开，让跑里边的热气，可他改作文，却把门严严实实关上，还把里边插上门插。这一关就是几个钟头。我们也起疑心。那时候可没有电扇这一说，顶多能摇几下芭蕉扇。景老师在屋里能受得了？光起疑心也就算了，但新来俺班的钉子就是要探个究竟。

钉子是个留级生。俺班同学都说他是个"捣货"，就是调皮捣蛋的意思。他说景老师办公室的那道门下边有道缝，趴那里能看见屋里边。我们都一笑置之。但钉子真就蹑手蹑脚过去，全身俯伏在地上往屋里偷看，小褂和头脸都弄了一片灰土。他看了好一会儿，忍不住咯咯笑出了声。

景老师在里边大喝一声："谁？"

大家估计钉子要连滚带爬起身就狼狈地蹿。但钉子不慌不忙爬起来，大摇大摆离开了。

这就奇怪了。我们去问钉子，钉子说："歇肚不捻儿！景老师歇肚不捻儿改作文！就两只脚蹬在水盆里泡着。"

"歇肚不捻儿"是我们这儿的土话，就是赤身裸体的意思。

钉子又强调说，连裤头都不穿，光着屁股的！

钉子等着我们大笑，可我们都不想笑。景老师讲课好，对我们也好。虽然不笑，但我们都信了，因为他屋里确实是太热了！

上语文课钉子是不敢捣乱的，但这天上算术课，李芸老师穿着新买的花衬衫从他跟前过，他朝着花衬衫甩上一溜蓝墨水。李老师哭着来找景老师。景老师就把钉子喊到教室外厉声斥责他，还说让他写检查。钉子倔着头转身就要离开。景老师一伸胳膊，横拦住他。钉子恼了，头一低猛地一撞，但没有撞开景老师的胳膊，却一个趔趄把自己反碰回来。

第二天中午刚放学，钉子他爸来学校闹事了。传说钉子他爸练过武功，是当地一霸，去年就因为钉子的事来学校闹过。

钉子他爸直奔李芸老师办公室，半道上被景老师截住了。景老师上穿白汗衫，下穿西式短裤，说我是钉子的班主任。钉子他爸挥舞着拳头吼道，你给我让开！我找李芸！

景老师说，别嚷嚷，钉子的事归我管。走，咱俩往学校后边说说。

学校后边是一片荒草地，下雨的时候还常积水。两个人在荒草窝站定。景老师说，你不是会武功吗？就你，就我，咱比试两下，谁赢了听谁。

打量着身子骨单薄的景老师，钉子他爸愣了，说，就你？

景老师说，怎么？不中我饶你个后腰摔一跤？钉子他爸一听特生气，一把抱起景老师后腰就往地上按。景老师反手搂住他，脚一点地，钉子他爸扑腾摔倒了。钉子他爸大怒，爬起来就扑过来，抱住景老师后腰举起来老高，猛地往外一扔，但景老师反手抓得牢，根本扔不出去。钉子他爸举起景老师好一会儿，累了还得往地上按。景老师脚抓住地面，猛地发力。钉子他爸就旋转着飞出去了，扑腾一声摔到地上，又打了一个滚，半天爬不起来。

景老师慢慢走到他跟前说，该听我的话了吧？其实钉子脑袋瓜挺管用的，就是家教太差！胡捣乱！我打算好好调教他，你配合，明年我有把握让他考上乡里初中。

钉子他爸想站起来说话，但浑身都痛，使劲撑了几下爬不起来，就那样半趴着，对景老师渐去渐远的身影大声喊，景老师——，您说话可得算数呀！考上了我请您喝酒！

第 2 辑

蓝蓝的天上白云飘

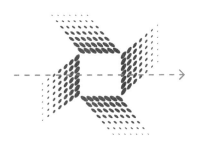

蓝蓝的天上白云飘

李伶伶

马哈接到媳妇菊英打来的电话时，正在花生地里拔草。这些天，菊英把放羊的活儿抢去了，其他活儿都给了马哈。

放羊的活儿并不轻松，整天跟着羊群漫山遍野跑，一天下来，腰酸腿疼的。菊英这样做，是担心马哈趁她不注意的时候，捉两只羊给老吴。

老吴的儿子放羊时，有两只羊混到了马哈的羊群里。老吴的儿子脑子不太好使，也不知道丢了羊，直到三个月后，老吴从外地打工回来，才发现自家的羊少了。老吴四处打听，听说马哈捡到过两只羊，就找到马哈家。马哈一直没找到羊的主人，他不想占便宜，就把两只羊交给了村委会。铁三帮村委会放羊时，羊因为吃了大头钉，死了。马哈没想到，羊的主人能找上门来，他一阵头大，不知道该怎么处理了。

马哈便找到村主任说了这事，村主任觉得这事不好办。两只羊死了，村里有责任，应该给老吴赔偿。按现在的行情，两只羊得值两千块钱，可是村里一时拿不出这么多钱。马哈说，那怎么办？老吴还在我家等着呢。村主任想了想说，要不你先帮村里垫上，等村里有钱了再还给你。马哈说，村里啥时候能有钱？村主任说，这你就甭管，有了钱肯定先还你。

马哈回到家，让菊英给老吴拿两千块钱。菊英说，这钱不该咱们出，两只羊又不是咱们喂死的。马哈说，村主任答应这钱是冲咱们借的，还给我打了欠条。菊英说，那也不行，这钱只能村里出。马哈觉得菊英说得有道理，但老吴找来了，这事怎么也得解决啊。家里的钱都在菊英手里，菊英死活不往外拿，马哈没办法，就悄悄跟老吴说，我手里没钱，宽限几天行不？老吴却说，我不要钱，只要羊。菊英不让老吴捉羊，说，你去找村委会吧，这事跟我们家没关系。菊英的态度很强硬，马哈就劝老吴先回去，他再想办法。

老吴走后，马哈就跟菊英商量还羊的事，菊英坚决不同意。菊英说，我不是不讲道理，现在这事不该咱家管。马哈听了，没说话。马哈思来想去，觉得这事变成今天这样，他也有责任。如果他不把羊送到村委会，两只羊的结局肯定不会是这样。想到老吴家的情况，他想先还两只羊给老吴，剩下的事以后再说。

第二天，马哈去弟弟马明家借钱。菊英不让他从家里捉羊，他想去市场上买两只羊还给老吴。没想到，马明说，哥，嫂子给我打过电话了，不让我借钱给你，不然她跟我没完。我嫂子的性子你了解，你别让我为难。马哈说，你不跟她说不就完了。马明说，这事能瞒得住吗？再说，我觉得我嫂子说得没错，这两只羊不该由你还。没想到，马明跟菊英站在了一条战线上，马哈只好去找要好的朋友借钱。都是同样的结果，也都是同样的原因。这个菊英啊，真是拿她没办法。

马哈知道不能跟菊英来硬的，他不再提老吴，也不再提还羊的事，啥事都听菊英的。菊英渐渐对他放松了警惕。

那一天，菊英打电话来，让马哈来一趟西山。马哈立马赶到西山，看到羊群正在山坡上吃草。菊英说，我妈病了，我得赶快回趟娘家。马哈说，病得重吗？要不我跟你一起回去吧。菊英说，咱俩都去谁放羊啊？我先回去看看情况，有事给你打电话。马哈说，行。菊英匆忙往山下赶，刚走几步又停下，转过身来说，你不许打羊的主意啊，咱家现在有四十三只羊，少一只我跟你没完。马哈说，放心吧，我没那么傻。菊英听马哈这么说，才转身走了。

菊英走远了，马哈在山坡上坐了下来，呆呆地望着羊群。周围只有羊咀嚼青草的声音，没人再看着他和羊群了，如果趁这时让老吴过来取羊，菊英回来肯定会跟他大吵大闹，他很长时间都会不得安生。两只羊对他来说也不是一笔小钱，儿子在县城重点高中念书，以后用钱的地方多着呢。可如果不把羊还给老吴，又觉得老吴很倒霉。马哈左右为难。他躺在草地上，望着蓝天发愁。今天是个大晴天，蓝蓝的天上挂着大朵大朵的白云。看着看着，马哈觉得，天上两朵白云的形状很像是两只羊，这两只羊跑着跑着，就跑到了马哈的羊群里。

马哈一阵惊喜，赶紧给老吴打电话，老吴很快就赶了过来。马哈看着羊群说，这里的羊你随便挑吧。老吴听了，愣了一下，以为自己听错了。马哈说，丢二百块钱还上火呢，何况是丢了两只羊。老吴听了，感激地看了一眼马哈，慢慢走向羊群，在羊群里捉了两只最小的羊。马哈问，你怎么没挑大的捉呢？老吴说，三个月前的羊没那么大啊。马哈想，老吴也是个实在人。

见老吴牵着两只小羊，踩着白云走远了，马哈心里的愁云立刻飘走了。

晚上，菊英从娘家回来，先去羊圈把羊群数了一遍，发现一只也没少，这才长出一口气进了屋。

马哈正要问岳母的身体怎么样了，兜里的手机响了，马哈掏出手机一看，是老吴打来的。老吴来过好几次电话了，问的都是两只羊的事。马哈重重地叹了一口气，说，又是老吴的电话，接不接呢？

水 井

马 卫

李元好几年没回家了，他是老鸹坪村4组的村民。

李元和妻子在浙江打工，孩子也在那里读书，租房住，只是户口还在老鸹坪。因为老鸹坪穷，留不住他和家人。

父母过世早，两座低矮的坟堆，在山坡上独守故土。祖宅破落，泥巴墙，木檩子，青瓦，久无人住，风吹雨打，早就坍塌了。

村主任哈二麻打电话来说，他家的屋基、自留地，被一家私企老板看中，想流转，问他愿不愿意。

人未在家，如果自留地和老房子能有点儿收入，那当然好。何况有老板来办厂，对老家发展有利，所以，他没有和妻子商量，就爽快同意。他又不是憨包儿，见到钱晓不得捡。

是啥老板要来占地？

村主任说，是一家制革厂。

我的妈哟，难怪要来这儿办厂！李元嘴里一声惊呼。

沿海发达地区，根本不准办小制革厂。制革就是把生皮子鞣制成革的过程，不仅要加硝等化学原料，而且还要浸泡，对水的污染特别严重。

村主任，村主任，我不同意。

刚才还同意呢。为啥又变了？

因为我家那口井。

李元家的那口井，在村里极为有名。相传，明末清初三谭起义，有一支队伍就驻扎在附近。这口井，能供上千人饮用，而且永远不干。

1973年，天大旱，村里的小河沟全断了流。好多家的水井枯竭，山泉水根本沁不出来，他家的井水仍然没有降低水位，于是村里好多人家来提，来挑，来抬水饮用。他家的井水，是从一块崖石下沁出来的，井半掩，井口砌的青花石，不知经历了多少代，锃亮发光。

井水甜润清冽，就是靠这口井，全村渡过了难关。

离家打工多年，虽然不再喝那口井里的水，可是，李元不能容忍这口井被污染。

李元回到老家，见到要来办厂的老板。他首先从老井打了一桶水，舀一瓢猛喝一气，说：老板，你喝喝这水，再说话。

老板也是农村出生的，从跑农村公交车开始，然后倒卖皮鞋，再学会制革技术，渐渐成了小老板，现在身价上百万。但城里不准他办厂，连郊区也不准他办厂，所以才到这儿来租地。李元家有房，有承包地，有水井，正好用来建小厂。

老板喝了井水，连声称好：甜、清、爽。

李元说，如果建了制革厂，这儿的水井、河沟，都要被污染，这口井也就报废了哟。

老板说，可是，我不建制革厂，咋挣钱？

李元说，我们这儿出一种东西，叫野草莓。虽然也叫草莓，却不是水果，它带有草香，类似粗茶的味道，可当作没有涩味、容易入口的茶来饮用。这种茶含有钙、磷、铁元素，可以提高肾脏的功能，同时净化身体内部，消解风湿、关节炎、膀胱炎以及因浮肿等导致的肥胖问题。现在城里人特别喜欢喝这种茶，我打工的地方，还有个野草莓基地。你如果搞这个，出资金，村里出土地，我帮你联系，大家发财如何？

老板信了。第二年春天，就流转了100亩地种野草莓。李元从那家野草莓基地引入种子。

李元夫妻也回来成为老板的工人，儿子转学回乡中心校住读。没想到，这种野草莓茶，在市场上受到哄抢。第二年村民自愿以地入股，老板乘机扩大生产规模。老板还建了野草莓茶生产车间，本村务工的村民就有十多位。

李元当上这家企业高管，收入比在沿海打工还要高出不少。

那口井，被村人像眼睛一样保护着。因为它，给全村带来了翻天覆地的变化。村里脱贫了，人们的生活直奔小康。

有记者来采访李元，问他为啥当初要拼命保护那口井。

李元嗫嚅半天才说，因为我是吃那口井水长大的。我想让我的子子孙孙也能喝上那样甘甜的井水。

灯　光

秦　俑

是很久之前的事了吧。

那时候的郑州，电是珍稀资源。一个家里，两个房间共用一个灯泡，这没啥奇怪的，大家都习以为常。家里拢共就两个灯泡，这个开着，那个必然关着。有时"哧"一下，开着的灯也突然灭了，这也没啥奇怪的。那个时候的电啊，说断就断了。断电的不会提前发通知，被断电的也不觉得有多不堪。家里有准备的点上一支蜡烛，继续吃饭看书写字。舍不得燃掉那半截蜡烛头的，摸黑洗漱干净，上床闭眼就能呼呼大睡。

很怀念那时候的生活，简单，质朴，而又充满热情。

但是，也有烦恼。

最烦恼的是要上早班。我们是德化街北口那边一家商场的餐食员，早晨六七点，就有商场的工作人员陆续来上班。我们得提前准备员工早餐——多半是自制的豆浆、现蒸的馒头包子，还有炸油条，都是日常最普通的吃食，就是做起来特别费时间。

凌晨四点多，哪怕是夏天，也要穿两件衣服，要不然会打你一身湿湿的雾气。要是冬天，就得全身裹得严严实实的，只露两只眼睛和一对鼻孔在外头。我们同事几个从家里出发，近一点儿的走路，远一点儿的骑自行车，从郑州的不同方向会集到二七广场。到二七纪念塔的时候，偶尔能碰个面。都是年轻女孩儿，碰面了，笑嘻嘻打个招呼，用手电筒闪对方的眼睛，或是互相回应着按响自行车的铃铛，有说有笑的，其实是为了给各自壮胆。

说起来，我们几个算是单位里胆大的女孩儿。凌晨四五点，如果没有月亮，郑州城还笼罩在一片漆黑的夜色中。没有路灯，只能靠一只手电筒。每次走到二七塔的时候，脑袋里会飞快地闪过一些奇奇怪怪的零星片断，一些市井流传的形形色色的传奇物事，越想心里越发毛。

那时候，二七塔周围的高楼还没有这么多，塔身上的灯也不会长亮。每次从解放路那边走过来，一抬头，就看到二七塔静静地矗立在那儿，我脚下的步子便忍不住地加快。绕是绕不过去的，只能硬着头皮往前走，眼睛盯着脚下的路。越靠近塔边，手电筒的灯光就好像变得越黯淡，似乎被什么冲淡了似的。

直到有一次，记不清是我从二七塔路过的第多少回了。那次我带的手电筒没电了，天还特别黑，空气中弥漫着一层薄薄的雾气。我使劲甩了甩手电筒，关了再打开，灯光似乎喘了一喘，叹了口气，又马上熄灭了。四周全是黑色，很厚很厚的那种黑，什么也看不到。路是熟悉的，但没有了光的指引，路似乎变得跟平时不一样了，变软了，软乎乎的，像踩在棉花上。手脚也一定是冰凉的，背上却快要渗出汗来。为了壮胆，我故意大声清嗓子，故意用力踹地面，心还是慌得很。平时经常偶遇的同事也没见一个。我叫了一声"王小妮"，没人应。又叫了一声"花大姐"，也没人应。慌乱中，一句歌词突然从我的嘴里蹦了出来：

"东方红，太阳升……"

这是当时流行的歌曲，也是后来二七塔每日报时用的音乐。歌声吼出来，我的胆子大了不少。而且，不知道是被我的歌声吵到，还是凑巧，二七塔的某个楼层上亮起了一线微弱的灯光。我看了看，雾气朦胧中，我分不清这是一盏油灯，还是一盏电灯。眼里有了光，心里便没了怕。有了这一线微光，脚下的路便变得硬实起来，心跳缓和下来，眼前的世界也逐渐分明起来。楼是楼，树是树，一切都回归了它们本该有的样子。

就是从这次起，再经过二七塔，我都能看到这盏灯。它总是在差不多同一个时刻亮起。从解放路街口出来，远远地，我就看到了这盏灯。在雾中时它是微黄的，在雨中时它是闪烁的，在风中时它是飘摇的。很快，我的小伙伴们也发现了这盏灯。我们惊喜地分享着一盏灯的秘密，一起想象着这盏灯背后那个温暖的人。

一盏灯，照亮了我们前行的路，也温暖了我们整个青春。

一晃过去好多年，那个在商场当餐食员的毛头女孩儿考进电台做了新闻主播，而那个久负盛名的大型商场也早已经成为历史，被人们渐渐遗忘。有一次，我参加电台组织的一个主题活动，要以二七纪念塔为主题做一期深度的访谈宣传。采访中，一位曾参与塔楼维修的工程师讲到了这么一个故事：

为了完成维修任务，他有几个月时间住在塔楼上。他的睡眠很轻，醒得也早。每天，他都能听到楼下第一批来德化街上班的女工人的声音。往往凌晨四五点的时候，天特别黑，路上伸手不见五指。那是一个闪耀着理想光芒的年代，每个人的心中都燃着一团火。为致敬那些早起为建设新郑州做出贡献的人，他每天都会在这个时候，短暂地拉亮维修部的灯……

放鹿归山

金　光

　　山里的天气就这么善变，昨天还是晴天，早晨便落了一层厚厚的雪。齐茂财扫完院里的雪，便拿了个篮子到葛条沟垴的雪窝里扒些干松毛回家引火。刚拐过那个石鼻子就听见沟渠边有"吱吱"的叫声，走近一看，一只麋鹿正在那儿挣扎，周边的雪被它弄得一片狼藉。麋鹿看见齐茂财，充满了恐惧，无助地往一棵小青杠树后面退去。

　　齐茂财住的七里阴是在河南与陕西交界的分水岭下，无论南北，这儿都是山沟的末梢，沟窄而深，山上全是原始森林，野生动物很多，狼、黄羊、麋鹿、野猪随时可以碰见。早年猎枪没有收缴的时候常有人到这里打猎，这些年枪支收缴加上政府要求保护野生动物，便很少有狩猎现象了，不过前山一些人还是会利用冬天下雪的时候，偷偷来这儿猎杀野物。他们用自制的弹簧夹子放在动物常出没的地方，动物经过就被夹住了腿，几天后，动物不是饿死便是挣扎着累死。齐茂财看见被夹住后腿的麋鹿，嘴里骂了句："造孽！"愤愤地丢下篮子走上前，抱着麋鹿的头轻轻掰开铁夹子，将麋鹿的腿拔出来。麋鹿解放了，但它的右后腿被夹断了，想要逃走却"噗"的一声栽倒在雪地里。

　　齐茂财扶起它，动了动伤腿，麋鹿又"吱"地惨叫了一声。齐茂财沉思了片刻，索性不去雪窝扒松毛了，将麋鹿扛回了家。他让老伴儿搅了点儿面汤喂麋鹿，自己蹲在那儿用手试着捏了捏它的伤腿，发现骨折并不严重，只要接住，像人一样休息一段时间就会长好。但他是个老粗，不会接骨，于是就想到了镇卫生院，那儿有骨科医生，便又扛起麋鹿踏雪往镇上走去。

镇子在二十里开外的河川上，今天正好是个集日，一路上好多人望着齐茂财看稀奇，都以为他扛着麋鹿到集市上出售，便有人问：

"多少钱一斤？"

"不卖。"

"卖给我吧。"

"不卖。"

"我给你掏800块。"

"不卖！"

"那你扛到镇子上来干啥？"

"看伤。"

齐茂财不想搭理他们，只顾踩着积雪往前走，空中飘着两股白气。几个调皮孩子跟在后面起哄，有个小家伙还上前捏了一下麋鹿的右腿，麋鹿疼得"吱"地叫了一声，在齐茂财的肩头上挣扎着。齐茂财生气了，转过身一瞪眼，几个孩子吓得一哄而散。

卫生院的医生说他只会给人接骨，麋鹿的骨头得让兽医接。这下齐茂财为难了，这几年不养牛也不养羊了，镇子上的兽医也都失业关了门。医生提醒他，南梁的岳怀山春上给一只狗接过骨头。

齐茂财便扛起麋鹿又往南梁走。南梁在南曼山的背后，还有十里山路。齐茂财到南梁时已是大汗淋漓。岳怀山打量着麋鹿，动了动它的右腿，说："得动刀子。"

"动吧，只要不杀它。"齐茂财擦着脸上的汗水，喘了一口粗气。

"那你得帮我按着了。"岳怀山取出一个尖刀，挑开麋鹿腿上的皮，将错了茬的骨头对在一起，用两块桐木板夹着固定了起来。

做完了这些，岳怀山将刀子往凳子上一扔问道："你养的？"

齐茂财说："不是养的，是七里阴山上野跑的。"

"哦，放别人早杀死吃肉了，你还把它扛了二三十里地来让我接骨。"岳怀山感叹道。

"多少钱？"齐茂财问。

"不要钱。"岳怀山眯起眼睛看着麋鹿。

"你不也和我一样救它吗？"齐茂财感激地笑了笑，扛着麋鹿回葛条沟。路上，又有人跟在后边问："卖给我吧。"

"不卖。"

"我出 1000 块。"

"不卖！"

那人生气地说："真是个憨子货。"

齐茂财停住了脚步，想着什么，欲言又止，就腾了一下肩膀，让麋鹿躺得更舒服些。

伤筋动骨一百天。

齐茂财把麋鹿放在柴房，专门给它搭了个草窝。半夜，他听见麋鹿在叫，以为有狼进柴房咬它，便吆喝着出来察看。门一开，一个黑影从柴房逃走了。齐茂财明白了，回身找了一把大铁锁将柴房的门锁了起来。

开春，麋鹿终于能够站起来了，又过了些日子，可以在地上跑动了。

惊蛰那天，齐茂财喊来村治保主任，又让老伴儿做了一碗面汤喂麋鹿喝下，两人将它拉到葛条沟垴，解开绳子。麋鹿起初不走，定定地望着他们，齐茂财故意捡起一根树枝，装出要打它的样子，狠狠地噘了一声："快走！"麋鹿马上就翘起尾巴，欢快地往山坡上跑去。

那天夜里，齐茂财迷迷糊糊地又听见麋鹿在叫，他猛地翻身起来，影影绰绰看见有人扛着那只受伤的麋鹿往沟外逃去，便去追，追到小龙潭不见了贼，正犹豫着，老伴儿打着手灯追了过来。原来，齐茂财梦游了，灯光下，他两只脚已经跳进了冰凉的小龙潭里。老伴儿使劲儿在他脸上拍了几巴掌才把他拍醒。

重新躺在炕上的齐茂财傻傻地笑了起来，继而又长长地叹了一口气。

稻田晚宴

刘国芳

忽然记起一个叫聂波的人，他是嵩湖乡聂家村人。很多年前，他在梦港河边也就是他的家乡聂家村办了一场稻田晚宴。梦港河上有一座梦港桥，稻田晚宴就摆在梦港桥两边，一共两百桌。据聂波说，那天杀了十多只土猪，两千人参加了稻田晚宴。当然，到聂家村的人远不止这些，有人观光，有人旅游，还有人搭帐篷过夜，总计三千多人抵达现场。那是个秋高气爽的日子，村里村外人山人海。但是繁华过后，聂家村又沉静了。有一天再去时，忽然发现梦港桥塌了，两边荒草萋萋。

这段文字，我发在朋友圈。当然，我还配了两张照片，一张是当年稻田晚宴的场景，梦港桥因为长龙一样的桥灯而璀璨；另一张照片是倒塌的梦港桥，两边真的是荒草萋萋。

有人在下方点赞。

有人评论：当年的稻田晚宴确实办得好。

一个叫李晓东的人这样评论：那年我也参加了稻田晚宴，真的是人山人海，至今记忆犹新。

一个叫华林的人是这样评论的：我也去了，还碰到了你，刘作家你还记得吗？

我回复：我不记得了。

华林回复：我记得你，你当时还写文章发了朋友圈，我收藏了，现在还在我手机里。

很快，华林把我先前写的文章粘贴在下方：

天上人间

若干年前，我站在梦港桥上，我前边是抚河，梦港河在那儿注入抚河。我右边是嵩湖聂家村，我左边是钟岭缴上村，而我背后，则是乌石山。但不管哪边，都是荒草。乡村在这个秋天里静静的，静得只能听见瑟瑟秋风。有人走来，是一位老人。又有人走来，还是一位老人。再有人走来，依然是一位老人……

当然，我眼里不会总是看到失望，2014 年 10 月 18 日，同样是站在梦港桥上，我眼里有了不同寻常，聂家村农民举办稻田晚宴，这富有诗意的名字吸引了无数人，我看到了梦港河两岸彩旗飘飘，人山人海。夜幕降临，篝火烧起来，一堆堆烧红了天空。孔明灯也亮了，一盏盏飘向远方。梦港桥上打桥灯（也称龙灯），长龙一样的桥灯从梦港桥上缓缓滑过，随着灯光渐行渐远，它们和篝火、孔明灯融在一起。远远看去，仿若天上的街市，不，是天上人间。

聂家村人无疑是智慧的，那些散落的乡村文明，在这里一一被点燃。那些流光溢彩，让我看到了乡村的希望。

华林回复：写得真好，所以我收藏了。

李晓东回复：确实写得好。

我回复：不是我写得好，是人家的活动办得好。

一个叫红梅的人这样评论：不错，我当时也在现场，那场面确实让人兴奋。

华林回复：不知道后来为什么再没举办这样有意义的活动。

红梅回复：我问了聂波，他说主要是村民没赚到钱，当年那场稻田晚宴，聂波自己就贴了好几万块钱。

我回复：我也问过聂波当年举办稻田晚宴的目的，他说就是想为村民赚点儿钱，但因为没有经验，并没有赚到钱。

华林回复：聂波一直想为乡亲们做点儿事，我敬重这样的人。

我回复：我跟你的想法一样。

忽然，聂波冒了出来，他回复：谢谢你们还记得我。

我回复：当然记得，那场稻田晚宴，让我们记住了聂家村，记住了梦港河，记住了梦港桥，还记住了你——聂波。

红梅回复：可惜梦港桥塌了。

华林回复：好好的梦港桥怎么就塌了呢？

聂波回复：被 2018 年的特大洪水冲垮的。

接着，聂波在下面问：刘作家，你有多久没去聂家村，没去梦港河了？

我回复：大概一年了。

聂波回复：有空你再去看一下吧。

我回复：好。

几天后，我和朋友又去了聂家村，也去了梦港河。忽然，我看见梦港河上有桥了，像以前一样的石板桥。我以为是幻觉，但揉了揉眼睛，不错，我看见梦港河上真的有一座桥。

朋友说："这是什么时候建的？和以前的一模一样。"

我说："不知道，这也太让人意外了。"

忽然就看到聂波了，他向我们走来，说："刘作家你真来了呀？"

我看着聂波，忽然说："这桥应该是你牵头建的吧？"

聂波点了点头，跟我说："梦港桥差不多完工了，今年秋天，我们继续在这里举办稻田晚宴，你文章里写到的'天上人间'，又将在这里呈现。"

我也点头，把手机对着聂波说，我应该再为他写点儿什么。

帮我写封感谢信

赵长春

从冬天到春天，春天到夏天……村委会老主任说，你得帮我写封感谢信。

老主任一直这样说。其实他的意思是让我替他写封感谢信。

袁店河的人说话，干脆直接。他说，跟你说好多次了，你到底写不写？要不然，我就花大价钱，请比你更著名的作家来写。

在老主任的眼里，他觉得我把袁店河的人和事写出来，演绎成了一个个故事，算得上作家。

老主任就坚持让我给他写封感谢信。

要写的这封感谢信，也是有缘由的。春节，我回家比较晚，在腊月二十八远近明灭的鞭炮闪光中和硝烟弥漫的气味中，我到了村口。以往，我习惯将车停在前面的一个村子，发小家的大门前，临路，宽敞。然后，再步行回家，大约一公里的路。虽然不算远，但路窄又崎岖。雪水泥水的搅拌下，成了泥浆，很不好走。这也是每每回家我被爱人和孩子吐槽的原因之一：进村的路，太不好走。

可是，这个腊月的这段路上，一派热闹。男女老少，拿着铁锨，清理路面的垃圾。年轻人居多，主要是大学生。改革开放后，村子里考上大学的学生越来越多，现在，大学生更多，不管重点院校还是普通本科。他们回来了，都觉得应该好好地把村口的路修一修。

修路，是一位大学生倡议的。他说，咱们回来，总是踩泥巴，踩雪水，为啥不把路修一修呢?

有意思的是,他的倡议得到了大家的赞成。现在,微信群多,村子的微信群"袁店河畔"也很热闹。早年已经毕业并且做了大小生意的一些老乡说,你们行! 我给你们发红包,干起来吧! 于是,这事就干起来了,村里热闹起来了。

对此,有不少的评价和反应。他们拉着横幅,以青年大学生志愿者联盟和志愿服务的名义。我总觉得他们应该是在做学校布置的寒假志愿服务实践活动。拍照,留痕,以此为证而已。

可是,他们做得很认真,从腊月初,到过年,过年歇了几天,年后继续热闹地干。我在家只待了几天,就回城了。回城时,我已经能把车顺畅地开进村,停在自家门口,装上了父母给我的吃食,就走了。

没想到的是,整个寒假期间,从腊月到正月,这些大学生不仅清理了路,还硬化了路面。村口,路口,老树,旧面坊,老水车,有些地方还做了小巧玲珑的文案:我在袁店河很想你! 你来,面如花开! 水车悠然,故事流淌……把那条路布置得很有文艺气息。我看见他们在微信群、朋友圈中发的照片、文案:这里是同享春天的地方。

确实,春天在这条大约一公里的路上很妩媚。长上坡,蜿蜒曲折,通到我们的村庄。村后是山坡,坡上长满了各种各样的树,特别是杏树、樱桃、桃树。一棵一棵,一园一园。春天的时候,花儿朵朵,一片灿然。

夏天呢,麦黄杏,红樱桃。还有五月仙桃。接着是六月的小笨杏。酸,甜,红,黄,让人流连忘返。可游人稀少,就因为这段道路不好。

——对于这种创意,我没有抱多大希望,觉得不过是年轻人的网络热闹,我就悄悄地退了群。

又一段时间过去了。这个夏末,老主任又给我打来了电话,说,你一定得帮我写封感谢信。他的意思是说,因为这条路,因为各地的大学生在各自的朋友圈中转发,小村子热闹起来了,来玩的人特别多。村里人就把一些土特产摆出来了,就在村中十字路口的老槐树下。有人来玩了,来吃饭了,住下了……

老主任说，你看，学生娃们修了这一条路，让一切都好起来了。你得好好地写封信，感谢感谢这些大学生！

老主任要求我给各高校发去一封，让人家知道咱们这些孩子在大学里学得很好，运用了所学的知识，为村里建功立业，为小村发展做出了大贡献——按照大学生们的计划，他们要把小村打造成一个文旅小镇。村里有石头房、石磨、古树、小河，有一些很好看的地方，还有好玩的地方，还有好听的故事，还有那么多优美的传说，他们觉得都能挖掘出来，宣传出去。

这些年轻人，遇上了这么一个新的时代、好的时代。新的时代就应该有新的故事去讲，有好的梦想去实现。

我怎么去写好这封感谢信呢？

我又进了"袁店河畔"微信群……

沙场点兵

刘 平

雨一连下了三天三夜，昼夜没停息过一刻。低矮阴暗的天空变成了一个巨大的筛子，雨线粗而密，天地混沌一片。黄石村地势低洼的几户人家被洪水围困，情况紧急。

村委会决定，紧急组织一支党员突击队！

村委会的院坝里，正在进行一场沙场点兵。点兵的是村支书张拥军，接受点兵的是几十名村民。他们穿着雨衣，冒雨站立，像准备冲锋的战士。

黄石村是个英雄的村庄。几十年前，八路军一个连队也在这里进行过一场沙场点兵。经过一场激战，那个连仅剩下八名战士了，三名重伤，五名轻伤。连长副连长指导员都牺牲了，点兵的是二排长王先贵。面对七名轻重伤员，王先贵问："跟鬼子拼了！怕不怕？"声音不大却惊天动地："不怕！不怕！不怕！"

一场惨烈的拼杀，八个人全部壮烈牺牲。

八勇士的遗体被乡亲们悄悄埋在老鹰崖。1952年，政府立了一块碑，碑上刻着八位勇士的名字。

到处都是水在流淌，脚下、身上、雨衣帽檐上、脸上……所有人都沉默着，等着支书点兵。张拥军冷峻的目光挨个扫过一张张脸，突然停在一张满是皱纹的脸上，声音果断："徐二伯，回去！"徐二伯有些急了："我咋要回去？我是党员！"张拥军说："你今年都六十多了，不能参加。"徐二伯还不服，其他人都说："六十多了，不能参加。"徐二伯一跺脚，踩出一个水窝。

张拥军的目光又在一张脸上停下，说："李华良，回去！"李华良说："我是党员，才五十三，咋不能参加？"张拥军说："你做手术刚出院才几天，不行！"李华良说："没事。"其他人都劝："李华良，你回去吧。"李华良看看张拥军，又看看大家，想说什么，却没说出来。

张拥军的目光接着从一张张脸上扫过，最后，停在了王二虎脸上。张拥军说："王二虎，我们是组织党员突击队，你来干啥？回去！"王二虎说："我……是党员。"张拥军有些生气了："你是党员？你啥时候入的党？我咋不知道？"有人哄笑起来，喊："王二虎！这都啥时候了，别在这儿捣乱，回去！"所有人都知道，王二虎不是党员。他今年才二十一岁，在家种大棚蔬菜，刚谈了一个女朋友。

王二虎急了，抹一把脸上的雨水，大声说："我不是来捣乱的，我是真想参加突击队。我不但身体好，水性也好。"在"哗啦啦"的雨声中，王二虎的声音显得很坚决。

张拥军也急了，吼："党员才能参加，这是规定！"

王二虎也吼："反正我必须参加！"又吼："你们哪个有我的水性好？凭啥党员才能参加？"

张拥军说："有危险！"

王二虎说："我不怕！"声音中透出一种豪气。

张拥军沉默了，一动不动站在雨中像一尊雕塑。他看看王二虎，又看看大家，突然说："同意王二虎参加的请举手！"说着，带头举起了一只手，其他人也都举起了手。

三条橡皮艇。张拥军带领突击队冲向雨帘深处。

奋战一天一夜，被洪水围困的老老少少全部转移出来了。

两天后，洪水退了，太阳又出来了。人们在整理王二虎遗物的时候，发现了一份他四天前刚写的入党申请书。"二虎说，等洪灾过去了，他就提交申请。"王二虎的女朋友泣不成声地说。

王二虎的骨灰被埋在老鹰崖八勇士的坟墓旁边。张拥军在王二虎坟前烧着纸流着泪说："二虎，去找你太爷爷吧，陪他老人家说说话，告诉他老人家，我们一定会把家园重新建好的……"

王二虎的太爷爷，就是当年那位八路军的二排长王先贵。

天坑的声音

刘　帆

天坑是个好地方。

话说，张副县长来自珠三角禅城，大学毕业后，在法治调研科工作，对口扶贫、打赢脱贫攻坚战一开始，他就坚决请缨，到天坑所在的县扶贫。

来天坑一年半了，铺路架桥，招商引资，就地解决劳动力就业和产品规模化集约化方面，张副县长做了很多实事。

扶贫之余，张副县长却想到一件事。

这里的人崇尚武力，常有纠纷。时下，土地流转是脱贫致富的途径之一，产生的矛盾也最多。预防纠纷，推动公证，确保脱贫致富成果，摆在张副县长心头。

恰好，朱镇长向张副县长汇报说天坑村的土地流转公证不好落实，村民顽固，他们只相信自己那一套。张副县长想起来了，那是个特殊的村子，非常偏远，以前基本上没人去。不过那个地方风景好，开发有潜力。

其实，张副县长对天坑早有耳闻。泗安医院有位医生老乡常提到天坑的人以前得过一种奇怪的病。没想到山不转水转，自己到了这个地方扶贫。

张副县长想了想，决定去偏远的天坑村走访。

他轻车简从，开着一辆半新半旧的适合山地行驶的车，约了朱镇长，还有一位文学界的朋友一起去。

这个村因地势高，山上有个天然的凹地，形状恍如一个自然的天坑而得名。

这是个陆沉的村子，周边悬崖，只有一处地势稍微缓和，树木较多，但却需要徒手攀爬才能出村，非常危险。村里人依着坑底上百亩土地生活，几乎与世隔绝。

脱贫攻坚战打响后，这个偏远的村庄才有所改变，一些年轻人外出打工挣钱。

去年，有人提到这个偏远的小村，张副县长批了一点儿钱给这个村，嘱咐修筑一条窄窄的天梯，供村民出入，省却徒手攀爬，便于连通外界。

很多人其实不知道，这里是一些幸存者的聚居地。

不能忘了这些人。张副县长早就想来看看。

村民陇喜福，见朱镇长引着两个人来，就迎了上来。

他做着介绍，说别小看坑底，到处郁郁葱葱。果树、高粱、瓜菜，长势繁茂。这里，不愁没有水，侧边一处半月形敞开处，是一个溶洞，钟乳石悬吊，滴水不断，好几个蓄水地窝子，池水清冽甘甜，饮水不成问题。这里雨量充沛，气温不高不低，冷暖适度，适合农作物生长。

张副县长站在溶洞外，望着面积不大的一片绿地，若有所思。

陇喜福指着远处山岩中的果树说："朱镇长常说张县长是个心地至宽至善的人，你看那些鲜花瓜果绿树，常年自长自谢，无忧无虑，你老是惦记我们这里，只怕是心有欲念吧？"

张副县长看了一眼陇喜福，目光朝向远处，缓缓说道："那边是一具棺材吧？我听说你们这里，以前死者生前就言明谁埋葬他，财物就送给谁。这里的人，心无外物，懂得事理，明辨是非啊。"

朱镇长插话说："这里是个新村，20世纪中叶，一些特殊病人聚居在这里。而今，情况好了，人口也多了，照明、农机种子、衣服鞋袜、油盐酱醋，等等，都需要外出采买，单一型村落要与外界联通，这里的人们也有欲念啊！"

"说到欲念，人人都有。"张副县长说，"我听说这里以前有个聋哑人，口不能说，耳不能听，但他还是跟其他人一样，临终前交代，自己的财物送给埋葬他的人。你说他没有欲念吗？没有是非辨别吗？若论公证，群众的眼睛雪亮啊！"

陇喜福答道："是有这么一回事。我们都做证，认为他的做法是公平的。"

张副县长用手摸摸心口，又手指天空，说道："你们做证，那不叫公证。况且死者赖以生活的土地归集体所有，你们之前人口少，不想荒芜了土地，特别是无后之人，将生死看得开，对土地的挂念最深，对财物没有留恋，对埋葬的人心存感恩。问题是埋葬者是一人倒好办，如果是多人参与，地有贫瘠之别，人有欲念之想，财物如何做到公正合理分配？还有，你们之前有事都依靠武力解决，很容易引起民事纠纷。只有丢掉陋习，民事争议之前，预防纠纷，公证在先，约规有据，邻里才会和谐。共产党治国理政，以人民为念，带领大家奔幸福小康，搞土地流转开发，倡公证法治建设，也是希望人民安居乐业。你说的欲念，我们是心无杂念，脱贫攻坚，笃定目标，一个也不落下。"

陇喜福竖起拇指，点点头。

与张副县长一起来的文学界朋友也说道："你们这里以前与世隔绝，但在互联互通的时代，完全隔绝已不可能，是非纷争必然存在。"

"是的，内有矛盾，外有纷争，公证法治必不可少。"张副县长说道，"还有，我们没有忘记你们。"

陇喜福走出洞口，抬眼望天，说："你们的话让我们听到了党的内心的声音。"

过冰河的粮食

徐全庆

后来，已经成为开荒模范的王怀仁，在向别人介绍经验时，第一句话总是："我是从看到陈团长背粮过延河后开始变得像个人的。"

在那之前，他是个游手好闲的人。那时候，大家也不叫他王怀仁，叫他"坏人"。他妈有时恨极了，指着鼻子骂他："你天天吃了睡，睡了吃，啥活儿也不干，你咋不死去？"他嬉笑着回一句："我死了，你给谁做饭吃？"

王怀仁的爹死得早，娘一个人拼死拼活地干，还是有上顿没下顿的。娘的眉头皱得像枣树皮，从来没有舒展过。王怀仁却不愁，吃过饭，找个墙根儿一躺，眯着眼晒太阳，或者找人聊天，但没人愿意和他聊。很多时候，人家聊得好好的，他一去，就都散了。他就冲着他们的背影骂："啥意思嘛，真把老子当坏人了？"

王怀仁第一次见到陈团长是在一个下雪天。家里又揭不开锅了，娘让他去二姨家借粮食。二姨家不远，走路也就两袋烟的工夫，但他不想去。娘铁了心让他去："不去，咱娘儿俩就都饿死算了。"娘还说："我实在没脸去你二姨家借粮食了。"王怀仁也没脸去，他怕二姨父一个白眼接一个白眼地乜斜他。

拗不过娘，王怀仁只好不情不愿地缓缓向二姨家挪步。这时突然下起了雪，雪花漫天飞舞。这要是白面该多好，就不用去二姨家了。他在路边的石头上坐下来，任雪花落在头上身上。他知道，下雪了，二姨父肯定在家呢。

这个时候他就看到了陈团长和他的兵。陈团长也看到了他，问他一个人坐在雪地里干什么。他不认识陈团长，但不怕他，因为他知道，这一批开进来的是八路军，八路军不欺负老百姓。"要饭，"他没好气地答，"家里没吃的了。"陈团长把一名战士身上的半口袋东西拎给他。他一摸就知道，那是苞谷。那战士说："团长，咱也没粮食了。"陈团长摆摆手，示意那战士不要再说了，然后问他："你叫什么名字？"他想了一会儿才想起自己叫王怀仁。

他很庆幸不用去看二姨父的脸色了，又后悔不该把名字告诉他们，或许他们会找他还粮食，甚至要求他还得更多。哪有部队不向老百姓要粮饷的呢？他因此不安起来。

几天之后，他再次见到了陈团长。这次是在延河里。

前几天还被冻得结结实实的延河化冻了，河面上的碎冰在河水的冲击下发出哗啦哗啦的声音。天哪，河里居然有人，很多人！每人肩上都扛着一个硬挺挺的口袋，口袋上搭着鞋和裤子。他们穿着裤衩在涉水过河。走在最前面的那人不时回头喊道："同志们，速度要快！"是陈团长。寒风呼呼地吹着，他似乎听到了陈团长上下牙打架的声音。他觉得自己仿佛也在水中，刺骨的寒意瞬间从小腿袭遍全身，他禁不住打了个哆嗦，一股尿液不受控制地涌出来。

他呆呆地看着他们上了岸。陈团长让大家放下肩上的东西，光着脚在雪地上跑步。直到身上跑出了热气，他们才穿上衣服，扛起口袋重又上了路。后来，他才知道，他们肩上扛的是粮食，是从三百里外的延长县一步一步背回来的粮食。

一连几天，他总是想起陈团长背着粮食涉水过河的情景。每次想起，还是会不由自主地涌出一股尿来。"艰难的粮食！"他不由感叹。

第三次见到陈团长是在他家里。陈团长是来给他家送粮食的。陈团长说："我估摸着，上次送给你的苞谷应该吃完了。"

粮食不多，却很沉，沉得他怎么都拎不动。陈团长走后，他看着那一小袋粮食号啕大哭。

"从那以后，我开始跟着陈团长开荒，"他说，"我很高兴，大家开始叫我'王怀仁'了。"

画 村

刘向阳

"爱你破烂的衣裳，却敢堵命运的枪，爱你和我那么像……以最卑微的梦，致那黑夜中的呜咽与怒吼，谁说站在光里的才算英雄？"

李浠在台上讲解绘画的基本原理，孩子们在台下昏昏欲睡。情急之下，他哼起了《孤勇者》。孩子们一听，就像打了鸡血般亢奋起来，独唱变合唱。曲终，人人皆笑，李浠继续授课。

"村落晚晴天，桃花映水鲜。牧童何处去？牛背一鸥眠。这首诗所描述的事物就在你们身边，很有画面感，大家要充分发挥想象力作画哦。"有时候，李浠借传统古诗词来启迪孩子们的心智，一幅幅乡村图景次日便呈现在他面前。

李浠虽然只教美术，但他时常鼓励孩子们多读经典名著，善于从古诗词中汲取营养，并运用到绘画上面。孩子们都喜欢他的课。而李浠对课堂的喜爱，由来已久。

李浠大学毕业前夕，学院领导希望他留校发展。但他的愿望是回老家村小学，他想到了夸他有"天赋"的女老师，那股暖流始终在他体内奔腾不息，往事又浮现在心头……

李浠家的老屋像一截枯木，躺在画岭顶峰。傍晚，奶奶倚坐门槛眺望着，当李浠那颗瘦小的脑袋刚冒出地平线时，奶奶立马来了精神，浑浊的双眼瞪得又圆又大。"太阳快落山了，浠伢子你才回啊，又被老师罚作业了吧？"

李浠身长体瘦，像一根细竹子。他进屋放下书包，没好气道："奶奶，我烦死了，真烦死了！"奶奶点亮油灯，端上热腾腾的饭菜，说："小小年纪，有什么烦心事啊？""老师让我们给爸妈画像，我和小虎、花妞边走边想啊，想得头都大了，怎么也记不起他们的模样……"李浠愁苦着脸。

奶奶一时愣住了。从山上到画岭小学，有一条狭长而曲折的石子路，两旁杂草树木丛生。偶有村民进山砍竹讨水喝。小学校长是一位女老师，她一人身兼数职，统管着一至五年级二十多个孩子。老师干吗不让孩子们画鸡画狗画鸟呢，非得画父母？他们一年到头在外打工，很少回家，孩子哪还有印象啊！

饭后，李浠摊开白纸，咬笔沉思。奶奶拾掇好厨房，给李浠倒一杯水，端坐对面做针线。李浠在脑海中努力搜寻父母的形象，却无法下笔。他瞥了一眼奶奶，灵机一动，迅疾勾勒线条，"沙沙"地画起来。

第二天上课，女老师向孩子们展示一幅画，说："这是李浠的作品，他妈妈还不到三十岁吧，咋画得这么老呢？"孩子们抻长脖子观望，不时发出"嘻嘻"的讥笑声——画中的"妈妈"腰身佝偻，戴老花镜，头发雪白，满面皱纹，像极了老太婆。

李浠脸面通红，伏在桌上不敢看人。女老师摆摆手，孩子们不笑了。她温柔地说："李浠观察还是很仔细的，这位老人是他奶奶吧？瞧，奶奶补衣服的形态画得逼真，眼神专注，一针一线都是呵护。李浠很有绘画天赋啊！"

女老师的话既像春风，更似暖流，平复了李浠的心绪。他慢慢坐直身子，抬眼望向女老师。女老师正赞许地看着他。什么是天赋？李浠那时不甚理解，直到大学毕业回村任教，面对台下几十双黑亮的眸子，他才有更深层次的感悟。

这些年，画岭村发生了翻天覆地的变化，蜿蜒的盘山公路恰似玉带缠绕，崇山峻岭之间常见游客身影，李浠家易地搬迁到了山下的新村落。画岭小学旧貌换新颜，洁白的教学楼炫目亮堂，操场拓宽硬化了，还添置了篮球架、单双杠、吊环……

有一天，李浠从一堆作业中发现张小伟的画很特别，标题是"孤独的猫"：

一只瘦小的猫，怯怯地缩在草地上，无声地淌着泪水。不知咋的，李浠的心被这只"猫"挠疼了，放学后，他去了张小伟家。

画岭今非昔比，家家住楼房，门前卧小车。村道行人稀少，屋前有老人晒太阳，鸟雀电线上打坐。李浠倏忽想到已去世的奶奶，忍不住要伤心落泪。

张小伟家位于村落南端，大门敞开，张小伟正趴在桌上涂抹。见到李浠，张小伟很是惊讶，赶紧给老师搬凳子。李浠指着桌面的草图，笑道："小伟会画钞票，不错哦。你喜欢钱，为什么呢？"

"我要是神笔马良多好！就能把画的钱变成真钱，爸爸妈妈就不要去外面打工挣钱了，每天陪我学习、画画……"李浠摸了摸张小伟的头，许久没吭声。

又上美术课了，李浠把课堂搬到了村里。村居比邻成片，像一座大院子，外墙是最好的画纸。李浠从村部开始，调好各色颜料，笔走龙蛇，画得汪洋恣肆。他画孔子，画李白，画近现代名人，每完成一面墙，就给孩子讲解，孩子们听得如痴如醉。

冬去春来，村里所有建筑外墙都变成了书画艺术长廊，有嫦娥探月、深海下潜等科技场景，有水府醉月、碧洲芳渡等自然风光，有历史人文典故，有影视动漫形象，等等，皆由李浠引领孩子们共同完成。那些登山或采风者，都会被"壁画"所吸引而驻足停留。他们拍照发朋友圈，传视频，上抖音，一传十，十传百，画岭声名鹊起，慕名而来的游客络绎不绝。

张小伟的父母后来从江浙回来了，夫妻俩经营特色农家乐，推销本地农产品。几个年轻人联合周边村组成立休闲体验中心，外地游客纷至沓来，于峰峦之间品茶吟诗，融景入画，心旷神怡。

有一天，在美术课上，李浠又发现了一张特别的孩子的画。孩子刚在画纸上写完"美丽的画岭村"六个字，正在四处找空白处，准备写上自己的名字、班级和年龄。画里的三座山峰相连，太阳在最高的山峰后面露出半边脸。山下是一座飘扬着红旗的学校。山上种着花草树木，走动着牛、羊、鸡、马。

"你为什么画这些？"李浠随口问那个才上一年级的孩子。那个孩子睁着一双澄净的眼睛，望着李浠。他给李浠的回答让人又惊又喜："山下有我们陪伴它，山上有牛、羊、马、小鸡，还有小花和大树跟它做伴，这样，大山就不孤单了。"

回味着孩子的话，李浠望向窗外田野里写着"乡村振兴"的巨型宣传牌，朝孩子使劲点点头，笑了。

第 3 辑

轻舟已过万重山

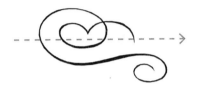

满 绿

津子围

贝鹿到东辽河和西辽河汇合口时，太阳已经挂在茂密的榆树枝头。

两条河汇合处叫福德店，地图上和导航里都没有这个名字，经过反复打听才知道，福德店不属于行政区划地名，只是水利部门的标识和本地人约定俗成的古渡口名称。爸爸妈妈都说过，老家离福德店50华里。

本来，今天晚上贝鹿应该在省城皇冠假日酒店，父母在那里为他精心准备了升学宴。可头一天晚上，贝鹿无意间发现了一个秘密，那个升学宴也是父母的告别聚会，按母亲的说法，孩子上大学了，我也终于跟你熬到头了。父亲不甘示弱，说："还不知道谁迁就谁呢！好，孩子一上学，咱俩就办离婚手续。"

在贝鹿的印象里，父母走到一起挺不容易的，他们小时候住在辽河边儿，一个在河的左岸一个在河的右岸，隔岸相望本应相安无事，不想，两岸人家却是世仇。有句老话叫三十年河东三十年河西，放在辽河就变成了十年河东十年河西，如果再往早一点儿说，遇到大的河水泛滥，发水前村子归这个省管辖，水退之后就变成那个省的了。父母小时候倒是没有遇到辽河跨省改道的事情，不过三年一小涝十年一大涝，河床内河道频繁变化，为了争夺有限的河滩地，河两岸村民都绞尽了脑汁。听父亲讲，他们右岸村为了争夺河滩地在河道里下石龙。石龙是个说法，就是将石头用钢丝加固成一个长条，这个长条并不是护在岸边而是放在水里，一条条石龙斜着伸入河道，把主河道挤向对岸，这样自己这边的滩地面积就增加了。造石龙的成本高，更多的是用插柳的方式。柳树好活，剪裁枝条插在河滩里，涨水时树枝拦截泥沙，等河水退去就形成了新的滩地。母亲说，他们左岸村的村民也有很多办法，冬天辽河封冻，就在河面上摆一溜石头，等春天冰雪融化，石头沉到水里形成了小土坝，从而扩大了滩地面积。

以前，河两岸村民每年都因得失河滩地而发生争斗，既动口也动手，先是派嘴皮子利落的对骂，接着大家挥舞各种农用工具冲锋陷阵。粮食紧缺生活困难的年月里，双方多次组织大规模械斗，伤者不计其数，死人的事也残存在村民的记忆里。父母上学时，人们的生活一天天好起来，河滩地也越来越不重要了，"与村民的身家性命"越来越远，大家再不用在拦河造坝上下功夫了，大规模械斗也减少了。作为世仇的父母在一所中学里相遇，收获了知识也收获了爱情，毕业后他们冲破重重阻力结合到了一起。

父母并不是河两岸第一对"和亲"对象，即便最敌对的年代里，河两岸也有儿女亲家，可惜亲是亲财是财，喜酒要喝，仗还要打。父母结婚之后河对岸的村子还保留着每年"约架"的传统，只是武斗变成了文斗，一边争论一边骂架。口干舌燥之后，右岸村说："不是怕你们，扯一上午也累了，今天就到这儿吧。"左岸村的说："到这儿就到这儿，啥时候想会一会，我们奉陪到底！"右岸村的说："那什么，中午到我家吃饭吧，我杀只鸡。"左岸村的说："我看啊，还是到我家吧，我前天杀了一只羊。"

贝鹿上小学时，辽河开始封育，两岸修筑大堤种植榆树，大堤内全面退耕还绿，河滩地成了历史。不过父母从没去过河岸大堤，他们在城市里忙工作忙生活，全部心思都集中在贝鹿身上。

此刻，贝鹿站在右岸村的护河大堤上，洪水退却后，河滩地恢复了生机活力，满眼葳蕤的绿色。贝鹿使劲吸了几口带河腥味儿的空气，渐渐地有了甜丝丝的感觉。

父亲来电话了，问贝鹿在哪儿。贝鹿说在老家。

"老家？……什么意思？"

贝鹿说："右岸村，你的老家也是我的老家呀。"

"大家都快到酒店了，你怎么跑那儿去了？"

"辽河封育之后你和妈妈也没来看过吧？上大学之前，我最应该来的地方应该是这里……"

"别扯淡了，快点儿回来！"

"回去也赶不上宴会了……我希望你和妈妈来这里，非常非常希望……"

电话里，父亲好像和母亲争论着什么。

"满绿呀。"贝鹿说。

"什么是满绿？儿子你怎么了，没事吧？"

贝鹿自言自语："和谐的、律动的……满满的绿色……"

"好好，快去你二舅爷家等我们，我这就跟你妈过去！"

轻舟已过万重山

非　鱼

从混沌中清醒过来之前，吕青舟的脑子里是满的。

满到什么程度？她感觉微微地侧一侧脑袋，那些密密匝匝的东西就会水一样流淌出来。那些东西是什么？她不确定。

手机还在播放着小视频，一个接一个，各种正常不正常的声音交替。电视机也开着，是一个很老的婆媳家庭剧。也许就是这些嘈杂的声音让她的午睡似睡非睡，也让她的脑子满满当当。

吕青舟关了手机视频，调低了电视机的声音，然后泡一杯绿茶，努力让自己清醒起来。她把茶杯靠近面部，热气升腾，毛孔一个个张开，就像杯子里慢慢舒展的茶叶一样。喝一口茶，青涩的味道在口腔里氤氲，一直到咽喉。由于睡眠不好，她并不经常喝茶，但她喜欢看那些茶叶嫩芽在杯子中起起伏伏，喜欢闻来自春天和草木的那种味道。

茶是女儿寄回来的西湖龙井。一想到女儿，吕青舟的心又乱了。飘在远方的女儿总是说累，说没意思，工作没意思，周末休息没意思，甚至是正在谈着的恋爱，她也觉得没意思。她想让女儿回来，可老周不同意，他说孩子都是她惯的，矫情。

谁的日子好过？我一天天还累呢，到单位被领导驱使，到家被你唠叨，我还烦呢。老周说。

她很讨厌老周这种态度。一辈子没有什么大的追求，得过且过。对，是一个平庸的好人。可最近，他连一个平庸的好人都当不下去了，牢骚渐多，尤其是提到女儿的事，他总是态度消极，很不耐烦。

能怎么办呢？老周、小周，她似乎都无能为力。浓重的挫败感袭来，前一刻营造起来的一丝平静又被打破了。

她赶紧放下茶杯，换电视频道，转移注意力。这是她这两年屡试不爽的一个办法，当发现即将陷入某种不良情绪时，立即喊停，她不能让自己变成那种脸色蜡黄焦躁不安的怨妇。

一个人文栏目在讲车马慢时代人与人交流的方式——书信。一字一句一笔一画，字斟句酌，传情达意，红笺小字，云中谁寄锦书来。看得出来，主持人和嘉宾都有过无数"见字如面"的经历，两个人聊得很投入，也很有感染力。

"轻舟已过万重山"，怎么就提到了这句诗呢？吕青舟感觉从后背到脸上瞬间热了起来，并冒出了薄薄的一层汗。曾经，有过那么一个人，也与她鸿雁传书，每封信的结尾都是轻舟已过万重山，或者轻舟没过万重山。

三十多年前的吕青舟沉浸在自己的世界里，满脑子都是同班的他，是晚自习后操场上澄明的月光。除了语文和历史，她的其他课学得一塌糊涂。高考后，他顺理成章收到了来自哈尔滨的大学录取通知书，她不出意料没过线。两个月后，为了努力和他一样，她选择了复读，还倔强地选择了理科。也就是在她复读的那一年，他们开始频繁写信。

他的字很好看，写出来的句子也很好看。他用桦树皮给她写舒婷的诗，她视若珍宝，他写下的每句话，她都视若珍宝。每周最快乐的时光，就是去学校传达室取他的信。

一年之后，她除了积攒的厚厚一摞信，还有各种绚丽的梦，依然一无所获。

老吕从老师口中知道了这件事，大为光火。他把吕青舟再次落榜的原因全归结在他头上。等他暑假去找吕青舟时，老吕将他痛骂了一顿，让他永远死了这条心。

原本属于青春的一段美好时光，就这样迅速凋零。她把他的信捆扎起来，用报纸裹得严严实实，放在一个隐秘的角落。连同他。

后来，吕青舟和他走上了两条相似又不相似的道路。她进企业，读汉语言文学函授大专、自学考试本科，调进机关写材料，和老周结婚，并生了小周，按部就班工作，按部就班提拔。他读了研，又读了博，成为国内知名的植物园林专家，担任一个国家级森林公园的领导，应该也会结婚生子。她在心里叫他"教授"。

那些信，婚后她悄悄带到了她和老周的家，却无意间被老周发现，他们大吵了一架，他撕开报纸，把信封扔得满地都是。她抱着不满一岁的小周哭了半夜，最后一气之下一把火把信全烧了，包括那张桦树皮。实际上，那些信她后来从没有打开过。

信，被烧毁的信。他，写信的教授。她的心紧紧地缩在一起，缩成一块石头一样，几乎不能呼吸。

她赶紧换频道，一闪一闪中，一个既熟悉又陌生的面孔突然呈现在她面前，是教授。他作为栏目顾问正在讲述中国园林艺术，娓娓道来，博雅温和。脸与脸不足两米，四目相对。吕青舟惊呆了，她什么也听不到，只牢牢地盯着他的脸。

这个世界，竟如此奇妙。太玄幻了。

两分钟之后，画面切换，教授不见了。握在手中的茶已经凉了，黄昏一点儿一点儿降临，客厅的光线渐渐暗下来。

关了电视，看看手机，到了该做晚饭的时间了。

吕青舟长长地舒了一口气。不过是一个很平常的下午，两档电视节目的拼接，却让她的轻舟再过了一次万重山。

仅此而已。

候诊室

白小易

　　CT 检查室的门外走廊座椅上，已经坐了好多人。他把自己的号票交给导诊台的护士，找了个相对安静的角落坐下来。大屏幕上显示前面还有二十多人候诊。他拿出自己带着的书来读，尽量让自己专注。这本书从买来之后就没读完过，他也忘了读到了哪里，就随便从中间打开。那一页他读了很久，也没唤醒对这本书的任何记忆，实际上连这一页写的是什么他也没法看懂。一声轻微的快门声响过，他反应敏捷地猛一抬头，旁边举着手机的女人在冲他笑。

　　"大叔，我不是在拍你，我是拍下这场景，发在朋友圈里。"

　　"这种场面也要晒？"他在竭力表现他懂，也许是那句大叔刺激了他，"这跟你在飞机场什么的总是不一样吧？这里涉及很多人的隐私……"

　　"做个 CT 算什么啊，又不是妇科男科什么的。"

　　他忍不住苦笑起来："难得你这么好的心态，你是没事儿来照个 CT 玩的？"

　　"谁会没事儿玩这个……"

　　"例行体检吧？"他说，"我可是在等待宣判呢。"

　　"宣判？怎么用上这词儿了！呵呵。"

　　"我拍的肺片，有阴影。"他说话都有气无力了。

　　"嗨，一个阴影，至于吗，大叔！"

　　"别叫我大叔！"他忍无可忍了，"咱俩不定谁老呢。"

　　那个女人愣了一下，掏出一面化妆镜照了照："哦，你说我有多大岁数？"

他冷静了一下："我不是那意思……"

"我就是让你猜猜我的年龄。"

"三十不到吧。"他当然得往小了说。

她又照照镜子，冲他笑了笑："轮到我了。"

大屏幕的语音提示在叫一个关梅的患者。"祝你没事儿。"他说了一句，也来不及措辞。

"谢谢……"她故意夸张地隐去了后面的话。

他也笑了。

过了片刻，她回来了。

"没事儿吧？"他问。

"医生说我恢复得不错。详细结果还得等等。"

"你……"

"我的瘤子长的位置不好，还做不了手术，我已经做了半年放化疗了。"

"对不起啊……"他不知道说什么好了，"怎么……没人陪你来呢？"

"我住院呢，坐电梯下来就是。我父母都累坏了。"

"那你快回病房吧。"

"让他们在上面多睡会儿吧。我想知道你那个阴影到底有没有事儿。"

他一下子感到受宠若惊了："你还关心我……"

"谁让我碰上了呢。"

他们就一直聊着，直到他被叫了进去。

"别紧张，你一定会没事儿的。"

他出来告诉她，他的确没事儿。他执意要送她回病房。

在走廊里，她说："大叔，你看不出来吧？我才19岁。"

"对不起……"他真的出汗了，"我以为你只有15岁。"

"你说谎的样子挺可爱。哈哈……"她哈哈大笑，显得很开心。

终于到了她病房的门前，她回身向他郑重地鞠了一个躬："谢谢你！对我这么有耐心……"

"不是，"他很慌乱，"你这又玩哪一出啊？"

"到这儿吧，别让我爸妈看见你，他们会更难过的。"

这又是他没想到但是很好理解的事情。他站住，但不知道说什么了，尴笑着，准备看着她进病房。她却执意要目送他先走。他退了几小步，觉得差不多该转身了，就迈开大步走进了电梯间。

医院的电梯总是一如既往地慢，但现在他等得很有耐心。

开了门的电梯居然是空的。他没放过这个机会，望着光滑的箱壁，狠狠地抽了一下自己的脸颊。

喜 欢

袁炳发

我十几岁的时候，很不受爸爸的待见，做什么他都不喜欢。

爸爸说我淘，淘得无边无沿。我也没办法，淘是我的天性，我也不知道怎么做才能让爸爸喜欢。

有一次，爸爸从云南出差回来，我看见他从旅行包里拎出一盒包装精致的云南茶。星期天，爸爸对我说，儿子，和爸爸去你钟叔叔家玩吧。

爸爸说的钟叔叔，是爸爸的大学同学，也是爸爸的领导。出门时，我看见爸爸还拎上了那盒云南茶。

这是我第一次和爸爸去钟叔叔家。

爸爸的领导，高高的个子，浓眉大眼。他笑呵呵地对爸爸说，老同学，来就来呗，带茶干吗？这么客气。

爸爸笑笑说，不贵的，当地人说这茶清香祛火，滋阴补肾。

爸爸的领导钟叔叔，看着爸爸说，蛮好的广告语。

钟叔叔也有一个和我一样大的儿子，叫钟声。那天到钟叔叔家时，钟声刚画完一幅画。

钟声把画拿到我爸爸面前，问：伯伯，我画得好不好？

爸爸接过画，画面上是一片大草原，还有一个太阳。

爸爸凝视了一会儿画，竖着大拇指夸赞道：小钟声这画画得真好！

爸爸又指着画面上的太阳说，这太阳画得生动逼真，像真的一样。伯伯就喜欢画画的孩子。

钟声听后，喜滋滋地拿着那画跑开了。

爸爸对我说，儿子，去找钟声玩一会儿，我和你钟叔叔有事要说。

我就去了钟声的小卧室。

钟声拿出积木，我们一起玩。玩了一会儿，玩腻了，钟声和我说，小宇，不玩了，咱俩说会儿话吧！

我点点头。钟声说，小宇，其实我不爱画画，是我爸逼着我画的。我最喜欢的是游泳，但我爸不让，怕我被水淹着。

我和钟声说，我去过我爸老家的山区，那里的树很高，我喜欢爬树，爬得高，看得远，可好玩了。可惜，咱们城里植物园的树不让爬，真没劲。

钟声问我：我可以和你去你爸老家爬树吗？我说，当然可以了，让我爸开车拉着咱俩去。

从钟叔叔家回来不久后的一天，我们的语文老师在课堂上留了一篇作文，让我们写受到爸爸或妈妈表扬的一件事，并强调说，作业不急，什么时候写完交上来就可以。

我仔细回忆了一下，自己还从来没有被爸爸和妈妈表扬过。这让我犯了难，不能为了完成作业，去硬编吧！

那天放学后，我想了一个小时，终于想出能让爸爸和妈妈表扬的妙招。

恰好"五一"假日，爸爸和妈妈去菜市场，我在家里开始行动起来。我从衣柜里找出妈妈的一条红裙子，还有爸爸的一件白衬衫。

我倒好了水后，把那条红裙子和白衬衫放进盆子里，再倒进去一些洗衣粉，我开始给爸爸妈妈洗衣服。

衣服洗完，我使劲儿拧干了水，去阳台上晾晒时，发现爸爸的白衬衫上一片一片的红色。

我琢磨了半天，突然想到应该是妈妈的红裙子褪色，把爸爸的白衬衫给染红了。

我立马害怕起来，这不但得不到爸爸和妈妈的表扬，反而还会遭到爸爸的怒斥。

事情变得这样糟糕，我没有最好的解决办法，只能硬着头皮挺着。

爸爸妈妈从菜市场回来后，把菜放进厨房。进入客厅，眼尖的妈妈一眼就看到了挂在阳台上的那条红裙子，还有爸爸那件已变成"花鹿"的白衬衫。

他们一起用惊异的目光望向我。

我乖顺地站在爸妈面前，向他们承认错误，并把老师留作文作业，想让爸爸妈妈表扬的事情说了一遍。

妈妈说，小宇，虽然你的初衷是好的，但你应该先和妈妈说一声，在妈妈的指导下去劳动，就不会发生这样的事情了。爸爸在一边瞪着眼睛，对我说，小子，你可真有本事，那是爸的一千大元的衣服呀！

说完，爸爸举起手欲打我。妈妈手快，把我扯到她的身后，保护起来。

"花鹿"事件之后，我决定放弃这篇作文了。我知道，以我的性格，是很难受到爸爸妈妈表扬的。但我心里暗想，一定要做一件让爸爸喜欢的事情，弥补他那一千大元衬衫的损失。

有一天，我突然想到钟声的那幅草原和太阳的画，还有爸爸说的他喜欢画画的孩子。为了讨爸爸的喜欢，我准备画草原和太阳。我虽没去过草原，但从电视上看过，凭着记忆里电视上草原的画面，我开始画草原和太阳。

我画了十几张，自己看着都不满意，更何况爸爸了。

我继续画。在经历了九十九次失败之后，画到一百张的时候，我觉得我画的草原和太阳，应该超过了钟声的画。

在一天晚饭后，我见爸爸情绪挺好的，便把我画的草原和太阳的画，拿出来让爸爸看，等待爸爸的表扬。但我没有想到，爸爸接过我的画，只扫了一眼，就把画狠狠地撕掉，扔进废纸桶里。

爸爸还向我怒吼，以后不要再乱画，好好学习。

我十分不解，怯着眼神问：爸爸，你不是喜欢画画的孩子吗？那次你夸钟声时就是这样说的呀，我都记住了。

　　爸爸看着我，皱着眉说，你还小，等你长大了就明白了。

　　从那以后，我对画画再也没有兴趣了。

学习微笑

闫耀明

看到那两个小混混从镇街上走过来，老杜的心闪了一下，脸便绷紧起来。但是老杜没有办法阻止他们，只能看着他们一晃一晃地走进杂货铺。

"老板，拿两包烟！"细高挑儿尖着嗓子嚷。矮个子则站在一边，四下打量着。

老杜把香烟递过去，说："能不能……"

细高挑儿把烟塞进口袋，丢下钱，转身往外走。

老杜拿起钱，说："这还是一盒烟的钱。"

矮个子不耐烦地冲老杜瞪眼睛，叫道："给你钱，就是照顾你啦！别不识相！"

一高一矮两个小混混晃着身子，走远了。

老杜冲着他们的背影瞪起了眼睛，挥拳，左一下，右一下，将自己硬硬的拳头砸在他们的脑袋上。

老杜在发泄自己内心的愤怒。但是老杜只能用这样的方式来发泄自己内心的愤怒，他不敢惹毛这两个小混混，只能自认倒霉。他们每次来杂货铺买烟，都是拿两包，给一包的钱。老杜只好冲着他们的背影瞪眼睛，挥拳头。外面兵荒马乱的，老杜找不到可以说理的地方。

这个杂货铺，老杜已经开好些年了，因为老杜为人和善，待人热情，面对顾客总是笑眯眯的，卖的东西不仅质量好，价格也公道，所以深得高桥镇人的好评。

熟悉老杜的镇街上的人都说，老杜像他娘。老杜娘活着的时候，就是个笑呵呵的人，人缘很好。

老杜也有个好人缘，但是好人缘挡不住那两个小混混来欺负他。冲着他们的背影瞪眼睛挥拳头，成了老杜唯一能做的事情。

时间久了，有人发现了老杜的变化："老杜，你的脸……咋变了呢？"

老杜媳妇也说："哎，真的啊，老杜你的脸，咋和以前不一样了呢？"

老杜吓一跳，到镜子前照。一照，真的把老杜吓一跳。他惊讶地发现，自己的脸明显地变了，变得鼓鼓的，胖胖的，比原来大出了一圈！还有，他的眼睛也变大了，而且突出了，不用瞪眼睛，就是一副凶巴巴的样子，简直就是凶神恶煞！

而老杜原来的笑眯眯呢？不见啦！

这可不是小事情，老杜蒙圈了。看着镜子里自己吓人的样子，老杜的心揪到了嗓子眼。他感到现在的自己，不是自己了，好像变成了另一个人。

看到那两个小混混从镇街上走过来，老杜的心不再闪，他静静地等着。细高挑儿尖着嗓子嚷："老板，拿两包烟。"

老杜拿出两包烟，却没有递过去，说："拿钱。"

细高挑儿一愣，拿出钱，丢在柜台上。

老杜一看，还是一包的钱。

细高挑儿要夺过老杜手里的烟，手腕却被老杜抓住了。老杜圆圆地瞪着眼睛，怒视着细高挑儿。"不给够钱，别想拿烟！"老杜的声音虽不高，却字字坚硬。

细高挑儿扭了扭下巴，似乎牙齿被老杜的话硌疼了。

矮个子叫："咋，要动手吗？"

老杜不为所动，依旧死死地瞪着细高挑儿。

一定是老杜凶凶的样子把细高挑儿吓着了，他抓起钱，逃出了杂货铺。"你等着，哼！"两个小混混跌跌撞撞地跑开了。

老杜依然冲他们的背影瞪眼睛，挥拳头，左一下，右一下，将自己硬硬的拳头砸在他们的脑袋上。

此后，那两个小混混再也没有出现过。渐渐地，老杜把他们淡忘了。

可是，老杜的凶模样，却依然如故。老杜不喜欢自己这副恶相。站在镜子前，他看到现在的自己真的不是自己了。"你是谁？"老杜问。老杜觉得这样不行，因为这不是自己，这个模样太凶了，太吓人了。镇街上的小孩子、胆子小的女人都不敢来买东西了。这样下去，自己的生意还怎么做？

于是老杜对妻子说："我得把我自己找回来。"

老杜很苦恼，他必须把自己原来的样子找回来。因为老杜发现自己变了模样，生意就开始渐渐不行了，买东西的人越来越少，一些老顾客不来了。老杜的日子快要过不下去了。

"我得把我自己找回来。"看着镜子里的自己，老杜说。

可是，老杜不知道怎样才能把自己找回来。他心里一点儿谱也没有。因为镜子里的自己依然是一副凶神恶煞的样子。

忽然，老杜在镜子里看到了自己的娘。镜子里的娘还是活着时候的样子，笑呵呵的，看着老杜。老杜突然明白了，娘虽然没说话，却在告诉他咋把自己找回来。

于是，老杜每天都在镜子前看着自己，学习微笑。于是老杜咧开嘴巴，让自己的嘴角上扬，让微笑把自己脸上的不祥之气挤出去。

老杜每天都站在镜子前，学习微笑，很认真。老杜在心里说："娘，谢谢您！"

我是不是你最爱的人

胡　炎

一场大醉。约好的，老何今日还钱。三万元，我们已经打了一个月的拉锯战。可老何向我倒了一肚子苦水，又向我倒了一肚子苦酒。老何说，对不住了，等我将来有了钱，一定还你。我没说话，踉踉跄跄没入漆黑的夜色里。

灯影迷离，长街寂寥。我在路边坐下，吐了一阵，抬头看月亮。月亮隐没在薄云里，像一个谜。我不知该如何向彩霞交代。她快把我逼到绝路了。一切都怪我，盲目投资，半生积蓄血本无归。眼下，女儿面临高考，文化课基础太差，只好报考艺术生。美术冲刺班、文化冲刺班，几万元的费用，一天都等不得……可老何，让我最后一线希望也破灭了。

夜已深，硬着头皮回家，空无一人。女儿住在奶奶家，可彩霞呢？她这样深夜不归，已经有一阵子了。

浑然一梦，很沉。梦见高三那年夏天，我们在河边一片小树林里依偎。她弹着吉他，一边流泪一边给我唱那首《我是不是你最爱的人》。她的嗓音很美，圆润清澈，赛过黄莺。从这个晚上开始，她将成为一个小小的啤酒工，而我将奔赴远方的城市，开启我的大学生活。

"你会变心吗？"

"不会，月亮做证！"

这个梦漫长而缠绵，几乎涵盖了我们爱情的全部。到了后来，我看不到她了。我只看到一个蹬着三轮的菜贩子，在大街小巷游荡，躲避城管时，就像一只仓皇的老鼠……

深夜三点，我听到了沉重的鼾声。那是彩霞的。我不知道她何时归来，这样的鼾声粗鲁而丑陋，就像她从啤酒厂下岗，沦为街头的菜贩。她的样子一天比一天邋遢，语言一天比一天粗俗……那个弹着吉他唱歌的女孩儿，再也找不到了。

五点钟，她把我叫醒了。

"钱要回来了吗？"

"哦……就这几天吧。"

"你还好意思睡，今天要是再拿不到钱，你就别回来了！"

她的声音冷硬而尖厉，就像她用来削果皮切菜的刀。我强忍着，既然是我惹的祸，我无力辩驳。这样的忍耐已经持续几年了。

"昨夜怎么回来那么晚？"我竭力赔着笑。

"老娘的事，你少管！"

她走了。我知道她又要蹬着那辆破三轮，去郊区的菜农那里收菜。她不容易，真的不容易，这是我忍耐的理由。还有一个更重要的理由，是当年和她结婚前，母亲说给我的那句话："等着瞧，有你后悔的时候！"

那句话，母亲是冷笑着说的。在此之前，她苦口婆心地劝过我无数次，都以失败告终。现在看来，我太天真了，把爱情想象成了童话。为了母亲这句话，我一直硬撑着。而此时，我再也撑不下去了。我不想和一个菜贩子就这么生活一辈子，那太痛苦了。况且，在我的生活中，已经有了另一个追求我的女人。

走出家门时，酒意尚存，头昏昏沉沉的，但我很清楚，我要去见马总。这个把金链子日日挂在脖子上的暴发户，几次邀请我为他写一部报告文学，均被我拒绝。尽管我只是一介寒儒，但我瞧不起这种人。我有尊严和人格。可如今，虎落平阳，我再无其他选择。我只能厚颜无耻。

很顺利，未着一字，我便拿到了五万元定金。暮色降临时，我在城市里野鬼一样游荡。有一刻，我想抱着路灯杆跳舞，管别人说什么。后来，我又想狂奔，把黑夜跑丢，让它永远追不上我。但我还是忍住了，我在意自己的形象。最后，我走进街心花园，坐在休闲长椅上，拿手机拍月亮。月亮躲在云中，只有一团朦胧的光晕。我跟自己打赌，月亮一定能钻出来。十点来钟，我赌赢了。月悬碧穹，很圆，很亮。但我不想回家，我需要一场酩酊大醉。然后，我会把银行卡交给彩霞，平静地向她摊牌：我们离婚吧。

我去了城郊最大的夜市，选一个稍显僻静的角落，要了十瓶啤酒。喝到第五瓶的时候，我听到了一个女人的歌声。不知为何，我感到这歌声异常亲切。后来，歌声渐渐向我靠近，我看到一个女人，打着粉腮，涂着蓝色眼影，玫红的唇彩似乎过于浓艳。她站在一桌客人旁边，熟练地弹着吉他，唱得极是投入。有人开始喝彩，打响亮的呼哨，也有人一边付钱，一边下流地调笑。女人似乎对这些浑然不觉，只是沉醉在她的歌声里。我定定地看着她，无法分辨她的年龄和真容，但是那首《我是不是你最爱的人》，却像一脉深秋的幽泉，慢慢地淌进了我的心底……

我站起来，走近她，在她唱完最后一个音符的时候，把她轻轻地抱住了。这一刻，我在流泪。

我说："彩霞，咱们回家。"

当你老了

海 华

年轻时，一位友人跟我说过，人上了年纪，容易间歇性失忆。

我说，不会吧。

友人说，当你老了，就明白了。

友人接着说，给你说个笑话，某天下午，四位老人在茶庄玩麻将，不到四点钟，一位老人下二楼上洗手间，完事后，竟忘了打麻将的事，独自打道回府了。

这就是老年人常犯的间歇性失忆症，也叫健忘症。

一转眼，我已退休八个寒暑，平日除了适量运动，读读书，看看报，偶尔也写点儿小文章，练练书法。一天上午，我在小区的文化室辅导老秦等五六位老年人练书法。说心里话，他们那字写得，还不如我在市里上小学的小孙子。但你别看他们一个个其貌不扬，搁退休前那都是能呼风唤雨的人物，而且刚刚学习书法，劲头儿正足呢，我也不好抹了他们的面子。约莫四十分钟后，我接了个电话，和一老友海聊上了。鬼使神差般，我一边和老友聊着天，一边晃晃悠悠地走回家去了。

刚进家门，老伴儿就朝我揶揄道："你咋搞的？老秦他们到处打电话找你，说你这个省书协会员教他们书法，却中途不辞而别？"

我笑嘻嘻地对老伴儿说："想不到早年友人所说的老年人间歇性失忆症，竟在我身上应验了。"

没过多久的一天早上，老伴儿起床洗刷完毕，去楼下跳广场舞。我吃了早餐，也赶紧出门，打算去县老干部活动中心上书法课。岂料，出门时先锁木门，后拉铁门，"哐当"一声，铁门被锁上了，但在锁木门时却忘了把钥匙拔出来，这咋整？想了想，只好打电话给老伴儿。十多分钟后，老伴儿赶回家，黑着脸把我好一顿数落："瞧你，还没到古稀之年，咋这么快老糊涂了，整天忘这忘那、丢三落四的。上个月滴滴打车，你把水杯落在人家车上了。这个月初的一天晚上，你去茶庄跟老同事喝茶，又把手机落在茶庄了，好在茶庄老板是你哥们儿，他让人把手机拿给你了……"

我也懒得跟老伴儿斗嘴，心里估摸着，这么一折腾，等老伴儿赶到楼下的公园，那个六十多岁还喜欢穿花衣服的广场舞领队，肯定早都被其他人给"占"住了……

你说这，人老了，是越活越明白，还是越活越别扭？咱也不想去计较这些，但后来，还真的发生了一件难堪的事。

那天下午，在逛街的老伴儿给我打来电话，说她临时与几位老姐妹约了晚上的饭局，嘱咐我晚饭自理。六点一过，我优哉游哉地来到小区旁一家快餐店，点了一碗十五元的粥，一边刷着抖音，一边细嚼慢咽，填饱肚子后，我缓缓起身，抬腿就往店门口走去……

"站住！"一名年轻的服务员突然一声猛喝，"穿红色上衣的，你给我站住！"

穿红色上衣？我猛地一愣，问："小伙子，你是在叫我吗？"

"对！就是你，没买单就想溜？"小伙子厉声说道。

刹那间，快餐店里二十多双眼睛齐刷刷地看向我，我的老脸立马像关公似的，身子像个醉汉似的晃了晃，开口想说些什么，又不知咋说好。过了好一会儿，我才喃喃自语道："哦……买单，没……没买单，我忘了，对不起，对不起。"

"哼！前几天，就有人在这里吃霸王餐，今天终于抓了个现行！"说着，小伙子气势汹汹地逼近前来。

客人们一片哗然。

我心中暗暗叫苦，今天丢人丢到家了……

这时，一旁有位老者帮我说话："小伙子，让他补付十五元餐费不就行了，老人家应该不是故意的。"

一位中年妇女从厨房匆匆走出来，她询问小伙子几句，弄清楚事情的来龙去脉后，满脸笑容地对客人们说："没事啦，这位老人家只是忘了买单，大家继续用餐吧。"然后又悄声对我说："老人家，您没事吧？我是这家店的老板，小伙子是新来的伙计，刚才态度生硬了一些，主要是前几天漏单让我罚了，您千万别介意。"

"没事，没事！"我立马红着脸去收银台扫码支付了十五元。一回头，便见那老板正对小伙子说："人老了，有时难免会忘，对老年顾客要多一点儿理解和包容才是……"

听了她的话，我突然鼻子有些发酸——我也不好意思跟他们解释，我老是老了，但我未必服老啊，要不是天天点外卖、叫滴滴、在淘宝京东抖音上购物，谁会忘记吃完饭是要现场买单的……

门

杨静龙

因为赶着处理一个文件，这天一大早，我就来到了单位。

干完手头的活儿，还没到上班时间，单位静悄悄的。

我把文件打印了一份，骑上车去外面吃早饭，饭后把文件送到另一家单位。

办完事回来，已经过了上班打卡的时间，单位里热热闹闹的，同事们都在办公室里忙碌着。

我走向自己的办公室，发现办公室的门被关上了。记得刚才离开的时候，我特意没有关门，有意让初秋清爽的晨风吹一吹，让办公室里充满新鲜空气。可是现在，办公室的门却紧闭着。

我在办公室门前驻足四望，来单位里办事的人很多，人来人往的。我迟疑了一下，推开了门。

我重新给自己泡了一杯茶，坐到办公桌前，喝了一口。我开始怀疑是不是自己记错了，也许刚才离开时确实关了门，否则，谁会无缘无故地把我的门关上呢？

正胡乱地想着，隔壁财务处老李走了进来。老李手上拿着一沓财务报表，往我面前一放，说："昨天下班你忘记关办公室门了吧？我给你关上了……"

我"哦"了一声，正想开口解释，老李笑着说："你知道我每天都是第一个到单位的，等我把单位里的开水烧好了，大家才陆陆续续来上班呢。今天一到单位，见你办公室的门大开着，等我烧好了开水，门还开着。来单位办事的人多，人来人往的，我就把门关上了。"

晨风从窗外吹进来，吹得那些报表赶赶咐咐响，有几张纸落到了地上，老李弯腰捡起来，冲我笑了笑，走了出去。

我对着老李的背影，迟迟疑疑地说："老李，谢谢你！"

老李头也没回，说："哈，同事之间这有什么好谢的……"

我到底没有向老李解释，要说这个道谢，其实也有点儿莫名其妙的。可不管怎么说，同事之谊还是让人心里感到暖暖的。

老陈是第二个来告诉我关门的人。

老陈戴一副高度近视眼镜，急匆匆地从我办公室门口走过，然后又退回来，抻长脖子，扭过脸来看着我，说："你来上班啦，昨天下班忘记关办公室门了吧？"不等我回答，又急声说："我路过你门口几次，都没见着你，就帮你把门带上了，嘿嘿。"老陈说完，冲我挥挥手，身影一闪，走了。

老陈的话让我不淡定了，这算哪门子的事呀，他们不知道我一大早赶来办公室加班，不知道我加完班外出吃早餐送文件，不知道我是故意开门透透新鲜空气也就算了，他们帮我带上门给了我温暖让我心存感激，这也是事实。但是，一扇门怎么会有两个人来关呢？

我正在发愣，囊囊囊囊，一阵高跟皮鞋敲打瓷砖地面的声音，自远而近，来到门前。听这皮鞋声，我就知道是单位的美女秘书小潘。"哟哟哟，你工作真是认真呀，昨天都忘记关门了吧？"小潘倚在办公室门框上，笑眯眯地说，她的嗓音和人一样温柔。

我望着小潘漂亮的脸蛋，心里突然闪过一个奇怪的念头，脱口问道："……不会是你帮我关的门吧？"小潘咧嘴一笑，道："那还不是举手之劳嘛，小事一桩，咯咯咯咯……"

小潘说完，笑着走了。咯咯咯咯的笑声由近而远，最后消失在走廊的转弯处。

整整一个上午，我的心里都迷迷瞪瞪的。我在想，老李老陈小潘三人当中，肯定有两个人是说了谎的，一扇门只能有一个人去关，不可能三个人去关同一扇门，这是一道再清晰不过的算术题。

但是，他们就这样说了。看起来似乎他们谁都有可能会顺手把我办公室的门带上，换成我，也会这样做。这既是同事之谊，又是举手之劳，何乐而不为呢。然而，毕竟只有一扇门，却先后有三个人来告诉我替我关了门，我心里总有一种说不出来的味道。

当然，还有一种可能，三个人当时谁都想关门，然后选了一个代表来执行，所以一个人关门，也代表了三个人的心意。但这个猜想经不起推敲。

我一边干着手头上的活儿，一边翻来覆去地猜测分析，一直到吃午饭的时候，心里也没一个清晰的想法。

我迷迷瞪瞪地来到单位食堂，打了一份饭菜，刚吃两口，一个声音在我耳边响起："我说你呀，下班也不关门，你知道是谁帮你关的门吗？"

我抬起头，惊诧地望着一张笑意盈盈的女人的脸，那是单位的工会主席，一位善良的老大姐。她把盘子往我对面一放，坐下来，夹了一筷子菜送到嘴里，慢慢嚼着，没再往下说，但听她的口气，好像这扇门，是她关的。

被遗忘原理

李利君

"我的确叫那若愚，也的确在兰市读过小学，也的的确确有一个姐姐叫那若星。但是，我的确……"

"好的，没事，你想不起也没事，毕竟你那时很小。——我的确不是骗子。再见！"赵章程挂了电话。

一个越洋电话，打出去的费用多少不说，能找到这个号码也是历尽艰辛。

赵章程放下电话后，啜饮了一口茶，心想：我为什么要找到她，而且那么固执地要找到她呢？她也应该有六十岁了。

"吃饭了，爷爷！"孙女喊他。

赵章程从书房里走出来，老伴儿已经在餐桌前坐下来了，笑眯眯地看着他。儿子倒了半杯酒给他，儿媳轻轻地在他面前放了一碗杂鱼汤。

就餐过程一如既往地温馨。他给老伴儿夹着菜，轻声地赞美着每一道菜的可口。老伴儿笑眯眯地点头。赵章程像往常一样温和，但今晚在他温和的神色之下，却掩盖着一些轻淡的困惑：人啊，会那么彻底地被遗忘吗？

老伴儿在几年前突然失去了记忆，往事想不起，对孩子也好像全无印象，只是永远对他笑眯眯的……

晚饭吃了半个多小时，孙女收了碗筷，儿媳洗洗涮涮，儿子带老伴儿下楼遛弯儿。赵章程回到书房继续看书——《美学原理》。

看旧书，这是从几年前开始的，慢慢成了习惯。《美学原理》是赵章程上大学时的必修课教材，是他多年来几乎没动过的旧书，今天偶然拿起，翻动间，里面一张旧照片掉了出来。他捡起来一看，认出来了。他记得很清楚，这是本科班的一个联欢会上拍的纪念照。和他合影的小姑娘那若愚是班上最小的学生那若星的妹妹，当时她刚刚读初一。赵章程那次之所以参加本科班的联欢会，是因为他刚刚出版了一本诗集，心情大好。

那时，赵章程在读研二，是一个著名的诗人。那若愚是个天分极高的孩子，那时也在痴迷诗歌。

据那若星说，当得知姐姐竟然认识赵章程时，那若愚立刻就要求姐姐带她认识"大诗人"。联欢会上，赵章程和这个小妹妹合影，还和她一起朗诵了自己的诗……整个晚上，那若愚一直黏着赵章程，以至于女同学们都说："小妹妹爱上你了。"赵章程轻松地说："好！我也爱上她了。"说这话的时候，还拍拍那若愚的后脑勺儿……

晚会结束后，那若愚问他："你可以给我写信吗？"

赵章程拍拍她的脸："当然！"

后来，赵章程却没有给她写信，倒是那若愚把合影寄过来了。赵章程看了一眼，随手夹进了一本书中……

研二上完以后，赵章程开始找工作。他最终决定去大西北的一座城市，那里有矗立千万年的苍凉的群山万壑，适合他的诗歌。这一去，就是一生——他娶了后来永远对他笑眯眯的妻子，有了一个儿子，自己最终成了一名教授，后来退了休。退休后，他这才发觉，漫长的岁月开始了……

他不再写研究文章，而是写下了大量散文和诗歌，充满了对过往岁月的感慨和淡淡的忧伤。他陆续把自己的少年、青年时代都写出来了，仿佛看见一个青葱的自己，正披着晨光一路走过来……他的得意与失意、爱与恨、酸甜与苦乐，一一复活。

……赵章程给几盆绿植洒了点儿水后，坐下来，看了几行字，把《美学原理》扣过去了。这本浅显的基础教材处处有着自圆其说的精巧阐释，让他有一种流畅的疲倦感。

这个那若愚，他很多年前就开始找，可是就连她的姐姐那若星也音信难觅。他一直通过研究生同学群、本科同学群、西北校友群和各种群在寻找那若星。他想，找到那若星就一定找得到那若愚。他是在一个诗歌群里意外得到那若愚的消息的，然后，拿到了联系方式。原来，她在国外定居了。

今早，赵章程看到照片后，心想，打个电话给那若愚吧。

那若愚说："……但我的确想不起您是哪位了！"

此刻，赵章程把书中夹着的照片也扣过去。照片，令他有一种不流畅的疲倦感。这时，他发现，照片背后有一行模糊的字。

他戴上老花镜，凑到台灯下，辨认出是这样的内容："你可以写信给我吗？你会写信给我吗？"他突然一惊。

他在楼上是可以看到楼下的。他从慢悠悠散步的人群中，很容易地看到儿子正陪着老伴儿慢慢地走着。在他娶妻之前，曾短暂地忘记过世间万物。那时，他以为此后的岁月中将全是甜蜜的爱情。然而，他不知岁月竟如此漫长，而他的爱情已变得只剩下令人心痛的笑眯眯……

老叔婶

岑燮钧

周嘉昌一个人住在前祠的老屋里，孩子们都已各自成家，远的在上海，近的也住在城关，日子过得很简单。不像隔壁阿嫂家，人多口杂的。幸好老阿嫂是个天生的高度近视眼，眼不见为净；这几年，她耳朵也聋了，估计一半是真的，一半是装出来的。人老了，只能识相点儿，自动靠边站。

阿哥已经死了多年了，周嘉昌的女人也死了好些年了。

周嘉昌比人家好的是，他有一台12英寸的黑白电视机，是在上海的儿子送给他的。那时节，电视还没普及呢。儿媳妇说："阿爹啊，我们不在身边，给你买了台小电视，解解闷。"实际是，换频道的那个按钮都有些松了。

有了电视机，他就不寂寞了。阿嫂的孙子孙女，天天窝在他那里，小爷爷长小爷爷短，等着放《霍元甲》《上海滩》什么的。他们是上了瘾，周嘉昌有时犯困，也只能陪着。阿嫂来叫他们，说小爷爷要睡觉了，他们就赶走她。有时，她站在孩子们后面，看一会儿，周嘉昌就掇把椅子让她坐，她也就坐下了。其实，她只看到些人影，也不知道演些啥。

突然有一天，侄子走进来，跟他商量。他们要造房子，房子得先拆了，想把老娘暂时安顿在他那里，看行不行。周嘉昌踌躇了一下，也不好拒绝，就说道：

"那你娘的意思是……"

"那你放心，她又能住到哪里去？"

周嘉昌住着两间老屋：一间前客堂后灶间，另一间是睡房，中间隔着板壁，问题是，得从同一个门进出。女人在的时候，他睡后半间，现在，后半间堆满了杂物，他睡到前半间了，前半间亮堂。

侄子帮着他整理了后半间。他虽是老男人了，但是老嫂子住在他的后半间，这事要是传出去，也够让人嚼舌头的。他心里有想法，但是，老嫂子都没计较啥，他一个男人还能说什么。何况，年轻的时候，他跟嫂子也没犯什么过节。"这倒是呀""那倒是呀"，是她的口头禅，她是个随风倒的人。他女人在的时候，妯娌俩也没大吵过，也就几句碎碎念。说来也真是巧，他的女人也是个近视眼，不过，没嫂子度数高。那时节，女人得近视眼的真不多，他们周家不知犯了哪门子邪，竟撞在一起了。有一年，生产队里分土豆，两个女人从地里抬着半箩筐回来，一脚高一脚低的，让左邻右舍笑话了半天。

嫂子住进来的那一天，烧中饭时，他多舀了半勺子米，谁知侄孙女搬了饭菜过来。等侄孙女走后，他去后半间看了看，嫂子在念佛，饭菜放在床头柜上。"要不，你也到桌上来吃？""没关系，你自个儿去吃吧。"吃夜饭的时候，是侄孙子搬来的。周嘉昌见了，就让他先放在桌子上。侄孙子朝里屋喊了句"奶奶，我放桌上了"，就跑走了。周嘉昌自己先吃了起来，但他吃得很慢，过了好一会儿，老嫂子才出来。客堂间的桌子靠着墙，他们各坐在桌子的一边。嫂子只有一碗腌冬瓜，周嘉昌还有一条小咸鱼干。他推过去，说："你尝个味道看。"嫂子的眼睛不好使，她就整个儿夹过去了。

晚上，周嘉昌听见后半间赶赶咐咐了半天。要是年轻的时候，他肯定有想法了。可是，现在，老嫂子都快八十了。人老了，就这样了。他竟然先听见老嫂子的鼾声，虽不甚响，却也让他辗转了好一会儿。

侄子是小儿子，前面有好几个姐姐，她们都过来看了，个个都说好，没有一个说："娘，住到我家去吧。"

周嘉昌瞧着侄子造房子，忙得很。有时老嫂子也去看看，半瞎子一样，抖抖索索走在瓦砾堆里。侄子见了就说："娘，你别出来，碍手碍脚的！"

有一回，不知是忙还是忘了，过了十二点，也没人搬饭菜过来。周嘉昌说："就在我这里吃一点儿吧。"老嫂子没拒绝。过了一会儿，他听见侄孙子说："奶奶已经在小爷爷那里吃好了，我不用拿过去了。"

周嘉昌一个人过，悠闲惯了，吃了饭，他就听一会儿唱机。老嫂子后半间闷，有时也拿个佛包过来，坐在客堂间，念佛。两个人各顾各，有事没事，搭讪一句。唱机里嫂嫂长叔叔短的，嫂子就问了句："这是在唱啥呀？"

"《双推磨》，侬晓得伐？"

"我就听见一个在叫叔叔，一个在叫嫂嫂……"

"人家是叫叫的，又不是真的叔嫂……"

"这倒是呀……"

"侬看过这个戏？"

"没呀，侬在讲呀。"

"我以前在上海看过这个戏，一个寡妇，跟一个小后生，一边推磨一边唱，蛮好听的……"

"那是好听呀！"

这时，正好侄子撞了进来。"小爹呀，这一袋芋艿我刚从地里刨来，你吃吧。怪不好意思的，有时忙得连我娘的饭菜都忘了……"

"没关系，没关系，你客气啥。"

这话是说了，渐渐地，还真没人送饭菜过来了。有一回，侄孙子跑来："小爷爷，爹妈买砖头去了，到现在还没回来，我肚子饿了，我跟奶奶一起在你这里吃好吗？""那你姐呢？""她怕羞，不肯来。""那都到我这里吃吧，你去把你姐姐叫来。"周嘉昌第一回觉得自己家里人丁兴旺。自从女人没了，孩子们就再也没有在老屋里聚集过。来探望的时候，大抵也只是儿子或者女儿过来一下，孙辈们忙呢。今天，为这一餐饭，他忙了半天，老嫂子替他烧火，他烧了好几个菜。但是，他还是挺高兴的，让两个侄孙多吃点儿，也第一次给老嫂子夹了菜。老嫂子还站了起来，连说："你自己吃，你自己吃！"侄孙们一口一个小爷爷，一口一个奶奶，仿佛他们就是一家人似的。直到晚上看电视的时候，侄子他们才回来。当时，老嫂子坐在最前面，眯着眼，不知看懂了没有，俩侄孙一直在给她讲，周嘉昌也不时插上几句。

老嫂子在周嘉昌那里住了差不多半年。有天，老嫂子有说没说道："不知他们什么时候来把我接走？"

"毛坯房子，到处漏风，门窗都还没装上呢。"

接走的那晚，周嘉昌在桥头坐到半夜。"你老嫂子搬走了？""搬走了。"直到月亮都被树遮住了，他才回去。

睡觉的时候，不知怎的，他特意推了一下后半间的壁门，点亮电灯，看了看。

第 4 辑

诗意的月亮

丁金马去向不明

李 方

近百人从午夜开始搜寻，到天亮仍无结果。望着被低矮灌木和葱郁松柏覆盖、高低起伏的山峦，派出所所长叹息一声：大半夜的，是我在群里把大家召集起来的。现在我们要先撤回去了。毕竟，全乡的治安就靠着这十来个人……分管民政的副乡长搓着脸，驱赶着不断袭上来的困倦说：晚上有你们，胆子壮。回去吧，我们继续找。

山梁上、半山坡、山沟底，人散如星，晃动在绿草灌木中。到了中午，烈日当头，人困马乏，连老丁老两口都斜躺在长满了碧草的山坡上，哼哼着走不动了。

走失的是他们四十七岁的儿子丁金马。

在整个西梁镇，丁金马也算半个名人。出生地是杨岔村，患小儿麻痹症，治疗过程中注射青霉素，导致耳聋，那时候他叫马驹。十岁时，修水库的父亲因塌方被埋在了土里，母亲带着他改嫁到油坊村，榨油匠金昌成了他的养父，改名金马驹。他十七岁时金昌病死，又随母来到丁湾村，改名丁金马。三个爹，三个姓，三个姓成了他的名字。他长年自闭，导致口吃，到后来不会说话了，心智还是小孩子的水平。我三年前驻村担任第一书记，对他这段悲惨的人生经历深感惊奇。

副乡长、支书、主任和我，几个人短暂地商量了一下，觉得仅在本村搜寻不是办法，必须联合附近村组，扩大搜寻范围。副乡长给蓝天救援队打电话，并回乡政府等他们。支书、主任召集各路人马沿昨夜走过的地方重走一遍，撤回。我和几个体质好的年轻人留下来陪着老两口，等撤回去的人吃过饭，带足食物、饮料、手电筒回来，准备彻夜搜寻，绝不能停顿。

留下来的人，都聚集到老两口周围，扯下野草垫在身下躺着，干燥地舔着嘴唇，议论着说：你看现在这个山、这个沟，封山禁牧前，光秃秃的，一眼观三山，别说人，就是跑出个兔子来，都看得清清楚楚。又一个说：就是。哪像之前，现在钻进去个大象都难找。

丁金马的妈揉着弯曲的双腿说：真是造孽啊，害得大伙儿一晚上不得睡觉，连地里的活儿都干不成。都回去吧。他是死是活，就看他的造化了，不找了。

老丁望着远山不语。

我问：有没有丁金马特别喜欢去的地方？

老婆子说：没有。老早就爱去个油坊村，这都多少年没去过了，老油坊早拆了，他不会去的。

老丁收回看山的目光，神情复杂地凝视了老婆子几秒，转过脸对我说：油坊村肯定是不会去的，亲戚家打电话都问遍了，废井、塌窑都找了，实在没办法了，昨晚十一点才给派出所打电话报案的……老丁不说了。

有没有可能……我迟疑着说，他乘车离开了村子？

老丁两口子没说话，旁边躺着抽烟的一个愣头青在淡淡的烟气里咧着嘴笑了：那不可能，书记。丁金马身上要是有一个虮子，老丁都会捋着吃了的，哪会让他有钱坐车呢？没钱，谁会白拉他？

老丁抖着几根荒草茎般的白胡须，转过脸骂：滚蛋！这时候还说风凉话，和你先人一个德性。

沟岔组的队长翻身把小伙子压在胯下，夺了他手中的烟摁死在地上，说：狗日的，天干物燥的，还敢在山林中抽烟。又抬起头对我说：丁金马没钱坐车是肯定的，你不知道，他身上的衣服从来就没个巴掌大的口袋，除非他把钱含在嘴里。

老丁委屈地辩解：那不就是不让他藏钱，害怕他走远了寻不着嘛。

老婆子下了结论：这倒是实的。

一个大活人，在丁湾村少说也生活了三十年，虽然耳不能闻声，口不能言语，但眼里认得路，手上能做活儿，绝不可能就这样生不见人、死不见尸地消失了。

支书、主任带着一大帮人上山来。我们正在吃喝，副乡长带着蓝天救援队的人也到了。破拆工具、应急照明、绳索、梯架、无人机。看着这些野外搜救装备，所有人精神大振。

很显然，副乡长已经给救援队队长介绍了基本情况，队长很专业地对人群做了分工，规划了路线，无人机飞上高空，呜呜作响，人们分散开来，按划定的区域，开始地毯式搜索。

临近黄昏，老人、妇女们都被劝返回去，就连老丁老两口，也一并回去了。其他人都吃饱喝足，准备连夜搜寻。这时候，突然传来一个振奋人心的消息：丁金马果然在油坊村找到了。但没过五分钟，又传来消息，经油坊村警务室民警仔细辨认，找到的不是丁金马，是经常在乡政府街道上捡破烂的邢老五，他失足掉进了一座废弃的塌羊圈，摔断了腿。

夜色轻掩上来，大家心头浮荡起不安。

我和支书顺着梯田边沿往前走，我轻声问他：会不会是老丁……

支书笑着摇头：根本不会。早年的时候，老丁偏心自己的亲儿子，觉得丁金马是个累赘，一次把他丢在戏场里，一次扔在集市上，自己悄悄溜了，但都被认识的好心人送了回来。后来政策越来越好，不然，十个丁金马都死过了。他虽然是个残疾人，但也是个主劳力，又是建档户，残疾补贴、护理费、低保、危房改造，各种优惠政策都有，现在就是个金疙瘩。老丁那个老财迷，不疼人还疼钱呢。丁金马要是真的走失找不到，这些钱就一分都没有了。现在最想找到丁金马的，恰恰是老丁。

夜色深浓，潮气涌动。在满天星光下，山梁沟底里到处晃动着数不清的灯光。无论如何，我们都要将丁金马找到。

诗意的月亮

徐　东

他放弃工作，专事写诗已有十年了。十年间，他的儿子从初中升到高中，又从高中升到了大学，后来大学也毕业了，他和妻子也都是年过五十岁的人了。

有一天，他对妻子说，咱们离婚吧。

他曾是一家大型企业的高管，年轻时赚到不少钱，而且在房价还不是太高的时候，在市中心买了两套房。他辞职后虽说没有工资，但在公司还有些股份，每年的分红也足够开支。由于生活无忧，妻子对他的辞职和专事写作也不反对，但在离婚这件事上却明确表示不同意。

他却鬼迷心窍一般，一定要离。

几年前，他和妻子曾经去过一个叫万绿湖的旅游风景区，因为喜欢那儿的青山绿水，在那儿买过一套房。那是他们的第三套房产，在办理离婚时，那套房子分给了他。

他搬到了万绿湖，住在一套临湖的房子里。

一个人看山、看水、看天上的云；一个人走路、吃饭、睡觉；一个人阅读、思考、写诗。

有一天，我给他打电话时才知道他离了婚，离开了深圳，住在那个仙境一般的地方。那时由于新冠疫情，我和他有将近一年时间没有见过面了。再见面时，是在他万绿湖的家里。

我在客厅沙发上坐下来说，真没想到，你都到这个岁数了，竟然还离婚，为什么啊？

他坐在我对面，边泡茶边说，这水是万绿湖中的水，是可以直接饮用的，说真的，我真满意这个环境。离开喧嚣的大都市，安静下来了。安静，一个人静静的多好，这是我想要的——你也可以理解为这是我为什么想要一个人过的理由。

你这样离群索居，时间久了可能也会不适应吧！

至少目前还好。其实，我每天都在孤独与反省中度过，这既是折磨，也是享受。现在的我与过去的那个我割裂开来了，现在的我读诗、思考诗、写诗，你可以理解为，我这就是在诗意地栖居。

这对你妻子公平吗？

这些年来，我与外界刻意保持距离，为的是接近真实的自己，接近诗，别人理解不了，可这对我是重要的。我这是在以特别的方式爱自己，同时也在爱所有人，所有生命，当然也包括我儿子，我前妻，我父母。这种爱超越了世俗，让我的生命得到了升华，甚至让我认为，诗歌是我的信仰——人应该有权利选择他想要的生活不是吗？

理解，只是我还无法像你这样活着。你的诗越写越好了，但也让更多的人看不懂……

他端起茶杯喝了一口茶说，这说明世上绝大多数的人还需要进一步地认识自己，认识诗，但这是困难的，因为很多人只能生活在他的命定中，无法也无力选择新的生活、新的可能。

你还会再去谈一场恋爱吗？

不会了，我想要爱的不是某个具体的人，那会让我活得太受限制，我所爱的可以是一朵小花，一只小动物，一泓澄澈的湖水，一首诗之类的存在。当然也包括人，但最好不要再爱上某个人。

如果你是我，有套小房子，房子还需要每个月准时还贷，有两个孩子要养，经济上入不敷出，也许诗意地栖居的生活只能是想一想了吧？

其实我在上初中时就爱上了诗，但是为了高考放弃了，大学毕业以后为了生存，为了成家立业，我也折腾了十几二十年，后来有一天，我突然明白了，写诗才是我的理想，我要换一种活法……但想法归想法，有时现实却会不断给人出难题——上个星期，我前妻打来电话，说她得了乳腺癌，医生说目前还可以动手术，但将来怎么样，谁也不清楚；今天早上，我的前妻打来电话说，她妈妈住院了，可能快不行了。她的父亲十多年前就走了，他们只有她一个女儿……

如果不是我要来，也许你已经回去了吧……

是啊——不过既然你来了，我们出去走一走吧，我带你去转一转。

我们从房间走出去，在万绿湖转了一个下午。晚上在一家客家风情餐厅吃饭时喝了酒，他喝得有些多了。

在走回家的路上，他用手指着天上的月亮说，瞧，月亮。

我也看着天说，是啊，万绿湖上的月亮，今天的月亮真圆，像八月十五的月亮……

他突然就失声痛哭起来，边哭边骂自己是个混蛋。

我扶着他在湖边坐下来。过了一会儿他才平静下来，感慨地说，你说人这一辈子，究竟是为了什么呢？

我也说，是啊，为了什么呢？

我们看着星月的光投在微波荡漾的湖面上，仿佛有一种静静的、诗意的东西在涌动，令人有着淡淡的忧伤，又令人感到有一种难以言说的美好。

善人之举

王琼华

在克承眼里，父亲罗一凡很吝啬。但在街坊眼中，罗一凡却是整条裕后街的头号善人。

平日，罗一凡帮助过不少街坊邻居。他的口碑几乎就是掏钱得来的。

但克承看不惯父亲一再把钱转给方林。在他眼里，父亲早已成了方林的印钞机。

方林跟罗家非亲非故，不过是跟克承做同学。罗一凡掏给方林的第一笔钱，还是克承跟罗一凡说："一凡他妈也去世了。"

"常来约你去图书馆的那个孩子？不幸哪，这么小就成了孤儿。"

"下学期，他上他表叔厂里做饼干。"

罗一凡端起紫砂壶，吸了一口茶，问："成绩如何？"

"期终考试，他总数比我多，多九分。"

"你这个榜眼前面的同学就是他？"

克承点点头。

开学时，罗一凡交了两份学费，一份儿子的，另一份是替方林交的。他跟校长说，方林以后的学费由他来交。学校特意举行一个仪式，将写有"爱心育人"的锦旗送给罗一凡。

方林很感谢克承。克承当然也有些得意。没多久，方林被街坊调侃成是罗一凡的私生子。克承不信这一说法。不过，他开始讨厌方林。如此感受却是与克承自己的父亲有关。方林说要去跑5000米，罗一凡爽快地给他买了一双跑鞋。克承眼红，也想买一双。罗一凡说："你那双跑鞋还能穿。"

克承翻一白眼。父亲这话也没说错，但方林原来的跑鞋就是去年跟克承一块买的。这时，他发现父亲竟然会毫无道理地偏心，好像亲生儿子还真是方林。

还好，在比赛时，克承战胜了方林，夺得5000米冠军。

罗一凡开心地说："儿子，奖你一双跑鞋。"

"这鞋明年还可以跑！"克承冷冷回父亲一句。没多久，克承用暑假打工赚到的钱买了一双新跑鞋，比方林的鞋还贵几十块钱。罗一凡看到儿子脚上的新跑鞋，没吭声。

克承跟父亲的冲突终究还是发生了。

这时，克承与方林毕业，一块回到裕后街。两人有了创业计划。罗一凡很赞成方林的想法，帮他提了不少建议。方林说："罗叔叔吃的盐，比我吃的米饭还多。"克承也想跟父亲交流。罗一凡哑着嗓门儿跟他说："你自己不是有一颗脑袋吗？"

当然，克承最后被惹怒，还是父亲竟然主动提出资助给方林一笔钱。克承也想从父亲手里拿到一笔资金来启动公司。结果，罗一凡说道："你可以找银行贷款。"

愕然。

紧接着，克承忍无可忍地问："难道我真不是你的亲生儿子吗？"

罗一凡没答话，放下手中那天天陪着自己的紫砂壶，起身便去银行转钱给方林。

克承抓起父亲的紫砂壶，便要砸地上。但他吁出一口长气，很无奈地将壶放回茶几上。

几天后，克承得到了第一笔贷款。

这时，街坊们没再戏称方林是罗一凡的私生子。罗一凡的善举，在裕后街上赢得阵阵喝彩，都说是罗一凡觉得方林比他儿子有出息，才有这般举动。方林听到这些说法，只是哼了一声，也没去理睬。他倒能争气，刚开张的公司生意做得很火。

很快，克承成为裕后街上的一个纳税大户。

"必须如此，否则太长他人志气，也损了我父亲的名望。"克承在公司员工年终茶叙会上说了这么一句话。但个中滋味，唯有他知。

这时，克承有了打算，这辈子再也不找父亲帮忙。

但有一年，他不得不去找父亲帮自己一把，也因此差点儿要跟罗一凡解除父子关系。

当时正遭遇亚洲金融风暴，克承的公司经营陷入困境，他急需周转资金，只好去见父亲。罗一凡说："我即便有钱，也是养老的。"

听了这话，克承也不好再说什么。毕竟，父亲早已不再经商。

时隔两天，方林却从罗一凡手上得到一大笔资金。克承听到这消息时，忽地蹿到罗一凡跟前。但他还没开口，罗一凡已经说道："又来质问我你是不是我的亲生儿子？"

"你怎么会见死不救？"

罗一凡喝了一口茶，然后闭目养神。

克承只好去借款。他差点跟自己一个女同学的老公下跪了。女同学见了这场景，眼珠子也差点儿瞪了出来。女同学后来说："老公不当即松口，我也会晕过去。克承是我最看中的学霸。"在抢一份合同时，克承一口气喝掉一瓶白酒。平时，他只是一个二两酒、扶墙走的角色。他被送进抢救室。医生说，再晚十分钟，菩萨也救不了他。

到了年底，财务总监跟克承说，我们活下来了！但他几乎没一点儿反应。他将脸一侧，眼睛往裕后街另一头望去。

他看见了方林的公司。这一刻，他有了一个想法。这想法让他紧紧地攥上了拳头。

从此，他很少回去看父亲。

方林的公司，他也很少去。即便方林依然很热情地相邀，但克承承认，自己与方林形如陌生人的感觉越发强烈。

　　但这一日，克承走进了方林的公司。

　　这一步踏进去，克承花了七八年时间，脑顶上的头发也早被他抓了个精光。方林看到他进来，却没有往日的那股热情。

　　克承刚刚盘下了他整个公司，价钱很便宜。方林明白，不答应克承的要求，对方一定会逼得他陷入资不抵债的境地。

　　当日，克承回家里去探望父亲。

　　父亲正染病卧床。

　　但罗一凡看到儿子进来时，竟然拍响了巴掌。

　　"真是我的儿子！"

　　"你的儿子，差点儿毁在你做父亲的手里。当然，你今日一定会感到遗憾。"

　　"遗憾？"

　　"你不计成本扶持的公司被我吞并了。如你当年一样，我也成了裕后街上的首富。可惜，父亲那么多钱被打了水漂。早知今日，何必当初。"

　　克承端起父亲的紫砂壶，真想喝上一口。但他没喝。

　　这时，他听到父亲说道："父亲这些钱若直接打给你，那今日你就是他！"

　　这一刻，他猛然发现紫砂壶里的茶有点儿滚烫。

有出息的人

韦如辉

妈妈出走时，是个仲春。阳光金沙一样从天上铺下来。妈妈带小小吃了肯德基的汉堡、薯条、鸡米花，喝了可口可乐。小小喜欢这些东西，做梦都流了一枕头的口水。爸爸从不带她来，妈妈也不经常带她来。小小打着饱嗝儿，高兴得像小鸟，一头飞进金沙一样的阳光里。

妈妈送小小到了楼下，不再往楼上走。她抬头望了一眼空中，慢慢蹲下来，双手抚着小小的头，揉着小小的脸蛋，说："小小啊，你要向妈妈保证，今后要好好学习，做个有出息的人，不能像他！"妈妈把一个"他"字咬得很重，似乎在嚼一块生铁。小小知道妈妈说的是爸爸。妈妈当着爸爸的面，也这样狠狠地说。小小那天觉得妈妈怪怪的，怎么不回家，还说这样无厘头的话？小小拽住妈妈的一只胳膊摇啊摇，她不知道是冲妈妈点头还是摇头。

妈妈掰开小小的手，仰起头，冲空中骂了句："没出息！"之后，便一步一脚消失在小区的树林里。小小的嘴巴变了形，声音却没有跑出来，眼眶里的两颗由小渐大的珠子，被阳光映射得亮晶晶的。

爸爸喝醉了，半卧在沙发里，一只脚伸到靠背上。放剩菜的餐桌上，飞着一只苍蝇，像轰炸机一样嗡嗡作响。电视没有关，身材姣好的模特，在里面来来回回走动，不时搔首弄姿。

小小走过去，关掉电视，爸爸睁开惺忪的眼睛。他总是这样。小小不需要喊他，喊也喊不醒。只要一关掉电视，他就会自动从死的状态醒过来。

爸爸嘴里喷着酸腐的酒味儿，问小小："妈妈呢？"

小小没有回答，哭着跑到房间里。房门紧闭，挤出来她更加凌厉的哭声。

那时还没有手机，即便有，小小家也没有。

一天，两天，三天过去了。妈妈没有回家。小小的眼泪哭干了。她问爸爸："妈妈呢？"

爸爸嘴里依然喷着酒气，迷瞪了大半天，慢慢地说："走了。"

"妈妈为什么走？走多长时间？什么时候回来？"在小小的脑海里，有许多关于妈妈的问题。

小小恨爸爸，她在心里说："没出息！"有时候，她也用眼睛或身体说："没出息！"可是她的爸爸，总是糊里糊涂的。

上学的小小，成绩总是名列前茅。她暗暗发誓："一定要做个有出息的人！"

爸爸喝醉酒，摔倒在地板上，头上流着血。小小抱着爸爸的头，边擦血，边喊着妈妈："妈妈，你在哪里啊？"

她央求爸爸："我们出去找找妈妈吧！"爸爸先叹气，后摇头。小小赌气："你不去，我去！"小小刚转身，爸爸便拽住她问："孩子，你知道妈妈去哪里了？你到哪里去找她？"这个问题把小小问住了，她去哪里找妈妈？她在心里也这样问过自己。

在小小成长的日子里，妈妈就像空气一样，若有若无。

"狠心的人！不！没有出息的人！"她用妈妈对爸爸的语气和神态，痛恨着妈妈。

小小做过一个奇怪的梦，妈妈被一只老鹰叼走了。那只老鹰体形巨大，两翼扇动，伸出大爪子，轻轻地就把妈妈拎了起来。妈妈大喊："小小救我！"小小坐在地上，看着老鹰慢慢升空。小小从梦中醒来，觉得这个梦怪让自己难过的。

爸爸查出病，胃癌晚期。

小小读高三，正是冲刺高考的关键时期。

爸爸戒了酒，饭也吃得艰难，身体一天天消瘦，似乎刮一阵风，便可以把他吹倒。

爸爸递给她一张纸条，上面写着一行数字。爸爸告诉小小："找你妈妈去吧。"

小小拧着腰，嘴里说："不！"

爸爸盯住小小的眼睛，慢慢说："小小啊，有件事儿，爸爸一直瞒着你。其实，你妈妈不是亲妈妈。"

因为生小小时难产，亲妈妈没保住。妈妈跟亲妈妈是闺蜜，看小小可怜，经常照看他们父女。

爸爸说出了这个秘密，还拿出当年他和亲妈妈的结婚照。亲妈妈真漂亮，两条大辫子垂在胸前，油黑发亮。跟她记忆中的妈妈，一点儿都不像。

爸爸一直生活在痛苦中，活成了一个没有出息的人。

爸爸是怎么弄到妈妈的电话的，小小没问。当然，小小也没有打那个电话，她衷心祈愿妈妈现在过得很好。

送走爸爸，靠他留下的抚恤金和自己勤工俭学，小小完成了大学的学业。

伸向岁月深处的路，很长。

小小经常暗暗发誓："此生一定要做个有出息的人！"

怪　楼

万　芊

金泾村有个怪人，姓冯名唐人。早年，村里人大多是文盲或小学文化程度时，他已拿到初中文凭，回乡后，在村小当代课老师。

20世纪80年代初，金泾村人家大多拆了旧瓦房盖新楼房，几乎家家都是一样的白墙小黑瓦楼房。房前一个小泥院，槿树篱笆围着，搭些猪圈、鸡棚、鸭棚啥的，再种些蔬菜，自给自足。冯唐人也盖房，仍然是几间不大的平房，而院子留得挺大，院东砌了高高的风火墙，院西建了半个亭子。院中挖了个锦鱼乌龟池，东墙边一排湘妃竹，西亭边一株芭蕉，有点儿像微缩的苏州园林，别具一格。院子落成后，东邻黄阿三不干了，说你风火墙上砌了那么多小瓦，下雨时滴水滴到我院子里了，你这是啥意思？西邻姜尼大更不买账，在自家泥场上叫骂，你冯唐人在别人家院子正东面戳个高高的尖角，你眼里还有邻居吗？

黄阿三、姜尼大把冯唐人告到大队里，大队里来人调解，其实也只是来和和稀泥，这事也就不了了之了。再后来，突然间，冯唐人的院墙和亭子半夜里被人给推倒了。冯唐人跟左右邻居论理，黄姜两邻都说不是他们推的。冯唐人这下吃了哑巴亏。

冯唐人精心设计的院墙被推，人顿时变得傻乎乎的，原本在学校里当代课老师，不知啥原因到期了也不给续了。冯唐人以前一直在外读书，农田里的事不大会做，这下当不成代课老师，成了游手好闲的二流子，出不了工，拿不到工分，全年口粮都成了问题。老婆带着女儿落着泪走了。冯唐人更成了怪人，村里人背后都唤他"书毒头"，意思是书呆子。

金泾村头是条大河，拐弯处有一座只有几分地的孤岛，分自留地时没人要，队里给了冯唐人。无所事事的冯唐人，在自己的老宅上没法折腾，便开始在自家的小孤岛上折腾。他用废竹木料扎了个竹木排，把被人推倒的院墙、亭子的砖瓦运到小孤岛上，自己胡乱建了个怪怪的小楼，远瞧像一个小碉堡。他又在那怪楼边上搭了个棚，养了一头落脚猪。猪棚边上，他用废毛竹片搭了几条滑槽，猪拉的粪水就顺着这些滑槽流到四边的菜地里。小孤岛的一边是浅滩，冯唐人用废木料毛竹围了栅栏，做了个"仙人跳"，外面的鱼能游入栅栏，然而却无法游出来。围住的鱼虾，足够冯唐人一人享用。栅栏里，他养了些鸡鸭，鸡占的是地，鸭占的是水。冯唐人又在猪棚上搭了个露天花坛，种些四季能开的花草。闲暇时，冯唐人就坐在花坛中拉二胡，悠然自得。屋子、猪棚的墙面参差不齐，冯唐人种了爬山虎，只几年工夫，爬山虎就让这些墙面浑然一体。为挡水，冯唐人在小岛四周水里种上芦苇，岸上种上竹子和小树，这样又解决了怪楼需要加固用的竹木料。小孤岛上没电，冯唐人用煤油照明。冯唐人在小孤岛上，独来独往，这些年是怎么过来的，没人去关注。

到了近些年，金泾村富裕了，家家户户改建了新楼，都是一式两层半中式别墅楼，楼前都有一个干净考究的院落，好像微缩的苏州园林，其实好多人家模仿了当年的冯唐人庭院。院里，观赏竹、观赏鱼池、假山、小亭、花草一应俱全。村里向外筑通了宽阔的沥青观光马路，村里几乎家家户户都想经营农家乐，都在想方设法吸引城里人过来住宿、采摘、垂钓、种植，吃农家蔬菜，吃水乡鱼虾。

这时，又有人到村里告状，说冯唐人在小孤岛上的怪楼，环境脏乱差，竟然还私自饲养着猪鸡鸭；还怪模怪样的，给崭新的农家乐村抹黑。村里把事情汇报到镇里，镇执法队多次过来处罚，责令拆除，然而冯唐人傻傻地躲在屋里，不让陌生人上岛。

有些事一般人还是没能想到，来农家乐玩的人中有人用无人机拍了怪楼和怪人冯唐人日常的生活视频发到网上。一夜之间，怪楼成了网红打卡地，好些热门主播赶很远的路过来蹭热度。

怪屋拆违的最后期限到了，镇执法队开来大批人马，准备拆除。孰料，全村人把进村的路给堵了，不让执法队进村。执法队队长说，这不是你们自己举报的吗？村民们说，我们现在不举报了，怪楼成了网红打卡地，好不容易把我们村的人气热起来。它拆了，我们村又要没人气了。

拆怪楼的事，就此一直僵持着，越僵持怪楼越红，红得发了紫。

没料想，后来突然一夜暴风雨。雨过天晴，又有好些大老远过来蹭热度做直播的人非常痛心地发现怪楼突然塌了，而怪人冯唐人在河边滩地上，搂着自己的猪一副漠然的模样。

金泾村人有些失落。

老莫的情人

袁有江

我亲眼见过那棵长相奇特的树。

保安老莫将它养在门卫室里,已有两个多月的光景。下班后,三三两两的工人,总喜欢聚在保安室,围着它品头论足。有人叫它"美人树"。半人高的树身,似一个葫芦,上瘦下肥,中间束着细细的腰肢。两根枝丫修长扭曲,叶如令旗,往两边展开,呈要拥抱的臂膀。美人头顶一蓬花瓣,浓浓密密,俨然女人的发髻。最叫人称奇的是,髻上还翘出两根螺旋丝绦,雉鸡翎似的,活脱脱一位古代巾帼英雄。有人联想到老莫动不动就哼唱豫剧《穆桂英挂帅》的段子,便说,干脆叫它穆桂英好了。对于"穆桂英"的出处,大家莫衷一是。有人说,她应该来自山东穆柯寨。有人反驳,你没见她肚子都大了,这是和杨宗保结婚后,应该来自河南天波府。也有人说,这是从国外引进的一种盆景树……

权威的说法是老莫发布的。老莫说,它来自老河滩。

老莫那天相亲归来,正垂头丧气地顺着河滩走,远远地望见一簇花,红艳艳的,在冬天凛冽的寒风中熠熠生辉。老莫裹了裹身上的大衣,眼里瞬间涌出了泪花。他几步小跑,奔下河滩,一把将它搂在怀里。自从有了"穆桂英",人们发现老莫的精神面貌焕然一新。或早或晚,不经意间,总能听到他断断续续地哼:"辕门外三声炮如同雷震,天波府里走出来我保国臣。头戴金冠压双鬓……"夜深人静时,老莫更是掩了门卫室的门,半眯着眼,瞅着花树,一遍遍地浅吟低唱。灯影绰绰中,那花树就幻出人形。恍惚间,一位衣履朴素的农妇，正漫不经心地一边搓玉米，一边跟老莫唠叨，今年的雨水均匀，瞧这籽粒，颗颗饱满。想那年大旱，只一层皮，玉米秸真难下咽。一进腊月，村里老少娘们都讨饭去了……妇人的声音，温润如玉。老莫相跟着含混搭腔。

突然，一束强光扫过窗外。"嘟嘟"两声之后，震颤的轰鸣声持续在门外山响。梦醒的老莫赶紧去开门。厂里的送货车回来了。

老莫再回身时，只剩那株花树立在墙角，一言不发。

过年厂里放假，只留下老莫看厂。小岛制衣厂，也是一个怪名字。为什么这家工厂名为"小岛"？大家猜测，可能是因为工业区百分之九十的工厂都拆迁了，只有这幢破旧的三层小楼，还孤岛样残留在瓦砾间。起雾的时候，四周空地淹没在雾霾里。小楼有半层浮在雾气之间。远远望来，确有点儿海岛的味道。其实这种说法没道理。在工业区还没开始拆迁的时候，它就叫小岛制衣厂。之所以一年多没拆，是因为老板无论如何都舍不得。

除夕之夜，老莫对着花树说，唉！你毕竟是一株花树，连陪我说说话都不行。我要去老吴那边过年了，你就在这儿帮我守厂吧。说毕，他轻抚着它头顶那蓬红艳艳的花瓣，仿佛闻到了老吴家饭菜的清香。

老莫走之前，给它浇足水，上好肥，搬进了楼梯道。

老吴是小区的水暖工，每年过年都要上班，从不回老家，因为春节假期间的工资是平时的三倍。老吴习惯在过年的三天，叫上老莫来做伴。

正月初三送年酒后，老莫别了老吴，醉眼迷离地回厂。那天，当他临近制衣厂时，看见了天大的奇迹。士别三日当刮目相看。树别三日呢？简直让老莫爆眼珠子。仅仅三天时间，那株原本半人高的花树，竟长成了一棵参天大树。

粗壮的树身穿墙裂壁，顶出楼顶。那蓬红艳艳的花瓣，显得格外茂盛，像苍穹下陡然升起的一面旗。合抱粗的树身，将小楼胀裂两半，向两边倾斜着，摇摇欲倒。仿佛又倒不下来，树身像一根擎天柱般壁立着。两根枝丫，长成钢筋铁骨的手臂，一手抓住一半楼身，像独闯敌营的英雄，抓着两个俘虏。

这事的确不该发生。事实上也没有发生。过完年，我回厂后听工友说，老莫不在的三天里，制衣厂被强拆了。拆迁队在春节期间，连夜奋战，不仅拆了小楼，而且杂物都快清理干净了。老莫那天回厂时，披红挂彩的挖掘机巨臂，正矗立在寒风中作业。没准，老莫看到的是挖掘机。

据说，老莫那天一整天都乌着脸，大过年的，手臂上扎着黑纱，还在废墟旁燃了三炷香，一个人默然无语。不远处，有人看见，小岛制衣厂的老板，坐在他那辆黑色轿车里，摇下车窗，久久地望着老莫，满脸是泪。

亲爱的土地

安晓斯

麻根叔躺在床上睡不着，一会儿开灯，一会儿关灯。

麻根婶就烦了，就嚷，整夜整夜不睡，哗哗啦啦地不知道在写啥，费多少电。麻根叔只安静了那么一小会儿，又是一会儿开灯，一会儿关灯。

麻根婶就不说话了。自从与儿子们分了地种，麻根叔的体力活儿倒是轻松多了，可心事却重了不少。

三年前，两个儿子都劝麻根叔把自家的四亩责任田，流转给沁水湾的老金专业合作社种植。麻根叔说，为啥？为啥？我种了一辈子的地我自己会种。你们不愿种你们就流转吧。两个儿子无奈，就和麻根叔分了地。

麻根叔早知道两个儿子不愿种地。大儿子经营着几辆大货车，生意做得还不错。二儿子开超市，种地的事从来都没问过。这些年，家里这几亩地都是麻根叔在种，只有在农忙季节，两个儿子才过来搭把手。

可分了地，麻根叔就没了活儿干。这让麻根叔很生气。因为该浇地了，麻根叔就去地里。一看，地浇过了。他找到流转儿子土地的老金。老金笑笑，晚上浇地，看不清，水都流到您老的地了，我还上了复合肥哩。算了，就不收老叔您的水钱化肥钱了。这把麻根叔说笑了。收我钱，你还得赔我钱呢，谁叫你浇我的地了？谁叫你给我的地里施化肥了？

今年的小麦长势不错，该是个丰收年景。麻根叔早早地就让麻根婶准备好袋子，省得收新麦子时慌张。过了几天，麻根叔和麻根婶到了自家地块，傻眼了。金黄的小麦没了，只看到了麦茬和麦秸，心里就想，老金你敢把我的麦子也收了，算你小子有种。这次绝不会和你罢休。老两口回到家，发现门前放着一堆新麻袋。摸摸，全是小麦。算算，自家的一亩地也不应该收这么多啊。找到老金。老金正在合作社办公室里喝茶。麻根叔说明来意，老金说算了，合作社收的麦子多，不在乎您老的那点儿小麦。倒是弄得麻根叔不好意思了。

秋季种玉米，麻根叔更上心了，三天两头去自家的地里看出芽情况，却又是"被"夜里浇了水，施了肥。老金说，麻根叔您看啊，我浇水时水乱流，挡不住啊。化肥您老也别上了，我浇水时都按科学施肥方法上够了。您老这一亩地，我让科研人员检测了，土壤里缺的元素都补上了，今年的收成会更好。您就放心吧，少不了您老的粮食。

抽完了一袋旱烟，麻根叔笑笑说，老金你小子不要给我耍心眼儿，我这一亩地说啥也不会流转给你。老金喝了口茶，递给麻根叔一支中华烟。您老尝尝这中华烟，看看比您的旱烟强不强？嘴上说不吸不吸，麻根叔还是接了烟，心想老金这小子真是发了啊，办个合作社就整天喝茶吸中华，还开着小轿车。

老金给麻根叔续了茶水，又递给麻根叔一支中华烟。商量个事呗，麻根叔。您老过去当过村里的会计，就来我这里干呗。我这里正缺个会精打细算的能人啊。说得麻根叔心里痒痒的。停了一会儿，麻根叔就笑笑说，那你小子岂不是就顺道把我的地弄走了？没了地我以后种啥……

折腾来折腾去，麻根叔就是睡不着。后半夜，麻根叔就悄悄穿衣起床，轻手轻脚地锁好门，向村外走去。他是要去自家的那块地里再看看。天明就要和老金正式签订流转土地合同了，他想再去看看自己种了多年的那块地。

黑漆漆的田野，到处弥漫着庄稼的清香。

麻根叔坐在田头，一袋袋地抽着旱烟。深秋的玉米叶子被风吹得沙沙作响，好像是在和麻根叔滔滔不绝地说着话。麻根叔从口袋里掏出一个厚厚的信封，从里面抽出一沓稿纸，用打火机点燃了，一张张地烧起来。麻根叔一边烧一边自言自语，不是我不愿侍候啊，实在是我种不成了啊。我的心思都写在上面了，都是心里的大实话啊……

天快亮时，麻根叔才回到家，就见麻根婶戴着老花镜在看一沓稿纸，边看边笑。老太婆，你偷看我写的东西了。那是草稿，写得有点儿乱。

麻根婶笑着说，想不到你老了还会写"情书"啊。你看看——亲爱的土地，我想你……

引嫁娘

黄大刚

在村人眼里，春娘是个有福的人，上有老，下有小，家庭和睦，人丁兴旺。春娘手气好，养啥啥壮，家里六畜兴旺。黄家庄的女孩出嫁，都找春娘当引嫁娘，想沾点儿她的福气，到夫家后，也像春娘那样把家业操持得红红火火。

黄家庄嫁女有规矩，迎亲如是过了午，女婿则不能迈进大门。女儿从祖宅出家门，必须由引嫁娘牵扶上婚车。女儿若是有孕在身，则不能从祖宅出来，得从偏屋出嫁，由引嫁娘背着走出家门，脚不能沾地。

村人对春娘很是尊敬，路上遇到了，若不急，爱停下来聊几句。媒婆一来问亲，就请春娘过来吃海南粉，预定好到时候让春娘当引嫁娘，怕被人抢了先。主人坐在春娘身旁，毕恭毕敬地请教一些嫁礼的细节，春娘很老练地教了一条又一条，常忘了碗里的海南粉。主人有点儿不好意思，提醒道："春娘，你吃你吃。"春娘随手扒几口，讲着讲着又忘了。

春娘记不清自己扶送了村里多少个新娘，那天她送小芳时，猛然记起，当年小芳的母亲也是她扶上轿子的。这几年，这引嫁娘，春娘当得越来越吃力，出嫁的姑娘大多是先怀孕再结婚，出嫁时，春娘弓着身子，当新娘挺着大肚子压在背上时，春娘的腿不由得一抖，她脸憋得通红，全身的气力都使出来，才把新娘背起来。跨过门槛时，春娘手扶着门框，小心地迈脚收脚，唯恐一不小心，摔伤背上的新娘和她肚子里的孩子。小心加气力不足，把新娘背出家门后，春娘抹一把脸，手心都是汗水，但脸上的笑容一点儿也不减。

最不好意思的是新娘的母亲，请春娘当引嫁娘时，满脸歉意："这姑娘已有身孕，到时候要辛苦你啦。"第一个人这样告诉她时，她心里的不快毫不掩饰地露在脸上。新娘的母亲慌了，痛心疾首地骂女儿："这个姑娘，当初怎么跟她说，就是听不进去，做事都得父母担。"都是母亲，春娘虽不快，但还是应了下来。

后来，慢慢也接受了。这些年，村里的女孩子都进城打工了，思想跟春娘她们那一代不一样。即便在村里，电视里也都是播放那种亲嘴巴的事，婚前怀孕见怪不怪。

再遇到难开口的，春娘便主动问："吃饭才打钟还是先打钟后吃饭？"新娘的母亲扑哧笑出声来："都那样了，吃饭才打钟。"

村里有一个女孩子叫豆花，在城里打工，和公司老总眉来眼去勾搭上了。那男人春娘见过，头发快掉光了，只剩耳朵上面那一圈支持着头顶亮亮的头皮，挺着个大肚子，比豆花怀了五个月的肚子还大，听说比豆花的父亲还老，但豆花死活也要嫁，持肚子里的孩子和那男人闹，逼得那男人离了婚。问亲那天，媒婆挑着的篮子在祖屋打开，惊了村人的眼睛，满满的都是红红的百元大钞。

村人像林子里的鸟一般叽叽喳喳传说着豆花的聘礼。春娘不清楚村人这样议论，是厌恶豆花的不知廉耻，还是羡慕豆花会嫁人，但春娘实在无法忍受豆花的选择，虽然那是豆花的事，但这个引嫁娘她是断然不当的。

豆花的婚期越来越近，春娘忐忑不安，她还没想好拒绝当豆花的引嫁娘的理由。说不喜欢豆花这样嫁，可豆花又不是她的女儿，她无权干涉，如果真那样说，她担心伤了豆花的心。春娘心里老盘算着这事，头脑乱糟糟的，做事常走神，丢三落四，一次劈柴时差点儿伤到手指。

直到听见豆花出嫁的鞭炮声，豆花家人也没有请春娘去当引嫁娘。

看着迎亲的队伍，春娘不安地向旁人探听："谁当豆花的引嫁娘？"

"她谁也不叫，挺着肚子从祖宅里出来了。"

春娘的小女儿还没出嫁，春娘对小妮立下规矩：不管嫁给谁，绝不准挺着肚子出家门。

小妮在城里和一个叫小庄的青年谈恋爱快三年了，还一起回家看过春娘。春娘觉得小伙子长得端正，性格也好，是个过日子的主儿，可这两个年轻人就是不谈婚论嫁。

每次小妮一回家，春娘就跟小妮唠男大当婚女大当嫁的道理。小妮开始还有耐心，后来，一听春娘提起，就找借口走开了。

小妮好久没回家了，春娘心里乱糟糟的，打电话让小妮回来一趟，还附了句："小庄要是有空也一块回来。"

年轻人脸皮薄，春娘决定当着两个年轻人的面提婚事，不然，老这样拖着，要到什么时候。

小妮回来了，一个人。

"小庄呢？"春娘问。

"分了。"小妮淡淡地说。

"啥？"春娘急切地追问。

"怕我怀不上，一定要怀了才结婚。"

春娘听了，很震惊："这可怎么办？"

小妮说："这样的人，我是一定要和他分手的，我又不是嫁不出去！"

春娘想了想，说："对，我妮子又不是嫁不出去。"

小妮就笑了。

请为父母 24 小时开机

天 水

清晨，天还未亮，上海某大学研究生院，女生楼 F 幢 801 号宿舍里，几名女生还在酣睡，两名穿制服的警察和保安的敲门声，惊醒了大家。

藤娟正不知所措地揉搓着睡眼，警察突然叫起了她的名字，藤娟茫然，几位室友更是茫然。

我犯事了吗？我可一向遵纪守法，没有玩网络游戏，没有网贷，更没有参与网络赌博什么的……藤娟像是在对警察辩护，又像是在自言自语。

警察继续问，你没有事吧？

我没事啊。

警察说，没事就好，你妈妈报警了呢！你怎么不接你妈妈的电话，快给你妈妈打个电话报个平安吧。

藤娟虚惊一场，室友们虚惊一场，就连警察和保安都虚惊一场。

藤娟马上打开手机，几十个未接电话，大多是妈妈打来的。

藤娟第一感觉是妈妈在家出了事，几乎是哭着拨通妈妈的电话。电话那头也传来妈妈的哭声。

藤娟问，妈妈，你怎么了，有什么事呀？

妈妈反问，我没有事，你有什么事吗？遇到什么困难了吗？……千万别想不开啊。

半天，藤娟才了解事情的原委。晚上睡觉前，自己误拨了妈妈的电话，随后便把手机调成静音睡觉了。

这个电话误拨却害苦了妈妈，妈妈一直打女儿的电话，但都没有人接听，妈妈又给女儿的微信、QQ打视频电话，依然都没有接听。

妈妈就一直在微信上、QQ上、手机短信上给女儿发消息、发语音，都没有收到回复。

妈妈这个时候才后悔没有把女儿老师、室友的联系方式留一个。以前总认为没必要，现在关键时刻觉得这很重要。

妈妈甚至上网查学校的电话，查研究生院的电话，可都是座机，不在上班时间，每一个电话响几声后，都和女儿的手机一样，传来一个机械的女声："您拨的电话无人接听，请稍候再拨。"听起来那么刺耳，妈妈急出了一头的汗。

妈妈急了可没有失去理智，她想起自己的弟弟，拨通弟弟的手机。妈妈几乎是哭着告诉弟弟，她联系不上女儿了。

舅舅也拨不通外甥女的电话，他安慰姐姐说，别急，也许是手机静音了。

折腾了几个小时，最后舅舅建议报警。同时，自己订好早上的飞机票，准备飞往上海。

事后，藤娟细心查看自己的手机，发现母亲发的手机短信、微信聊天、QQ聊天，所有消息不下百条。

消息的内容多是，女儿，有事吗？

女儿，女儿怎么了？

女儿，女儿，女儿遇到困难了吗？

女儿，女儿，女儿，女儿你怎么不接妈妈的电话？怎么不回复妈妈的消息？

女儿，女儿，女儿，女儿，女儿你急死妈妈了。

女儿，女儿，女儿，女儿，女儿，女儿……

到了后面，母亲的聊天加上了几个大哭的表情。

越往后面看，藤娟的眼泪越止不住了。

想象不到，妈妈在这几个小时受了多大的煎熬。

爸爸去世得早，妈妈没有再婚，母女俩相依为命，特别是上大学、读研究生这几年，女儿远离母亲，在外省求学，母亲天天给女儿打电话或视频聊天，每天不联系女儿，心里都像失去了什么似的。

那晚的一个误拨电话，更是牵动了母亲的心。藤娟统计了一下，每个电话、聊天、短信，间隔时间不足两分钟。

后来，藤娟把母亲的聊天、短信、语音等晒在朋友圈，并且配上文案：请为父母24小时开机。

一时间，朋友圈点赞、留言火爆，大家都被这份伟大的母爱感动了。很多朋友都转载、分享了。

母亲也偷偷地将这条信息截图转发到了自己的朋友圈，并配上了一段淡淡的文字：全天下的母亲，都只希望自己的孩子平平安安。

藤娟在妈妈的朋友圈里回复说：请母亲大人放心，今后，我的手机会为您24小时开机。

幸福的自行车

李士民

大瓦高考落榜了，回到了村里。

谁也看不出大瓦有一丁点儿伤感的意思，只瞅见大瓦骑着一辆自行车，像吃了兴奋剂，东一头西一头在村子里乱撞。

大瓦骑车的技艺超级高，可以右手握车把、左手弓腰捡地上的草帽；也会两手大撒把，把车子蹬得飞快；还能脸朝后、背朝前，倒骑自行车。

大瓦热衷于骑着自行车在村里人面前显摆，也喜欢在女孩儿面前露一手。若遇到女孩儿下田干活儿，大瓦停下车子说："花，我带你一段。"女孩儿摇摇头，躲开了。若遇到女孩儿赶集买菜，大瓦摇响铃铛说："朵，我捎你一程。"女孩儿摆摆手，躲开了。

对于摇头摆尾的大瓦，女孩儿们都是躲着。只是，有个叫小分的女孩儿愿意坐大瓦的自行车。小分的模样俊、性子柔，走起路来像风摆杨柳，说起话来像春燕呢喃。

遇到小分下田干活儿，大瓦停下车子说："小分，我带你一段。"小分身子一扭，轻盈地蹦到车子后座上。大瓦躬身蹬车，唱起了"夫妻双双把家还"。遇到小分赶集买菜，大瓦摇响铃铛说："小分，我捎你一程。"小分屁股一抬，灵巧地坐到车子后座上。大瓦起身加油，哼起了"比翼双飞在人间"。

小分乐意坐大瓦的自行车，不是无缘无故的。

那个热天，小分和弟弟小元在池塘里玩水，小元不知不觉玩到了深水里，眼看着小元在水里挣扎，小分只好在岸边呼救，正好大瓦路过，他骑着自行车就冲进了水里，把小元从水里驮了上来。为此，大瓦划伤了胳膊，还丢了一块手表。

小分坐大瓦的自行车，生怕家里人看到。小分的爹是村干部，家庭殷实水旺。大瓦的爹瘸了一条腿，生活捉襟见肘。

大瓦的胆子越来越大，除了带着小分去下田干活儿和赶集买菜，还驮着小分去邻村看电影。回到村里，大瓦已经不记得电影情节和电影名字了，只记得差点儿贴着小分的身子，差点儿捉住小分的手。

秋天，小分告诉大瓦，她要去南方打工了。

大瓦恨透了南方，可是，自己又没有办法留住小分。

小分去南方的那天早晨，大瓦推着自行车在村口等着，他要送小分去城里的车站。两个人谁都没说话，大瓦侧身骑上车，小分抬身坐上去，骑了一段直路，拐过一个弯，上了沱河堤岸。

河堤上的路，曲曲弯弯，路面满是瓦砾和石子，自行车一颠一抖、一晃一蹦，像是弹钢琴的节奏。幸亏大瓦的车技好，小分的身子轻，两个人一唱一和，大瓦成了抬轿的，小分成了坐轿的。

穿过一片杨树林，到了一处槐树林，小分觉得，大瓦蹬车的速度加快了，自行车晃悠得厉害了，一会儿一个S弯，一会儿一个W形，就要坐不住的时候，小分的一只手揽住了大瓦的腰。这时候，小分才明白，这是大瓦在使坏呢，她一边恨大瓦，一边箍紧大瓦的腰。

大瓦觉得，沱河堤上的路程太短了，比猪脖子还短，比兔子尾巴还短，一晃，五里桥到了。

前面，是一个下坡，又滑又陡。小分说："这个陡坡不安全，我下来吧。"大瓦说："我骑车，你放心。"说着，大瓦带着小分冲了下去。咔嚓一声，自行车落了下来，小分摔倒在地，大瓦赶紧跳起来，将小分揽在怀里。看了看自行车，大瓦傻眼了，车圈由一个大油饼变成了一根大麻花。

五里桥，离城里还有五里地。就这样，大瓦拉着小分的手，送小分去城里的车站。把小分送上车的时候，大瓦说："小分，你回来的时候，我在五里桥等你。"

　　春节快到了，听说小分要回来，大瓦骑着自行车来到五里桥，远远地等着小分。直到天黑的时候，大瓦也没有等到小分。

　　回到村里时，大瓦听人说，小分回村了，是一个南方男人开车送回来的。大瓦蒙了，一下子把自行车推进了池塘里。

　　没多久，大瓦在五里桥桥头搭了一间简易房，开起了修车铺。

　　大瓦修理自行车的时候，只要是遇到名叫"小分""小芬"的女子，全都免费修车。

　　后来，大瓦的修车铺变成了摩托车修车店。

　　再后来，大瓦在五里桥开了一家汽车维修店。

　　有一天，大瓦维修店里来了一名女子。大瓦问："你修车吗？"女子说："我不修车，我找大瓦哥。"大瓦愣住了，这不正是小分吗？

　　小分告诉大瓦，南方的那个男人又找了一个女人，小分无家可归了。小分抹着眼泪说："大瓦哥，你能开车送我回村吗？"

　　大瓦拉着小分的手说："我一直在桥头等你，走，我送你回村。"

　　大瓦没开车，而是骑了一辆自行车。弯弯曲曲的沱河堤上，自行车一颠一抖，小分的身子轻，大瓦就成了抬轿的，小分就成了坐轿的。

　　大瓦说："我想抬轿一辈子。"

　　小分说："我想坐轿一辈子。"

找　牛

周耘芳

三头牛丢了，就在三天前。

头戴大草帽，走在发烫的马路上，舒恒发见人就问：看见三头牛没？毛色黄黄的，额头上都有一块白毛儿。

没有。

没看到牛。

已找了两天，都是这结果。

一定去了黄金沟，自家几亩田地就在那里。平日里，只要扛起犁和耙，大黄好像心里有数，这是要去耕田，立马站起身，摇摇尾巴，哞哞叫几声就出发，二黄、三黄屁颠屁颠地跟在后面，大摇大摆地向黄金沟走。

家里人多地也多，牛少不了。那年，来到鄂豫两省交界处的双牛坡买牛，膘肥体壮的牛都被人买走了。哞——牛行角落里，一头瘦得皮包骨的老黄牛，伸出舌头舔着怀里的小牛犊。

母子一套，我买了。舒恒发对牛行老板说。

这牛，你也看得上？老板回答。

其实，舒恒发看中的是这头四肢粗壮、毛色发亮、额头上有块白点点的小牛犊。买回家，小黄牛吃草草香，喝水水甜，不到半年，身子长到半人高。

春天，开始栽秧。耕完田，把牛牵到山坡上，一坡青草，大黄牛摇摆着耳朵，狼吞虎咽地啃着草，肚子胀得两面如鼓。

哞——这时，一头公牛跑过来，贴近黄牛，摇摇尾巴，碰碰头，舔了舔身子，黄牛跟着公牛钻进了松树林。黄牛肚子一天天大起来。要叫它大黄了，舒恒发说。不几个月它就生下了二黄，接着有了三黄。

各位游客，走路脚要踏稳！刚到黄金沟，就听到女导游的叫喊声。舒恒发知道，如今这里成了旅游景区，一道围墙把整个黄金沟围住，自家几亩田地也围在里面。

门票呢？刚到门口，被几个穿着制服的保安拦住了。舒恒发说：我是来找牛的。

去，找牛上你家去找，牛能长翅膀飞进景区？几个保安把他推到门外。

哎，怪谁呢。前几年，大侄子从外地回来，流转了村里土地。起先是用机械犁田，耕田，栽秧，打谷。现在用上直升机，播种，打药，施肥，自己和大黄都彻底下岗了。

三头牛卖了吧，我管你吃喝。他牵着牛在山上找草吃，侄子见了他说。

牛没招你没惹你，凭什么要卖掉！他几句话把侄子顶走。

前天下午，太阳发威，大地似蒸笼。牛棚前，挑回一担凉水，舒恒发左手拿着水瓢，右手拿着毛刷子，一边给牛淋水，一边用刷子刷牛身子。

嘀嘀。一辆小车停下来，车上走下来侄子，见叔在给牛刷身子，大声说：叔，牛肉涨价了，明天把牛卖了，杀肉吃！

滚、滚，把我杀了，也不卖牛！舒恒发把水瓢摔在地上，大声说。

大清早，去牛棚看牛，牛棚门打开了，牛绳挂在木桩上，三头牛都不见了。

没来黄金沟，莫非跑到张二爷瓜地去了，舒恒发边走边想。前几天，让牛在山上吃饱肚子后，回家路过瓜地时，看到一地长得似娃娃的西瓜，摸摸肚子，舔舔嘴唇，回头看了看三头喘着粗气的牛，舒恒发说：买个西瓜吧。

张二爷跑到瓜地，挑了一个大西瓜。

回到家里，把瓜切成大块小块，自己啃了一块，又拿起西瓜，一块块地喂给大黄、二黄、三黄吃。叭叽、叭叽，三头牛吃得有滋有味。

对，一定是去了瓜田。这时，太阳已经偏西了，全身衣服都被汗水打湿了，拿下头上的草帽，舒恒发边走边扇着风。

张二爷，看见我家牛没？来到瓜田，舒恒发开口就问。

没看见你的人，哪能见到你家的牛。张二爷笑着说。

莫开玩笑，我家牛丢了几天了。

真的没看到，不骗你。

三个小东西，想抛弃我，我还舍不得呢。牛莫非去了双牛坡？不会吧，十几年前的买卖，大黄还记得那个地方？西瓜地边，舒恒发心想。

宁可信其有，不可信其无，去双牛坡看看。

知了——知了——这时，太阳已经下山了，知了还在树林里喧闹。舒恒发站起身，用手擦了擦汗，向双牛坡走去。

翻过几座山，爬过一道坡，天完全黑了，天空星星点点。走了几个小时，来到双牛坡。夜幕下，舒恒发擦了擦眼睛，左看看，右瞧瞧，坡上除了一地青草，什么也没有。

牛呢？舒恒发心里似塞进一块冰砖，冰凉冰凉地冷。

哞——刚要离开，却听见牛的叫声，一声赶一声地叫。这是大黄，是大黄它们，舒恒发几乎要跳了起来。

顺着叫声，跑去一看，一块长满野草的旱地里，大黄站在草丛中，昂起头看着北方，身边站着二黄、三黄。

几步跑到大黄身边，伸出手，摸了摸大黄潮湿的眼睛，紧紧抱着它湿漉漉的身子说：大黄，我，我们再也不分开了……

第 5 辑

大湖谣

淬 火

薛培政

　　冬夜，冷风飕飕，山野寂静。夜幕下，茹雪岩沿着崎岖的山道，向山坳间的哨位走去。

　　突然，一声怪叫划破夜空，猫头鹰在路边树上憋足劲叫开了。望着黑黢黢的荒野，初来乍到的茹雪岩，顿觉毛骨悚然，不由得加快步子。冷不防，一只受惊的野兔"嗖"地从脚下蹿过，他惊叫着跳起来。随同查哨的战士小廖安慰道："茹干事，受惊了吧？这是常有的事，慢慢适应就好了。"意识到失态后，茹雪岩脸上一热。

　　在团机关任宣传干事的茹雪岩，下连代职锻炼，去向是驻山区的连队。

　　硕士毕业入伍的茹雪岩，早盼着能有"回炉"的机会。他虽说学历不低，笔杆子也不赖，却总是被人说没兵味儿。他不服："我军装都穿几年了，还没兵味儿？"渐渐地，他就觉得与当过战士的"老机关"比，自己身上确实少了某种东西。

　　代职前，他听说这个执勤点上的兵"战味儿"足，训练不含糊，大小比武没遇到过对手。

　　次日晨，哨声响过，当他以最快的速度赶到室外时，隐约看见五公里武装越野的队伍，已消失在山路尽头。见其边跑边系扣子，留下来等他的战士小于忙接过水壶和挎包，一同朝前追去。刚跑过半程，到达终点的队伍已返回了。

　　"茹干事，这次越野比上次又提前了30秒！"迎上前来的班长曹峰兴奋地向他报告。他赞许地点点头后，脸红了。

几天下来，紧张有序的日常生活，高强度的体能训练，让茹雪岩感觉浑身像散了架。被汗渍浸透的衣服湿了又干，干了又湿，身上汗味儿也重了，可训练成绩仍差一大截。

"一名干部有没有兵味儿，一看军姿，二摸老茧，三闻汗味儿。如果没这三样，那就不像个兵！"当初，团领导在台上讲，茹雪岩在台下心里嘀咕：这还不容易嘛。现在碰了硬茬后，他在心里默默地鼓励自己：坚持，没有什么是不可能的！

相处久了，他发现那些兵在训练中都有自己的绝活儿。"取经之路在身边，何必西天万里遥？就拜他们为师！"

哪知兵们推来推去，都不愿收他做"徒弟"。

他急了，干脆说："这里没有硕士、干事，只有战士！"

兵们见他没架子，便没了距离感，帮教就开始了。长跑冠军小张，陪练五公里跑；体操大王小李成了单双杠教练；俯卧撑达人小刘教他增强臂力……

几周后，他训练跟得上趟了。

其实在执勤点上，茹雪岩最难忍受的还是孤独。傍晚过后，营区就成了孤岛，周围死寂一片，让他感到寂寞发慌。走进排房后，茹雪岩却丝毫看不出孤寂：喜欢收藏的小张摆弄着从河床捡来的鹅卵石，爱好绘画的小吴为群山峭峰画素描，报考军校的小刘抱着书本看得入迷，足球迷小谢和小胡在侃世界杯……班长曹峰看透了他的心思，打趣道："茹干事，想家了吧，要不明天释放一下？"望着满面疑惑的他，曹班长抿嘴一笑。

次日一早，留下值守，队伍上山了。站在顶峰举目远眺，战士们像出山的猛虎，对着山谷狂吼："哟吼——吼——吼——嘿！""哟吼——吼——吼——嘿！"吼声在空旷的山谷间回荡。受到感染的茹雪岩，内心变得豪壮起来。

曹班长告诉他："执勤点生活单调，人不能蔫，上山吼过瘾，就增添了坚守的勇气和力量。"后又说："在点上当兵，就要敢打敢拼，能吼能叫，有一种虎虎生风的兵味儿！"茹雪岩不禁朝这位年龄相仿的军士班长投去敬佩的目光。

寒风呼啸，夜色朦胧。"茹雪岩，上哨！"值班员叫哨。来执勤点后，班长照顾他上营区的自卫哨。两周下来，他已熟悉了周围环境，坚持要上目标哨。班长曹峰也不再劝阻，副班长梁小虎却要陪他上第一班哨。望着岗楼外漆黑的山峦，听着呼呼的寒风，梁小虎问："茹干事，武松打虎的故事家喻户晓，我们老班长打狼的故事，你想听吗？"不待茹雪岩回答，梁小虎便开讲了："有年冬夜，老班长刘虎臣下哨归来，猛然听到营区旁边露天猪圈里的猪在嚎叫，借着月光走近一看，原来是两匹狼在猪圈边上。刘班长大喊一声，拎起木棍就追了过去，吓得狼朝后山窜去。他一气追出几百米，狼钻进灌木丛不见了。往后，刘班长打狼的事就载入了咱执勤点的历史。"听他绘声绘色讲完后，茹雪岩问："你见过刘班长吗？""没有，这都是老兵带俺上第一班哨时讲的故事。"在明白其用意后，茹雪岩会意地笑了。

一晃俩月余，代职结束。茹雪岩望着送别的战士难分难舍，心里涌起一股热流，觉得身上有了跟他们相近的"兵味儿"。

石　碾

申　平

每次回村，家里人都告诉我，不要到碾坊那里去。

他们说，自从小厉害在那里寻短见以后，碾坊那里有点不干净。

作为一名科技工作者，我当然不信鬼神，听了这话只是一笑。这次回家，家人又说起这事，并且煞有介事地说，那里连碾磙子都成精了，那么大个家伙，说没就没了，也不知道自己滚到哪里去了。

说得这么邪乎，我就想去那里看一看。

上午，阳光正好，我独自一人，向村边的碾坊走去。

外出工作几十年，村里的变化真的是翻天覆地。当年的土房都改成了瓦屋洋楼，土地全部实现了机械化作业和现代化管理；说到吃穿，那就更是天天赛似过年。粮店里的精米细面应有尽有，谁家还会像当年那样去推碾子压面呢。

我走着，不由回忆起小时候推碾子的情景来。唉，那时候最不愿意干的活就是推碾子了。老早就从被窝里被揪起来，到碾坊里抱着碾杆转圈，走啊走，累得筋疲力尽，石头山，疙瘩道，走十年，走不到。走着走着，就抱着碾杆睡着了……

碾坊被废弃，应该也有些年头了，它存在下来还是小厉害的功劳。小厉害我认识，是个非常能干的村妇。她的男人原本是村小代课老师，小厉害嫌他工资少，就逼着他进城去打工。结果钱是挣着了，男人却出轨了。小厉害跟他闹，人家就跟她离了婚。小厉害一窝囊，就去碾坊里上吊死了。她的怨气很重，据说夜里有人听见她在碾坊里哭，令人毛骨悚然。

来到碾坊门前，眼前的景象让我一声叹息。这哪里还是碾坊啊！只剩下一个空空的房框子孤零零地立在那里。房框四周，都长满了荒草和小树，还没等我走近，就见有只野猫从里面嗖地蹿出来，喵的一声叫，还真的吓了我一大跳。

我小心地拨开荒草幼树，一步步地走进去，但见里面更是杂草丛生。当年那铺满层层叠叠脚印的碾道，也被野草覆盖了；碾砣子真的不见了，只剩下一个光溜溜的大碾盘躺在那里。碾盘中间安碾砣子的那根木杆还在，上面结了一张蛛网，一只硕大的蜘蛛正在那里潜伏；碾盘底下，杂草掩映着石窝，黑洞洞的不知道藏着什么东西。我不由打个冷战，眼前就忽然闪现了当年这里的热闹场景；还有那个大碾盘，也一瞬间幻化成一张人脸，它开始泪流满面地向我讲述它过去的辉煌和今天的不幸。我大着胆子走过去，伸手抚摸着碾盘，心中不由感慨万千。时代在进步，历史在发展，一些老物件遭到淘汰那是必然，但是这个碾盘，每天躺在这里遭受风吹日晒，而且还被人诟病嫌弃，下场也太悲惨了点吧。

我环顾四周，唏嘘不已，掏出手机，开始拍照。这个时候，我倒是很想拍到一个鬼影。可是没有，这里除了断壁残垣，除了杂草矮树，再就是那个古老的碾盘，什么也没有。

是啊，世界上哪里来的鬼神呢！不过是人们的胡编乱造、以讹传讹罢了。

临走，我小声对碾盘说：碾盘啊，你可不能再跑了哈！如果你再跑了，那村里的最后一点"念想"也没有了。

但是，我回城还不到一个月，家里人就打电话告诉我：碾坊的碾盘也不见了。

啊，什么时候不见的？

就在昨天夜里。

也是自己跑的吗？

不是，好像是被人用吊车运走的。

哦，这可真是奇了怪了，什么人会大晚上的去偷一个碾盘呢？

过些天我再回村，赫然发现，碾坊那里已经旧貌换新颜了：断壁残垣、杂草幼树都不见了，取而代之的是正在拔地而起的一座小楼。原来这地方已被村委会批给一户村民建房了，人家正在这里热热闹闹大干快上呢。

我的心中不由一阵怅然，心说幸亏我拍了一些照片，以后还可以通过手机怀旧。但是那个碾盘到底去了哪里，村民却都说不知道，也不关心。那么个东西，谁要就拿去呗，又不是什么值钱的玩意。听他们这么说，我的心里愈加怅然。

后来有一天，我被朋友请去一个叫作"人民公社"的饭店吃饭，竟然在那里看见了许多老物件：种地的犁杖、吹粮的风车、晒粮的筐箩……啊，我竟然看见了石碾，是碾磙、碾盘、碾杆俱全的石碾！

我走过去仔细看着这石碾，感到竟是那么亲切，不，是似曾相识！我心里一动，难道……

我就去找饭店服务员，问他们这石碾是哪里来的。他们说，是从乡下花钱收来的。但，是从哪里收的，就不知道了。

我就想：不管这石碾是不是我们村里的那个，能放到这里都是好事。最起码，它又有安身之所了。

故乡古人

谢志强

一袋金子

王华 6 岁时，一天午后，他来到河边玩耍。水里有小鱼，岸上有蜻蜓，仿佛都是他的小伙伴。

忽然，一个醉汉摇摇晃晃过来。风里带来酒气。

王华让开。小鱼消失在水面，蜻蜓飞向远处。

醉汉似用水浇头醒酒，或清洗呕吐之物。河面跳跃着一个个耀眼的光点。他望了一会儿，掬起一捧水。一脸水花。起身，原路返回。脚踏过的草，又挺直起来。

王华望着醉汉消失的身影，回到河边，发现草丛中卧着一个东西，像乳猪。那是一个小袋子，里边发出金属摩擦的响声。袋子里有数十两金子。

一群瓦房卧在远处，不见有活动的人影。那个人，醒了酒，必定会回来寻找金子。可是，万一别人来了呢？

水里，小鱼游近，蜻蜓在草尖上飞，好像来看这稀罕的袋子。

王华将袋子投入水中，仿佛是醉汉的一个呕吐物。

金子沉入河底，秘密藏在心中。他说："你们也看见了，我们共同保守这个秘密吧。"

王华捉了小虫放入水中，仿佛在奖赏小鱼。他恨不得变成一株带着水珠的青草，让蜻蜓栖上来。水面耀眼，似乎水底的金子也浮上来了。

他听见脚步声。从草茎的顶部望出去，一个高大的男人移过来，仿佛流淌着绿色的水，还伴着哭泣的声音。一个大男人竟然哭？哭得跟受委屈的小孩一般。

王华像突然从地上长起的一棵树苗，那个男子愣了，急刹匆匆的脚步。

正是那个来过河边的醉汉。他擦了一下眼泪，似乎不适应这里的阳光，或许，他看见"呼"地冒出的一个小男孩儿，浑身上下散发着阳光。然后，他又瞅着小男孩所站的草地。

王华说："你会游水吗？"

那个男人说："你看见过一个小布袋吗？"

王华指着水面顾自嬉戏的小鱼，说："就在小鱼的下边。"

那个男人像一个偌大的袋子，潜入河底，升起一串气泡。仿佛大袋子带出了小袋子——男人浮上来时手里拿着那个小袋子。他问："你怎么知道袋子沉入了河底？"

王华说："这是我的秘密，它们都看见了。"

那个男人说："它们？是谁？"

王华说："蜻蜓、小鱼，陪我一起等着你来呢。"

那个男人拿出一锭金子，说："你可是救了我的命呀！"

王华退后两步，笑了，转身去追一只蜻蜓，丢下一句话："你的东西我不能要。"

那个男人说："王家出人才呀，我喝酒差点儿误了大事。"

明成化十七年（公元1481年），王华考中进士第一，即状元。明弘治年间，升至学士，少詹事。王华为皇帝讲过课。明正德元年（公元1506年），晋升为礼部左侍郎。年过七旬，仍睡草席，吃素食。

王华的儿子叫王守仁。王华晋升为礼部左侍郎之时，正值太监刘瑾独揽朝政，士大夫争相跑去刘瑾府，唯有王华不去。刘瑾放话，要对王华委以重任，还派人前去慰问，希望王华来府上表示感谢，王华终究不露面。

王守仁上奏，弹劾刘瑾结党营私。刘瑾放逐他到南方偏僻的地方，并把忌恨转移到王华身上，以参与修编《大明会典》有失误为由，降职为右侍郎。

直至刘瑾阴谋暴露，被皇帝处以死刑，王华才恢复职务。不久去世，遗体由水路还乡。当年，王华玩耍的河边已建了泊船的埠头。

那个当年的醉汉闻讯携老妻、儿孙前来王华家中祭拜。他说："当年没有王华守着那个袋子，我可能就投河了，就不会有现在的儿孙满堂了。"

大　火

梁承圣元年（公元 552 年），朝廷任命虞寄为和戎将军、中书侍郎。

此前，高祖平定侯景的叛乱。虞寄劝说陈宝应顺应大势，主动攀附高祖。陈宝应听从了他的建议，却不让虞寄出面，而是派遣使者前去表示归顺之意。

虞寄接到朝廷的任命，陈宝应以沿途混乱，不易护送为由，截留其在身边。甚至，朝廷派人催促虞寄尽快上任，陈宝应也不放行，反而向朝廷举荐虞寄留在自己身边为官，委任虞寄掌管公文信札——所谓核心机密。

虞寄断然推辞，明确表示只接受朝廷的任命。他得悉陈宝应的归顺仅是权宜之计，无非是等待时机，东山再起，图谋叛逆。言谈之中，虞寄一旦提起忠贞不贰之类的话，陈宝应便岔开话题，顾左右而言他。

虞寄已知陈宝应不明智，不可谏，就担忧陈宝应一旦反叛，会祸及自己。他穿上居士的服装，入住东山寺，每日禅坐，足不出户。

陈宝应派说客来劝请，不仅承诺了诸多优厚的待遇，还罗列出一些门客仅享受一点儿利益就顺从了的事。那位善意的说客也现身说法。虞寄索性卧床不起，假称脚疾，无法下地、随军。

陈宝应认定他装病——敬酒不吃吃罚酒，就派人进寺，点火，独烧虞寄那一间卧舍，用火逼。

僧人挑水前来灭火，被粗暴阻止。

虞寄平稳地躺着，不动。过后，他说："躺在大火中的屋里，如煨番薯。"

方丈穿入火门，要扶虞寄出去。

虞寄不肯起身，说："若是我命数已尽，还能逃到何处呢？"

方丈钻出门，火势蔓延上去，门窗张口，吐出火舌。

放火者终于自己纵火自己救火。僧人们也被允许泼水灭火。

陈宝应终于相信虞寄病了，不再紧逼，只是隔一段日子，派人来探望一次，送些衣食。渐渐地，间隔的时间拉长了。再后来，派两个兵，远远监守在山门外。

等到留异起兵谋反，陈宝应就派兵支援。虞寄已由装病转入真病。病榻上，他写了数千言的劝谏信，要陈宝应"悬崖勒马，回头是岸"。

陈宝应接到信后，大为光火。军师说："虞公病势严重，言语已错乱。"陈宝应怒火稍消，认为虞寄在民众中声望高，姑且宽容他的放肆。

陈宝应兵败如山倒，在逃亡的途中，重读虞寄的信，回忆虞寄的话。他对儿子说："若早些听从虞公的谋划，也不会落到眼前如丧家犬的地步了。"

虞寄在寺中，拄杖遥望盘绕的山路，盼望出现送回信的人。

陈宝应被捉拿，众多门客受牵连，一并被斩首。

虞寄也算门客，但身不由己，免祸。

文帝下诏，命令都督童昭达护送虞寄回朝。抵达当日，文帝亲自接见，问："管宁无恙？"

虞寄感激文帝知遇之恩，这是视他为东汉名士管宁。

文帝要亲手下诏令任用虞寄。虞寄拜谢，以有病缠身为由推辞。文帝准许他东归还乡，但又诏令任用，任命和推辞几回后，特许他在居住的府邸办公。

手杖陪伴着虞寄，他时常出入府邸附近的僧寺。后来，虞寄数次梦见熊熊大火，他每次惊醒过来，都是一片寂静。多年前的一场大火，在梦中重燃了多少回？他常说："要懂得知足，知足了才不会受耻辱，否则，会引火烧身。"

大湖谣

刘建超

水生怎么也没想到，自己就成了网红。

水生家住东源双田边远的畲族小村落，村庄临近碧波荡漾的万绿湖。

那年，挺着大肚子的水生娘在万绿湖边拾柴草，水生就迫不及待地拱出娘肚子。湖边出生的孩子，娘就给取名水生了。

湖边长大的孩子都有极好的水性。水生从小水感好，五岁头一次跟着父亲下湖，他就能让幼小的身体浮在水面上，如一条青鲩。

十二岁，他就能独自撑船下湖。

村民都移居到了山外，村里人来湖边，得走山路翻山岭。村子里的年轻人都外出谋营生了，只有水生不离村子，每天都要到湖边，摇着木船，在湖水里徜徉。

村子里的人说水生傻，外出打工能赚大钱，守着个木船能有什么收成。渐渐地村子里的人似乎都忘了湖边还有个水生。

有人惦记着水生。

惦记着水生的人是个姑娘，惦记着水生的姑娘有个好听的名字叫枫儿。

枫儿眉清目秀，皓齿红唇，皮肤白净如莲藕，笑起来如鸟鸣婉转。

枫儿常到湖边找水生玩，给他带家里酿的高粱酒，还有清脆爽口的酸萝卜。

水生大口喝着酒，美滋滋地嚼着酸萝卜，看着枫儿静美如画的侧影，憨憨地问，枫儿，你也喜欢湖里的景致？

枫儿望着春风拂过的湖面，我喜欢这里的春雨呢，我能听见它们悄悄的说话声呢。

水生望着飘洒漫散的春雨，说，春雨会说话？我怎么听不见？

枫儿扭头看着水生，嫣然一笑，你呀，不用心呗。

水生说，用心，我用心呢。他打开木船的舱盖，里面有他捕捞的鱼虾。能卖好价钱呢，攒了钱，盖新房，娶媳妇。

村里喜欢枫儿的年轻后生不少，可枫儿谁都相不中，有事没事就往湖边跑。

水生和枫儿摇着船在平静的湖面上游荡，岸边岛上浅黄、黄红、橘红、大红、紫红的枫交相辉映，像一幅幅泼了重彩的水彩画。

水生说，枫儿，这冬天的景致也美着哩。

清澈的湖面上，白鹭正翩翩起舞，戏水觅食。

枫儿说，鸟儿都在寻家找伴过日子呢。

水生眯起眼睛望着空中飞过的鹭鸟，说，真的吗，我咋没看出来？

枫儿叹口气，你呀，不用心呗。

水生说，用心，我用心呢。他打开木船的舱盖，里面有他捕捞的鲜鱼螃蟹。能卖好价钱呢，攒了钱，盖新房，娶媳妇。

又是天蓝水碧树绿的春天，枫儿来到湖边。

枫儿满面忧愁，家里给她提了门亲，男方是个老板，媳妇病死了。有钱，承诺成了亲就给枫儿家盖新房。

水生手足无措，枫，枫儿，你咋想啊？

枫儿说，走，走得远远的，打死我也不嫁。

水生这才发现，枫儿带着行李。

水生摇着船，把枫儿送到了湖对面。

枫儿把红纱巾放在水生手里，留个念想吧。我要是还回来，还在这里等你的船。

水生捧着红纱巾呜呜地哭，我太不用心，太不用心了。我等你，我天天在这用心等你。

枫儿走了，水生每天都要划着船到湖对岸，日落时再回来。

他干脆在湖边搭了个窝棚，白天就把枫儿留给他的红纱巾系在竹竿上，晚上就在竹竿上挂上一盏灯。

万绿湖春的细雨，夏的清月，秋的鹭鸟，冬的瑞雪，一年年如是。窝棚散了再搭，水生的白发渐生，还是没有等到枫儿的身影。

夏天傍晚，一个摄影师迷了路，左走右走撞到了水生的窝棚前。

水生看他又累又饿的样子，赶忙拿出馍馍、酸萝卜条和白酒。

摄影师喝着香醇的美酒，听了水生的故事，感动了，说给你拍段视频，发到网上，说不定就能帮你找到枫儿。

水生也不懂什么是短视频，只要能找到枫儿，他就乐意。

"三十年湖边等待，枫儿你在哪里"的视频一经发布，点击量迅速超过百万。水生偏僻的窝棚成了网红打卡地，每天都有游人蜂拥而至。

来的人都摆出各种姿势围着水生拍照片，发朋友圈。网上还有杜撰的水生和枫儿生死相恋的故事。

更多的人架着手机做直播，有人还搭起帐篷支锅做饭，喧嚣得连树上的鸟儿都飞去无踪影。

水生躲着热闹，摇着船待在湖里。

望着湖面上漂浮的垃圾，岸边丢弃的脏污，被践踏的花草，折断的树枝，水生摇头叹气，人也蔫了。

忽一日，游人发现湖边的窝棚不见了，湖边的木船不见了，水生也不见了。传来的消息说，水生打听到了枫儿的信息，去广州找枫儿了。

人们逐渐散去，湖边又恢复了昔日的平静。

水生伫立在湖边，湖水平静如镜，一轮圆月挂在空中，倒映在湖面。

轻风吹来，水生手中的红纱巾缓缓飘动。

小河淌水

陈　毓

　　银珍是一个沉进我记忆深潭里的女人的名字。二十多年过去了，此刻哗然如小河淌水，全因为旧日老邻来城里办事，顺带在我家歇脚时偶尔说起。

　　银珍这两个字此刻写在纸上蛮富有诗意吧。但在当时，用我家乡话，被果子沟那些乡下人的嘴一喊，就土了。"银珍！""银珍！"声声入耳，如秋后敲尽了核桃的树上秋蝉的鸣叫：短促，上气不接下气。

　　最初映在我记忆底片上的银珍就已经是一个寡妇。时见她挟个竹筐，袅袅地穿过碎镜片似的稻田间的田埂去河里洗衣，或是手拎着把弯月刀去后坡给牛割草。发髻光亮，收束有致，叫人想不出她邋遢时候的模样。我觉得她很像一朵开在旷野上的银莲花。

　　大人们私下议论，说银珍命苦，摊上长根这么个"不行"的男人，还早早地见了阎王。我不懂"不行"的意思，就去请教二姨，二姨就在我头顶敲了两个栗包。我立即明白了，"不行"是不好的意思。因为碰上询问的小孩，而大人说不清楚的时候，多半是这种激烈的表达。

　　但银珍的婆婆骂银珍是一只不会下蛋的母鸡，一个克夫的扫帚星。骂声在暮霭中时而响亮，时而隐约，让燃着驱蚊的艾蒿的味道弥漫得格外浓重呛人。大人们偶尔也叹一声：两个没男人的女人，日子也是恓惶。叹来叹去，就怨长根娘命苦，怨银珍命更苦。

　　繁星满天，萤火虫打着灯笼在玉米丛中寻寻觅觅。夏夜院场边的乘凉被这一两声叹息定格。这时，总有银珍的声音明丽如小河淌水:娘，喝一碗绿豆汤!

第二天，又见银珍挟着个大竹筐，袅袅地穿过碎镜片似的稻田的田埂去河里洗衣，碰上洗衣的阿嫂阿妹，也说笑。圆脸一仰，菜花似的烂漫笑着，并不是一副低眉顺目、委屈娇怯的柔弱模样。

夏夜的河边比白天热闹。田里忙碌了一天的男人都要去河里洗一洗身上的汗气。而女人就在自家的院子里洗。先烧一锅热水，在大木盆里扔一把干艾叶，把水冲进去，再捞去艾叶，添进凉水，用桶舀起来冲洗身子，说是这样能防病呢。但银珍不同，她会去河里洗。有一次，我和哥趁着月光去寻下午遗失在河滩上的一把小刀，就撞见过银珍。她正坐在一块青石上，月光照在她的身子上，亮晃晃地白。听见响动，她一激灵立刻沉到水里去，只留一个发髻黑亮的头漂在水面上，看清是我们，那身子立即浮出水面，同时笑了，说小毛孩家，吓人一跳，还以为是哪个臭男人呢!又指教般地说，二丫，小姑娘家可不能光屁股乱跑，给人家看见了笑话。我说你才光屁股呢!走近些，给她看我的月白色小短裤。她就势把我掠过去，说姨姨老眼昏花了，没看清呢!也不管我呼喝挣扎，两下脱了我的衣裤，说姨姨给你也洗洗，凉快着呢!

我看见水珠子从银珍身子上把牢不住似的滑跌下去，无奈地溅到河水里去了。

银珍把我抱上岸擦干穿好，趁势在我头发里闻一闻，说二丫香呢!我说银珍你的身子真光!她很开心地笑了，笑声脆脆的，很像是此刻的小河淌水声。笑完了她对我哥说，快领妹妹回去，你娘要着急呢!

后来，月光般明亮的银珍还是被男人"放倒"了。在河滩上吧?我听二姨跟隔壁的娥儿说。后来又听黑子说，银珍在玉米地里再一次被男人"放倒"了。我不知道黑子是自己看见的还是听谁说的。但看他们说话时的怪脸色，我猜想，"放倒"也不是什么好的意思。

我想起河里那个光亮亮的银珍，想不明白她为什么总跟不好的事紧密相连，而长根娘的骂声现在几乎要在每一个黄昏随艾香一起袭来。

那骂声在一次更激烈的响起之后沉寂了很长一段时间，并且就此沉寂下去了。因为据说银珍跟一个野男人跑了。我猜想着果子沟里每一个有可能带银珍跑到远方的男人，可过不久，我又碰见了那个我猜想中的男人。到最后，我也没猜出到底是哪个野男人把银珍带跑了。跟野男人跑了的银珍让果子沟的人热闹了许多个黄昏后，便渐渐被人遗忘了。

许多年后的一个午后，长根娘的矮屋里进来一个穿戴整齐的妇人。妇人喊，娘！我来接你了，娘！妇人说，娘你就跟我走吧，我那一双儿女惦念你呢！长根娘折不下自己的老脸，但长根娘争不过一把老骨头无依无靠的命运。

这最后的结局，是我的旧日老邻告诉我的。

刨小孩

侯德云

我问妈，我是打哪儿来的？

妈在灶台边上刷锅，听到我的话，愣住，停止了手上的动作。磨得半秃的炊帚，悬在铁锅上空，一滴一滴一滴，往下滴水。半锅混浊的水呈漩涡状，转速渐缓。再过几分钟，它们将被舀到猪圈里，成为猪的饮品。

妈不吭声，我又问一句，我是打哪儿来的？

小孩子长到一定年龄，个个都是哲学家，他们喜欢追问，追问的第一句话差不多都是，我是打哪儿来的。

这事，妈最清楚，不管谁的妈，都清楚。可中国人的妈，普遍不肯提供正确答案。说起来特别简单，用手一指，说，这里。多简单。可她们偏偏不指。不光不指，还东拉西扯。也不提前商量商量，哪怕一个村，一个屯，有个统一答案也好。她们不商量，弄得一家一个答案。甚至，一个家好几个答案。大儿子，二儿子，三闺女，都不是打一个地方来的。我问到第三遍，妈才眨巴一阵眼睛，说，从大白沟里刨出来的。

用什么刨？

用镢头。

说完，妈慌忙走开，到院子里唤鸡，喊着喽喽喽喽喽。

我来不及问，我那四个哥哥是从哪儿刨出来的，他们的皮肤那么黑，估计不是从大白沟里刨出来的。

大白沟离屯子不远，在海防林里，一沟的白土。别处的土都是黄褐色，就那条沟的土是白的。剜野菜，捡草，我常去那条沟，去一次奇怪一次。

知道了自己的出生地，再去大白沟挖野菜，就变得很小心。铲子不敢深挖，怕不小心铲破哪家小孩的头。心里想，这地底下，不知哪里藏着小孩，也不知藏了多少小孩。

有一天，我跟宫玉林发生了口角。我们两家距离很近，不超过二十米。我们常在一起玩耍。这小子有主见，经常跟我发生口角。那天上午下雨，下午我们在河边玩水。课本上写着"全日制"字样，可有时全天上课，有时只上半天课。可能是白胡子老头儿上午敲铁轨敲累了，下午想休息一下，很可能是这样。不过我们对此一点儿意见都没有。

玩水时天还阴着，说不定什么时候，还会下一阵儿雨。我和宫玉林都穿着雨衣，是那种老式的帆布雨衣。我喜欢披着雨衣在阳光下面走，边走边看拖在地上的影子。我们光腿赤脚在小河里迎着水流走。可能是水量大的原因，小河的心情很好，一边流动一边唱歌。在它的歌声里，有时我们能看见跳舞的泥鳅，还有跳舞的沙子和水花。沙子撞在脚背上，水花溅在腿上。雨衣的下摆浮在水面上，被水流一拽一拽，好像要把雨衣从我们身上拽下来。怎么可能让它拽下来。

天晴了，太阳出来了，我正要上岸，宫玉林突然对我说，他是他妈用铁锨从大白沟里挖出来的。

我扭过头去，瞅他，你说什么？

他大声重复一遍。

我说，不是挖，我妈说是刨，用镢头刨。

他说，是挖是挖，我妈说是挖。

我说，是刨是刨是刨！

他说，是挖是挖是挖！

我们俩在小河边上吵起来了，吵得脸红脖子粗，谁也不让谁。

他不光是犟，还嚣张，他提议说，咱们哪天去大白沟试试看？

我说去就去，谁还怕你？

第三天下午，我们一个扛镬头一个扛铁锹，往大白沟走。屯里没人知道，我和宫玉林，很快就要当爹啦。

一路上我不跟宫玉林说话，他也不跟我说话。

走到半路，我突然想到，要是真的刨出来一个小孩，怎么办？抱回家还是扔掉？抱回家谁养啊，爹妈能同意养吗？现在就吃不饱，多一张嘴，更吃不饱。扔掉，怎么忍心啊。当爹的人，把自己的儿子或者女儿，给扔掉了，让屯里人怎么看？

我开始纠结。我偷偷看一眼宫玉林，他的脸还是紧绷着，稍稍有些涨红。他肯定想不到这么深刻的问题。

到了大白沟，才后悔没问问妈，是在沟底刨的还是在沟坡上刨的？随便吧，沟底，沟坡，都试试。

我吭哧吭哧地刨出一个个土坑。宫玉林吭哧吭哧地挖出一个个土坑。我先在沟底刨，后到沟坡上刨。先在杂草稀疏的地方刨，后到杂草茂密的地方刨。先在没有野花的地方刨，后到野花盛开的地方刨。宫玉林盯我盯得很紧，一直不离左右。我刨多深，他挖多深。

一晃四十多年过去了，我问，宫玉林，你还记得咱们去大白沟刨小孩挖小孩的事吗？

当然不会有什么小孩。一直刨到黄昏，挖到黄昏，我们俩累得浑身湿透，除了白土、草根、树根、石头和几只虫子，啥也没弄出来，肚子饿得咕咕咕叫了。我心说，这扯不扯，回家吧。

我不说话，扛起镬头就走。宫玉林扛起铁锹，紧紧跟上。

一路上，我们俩呼哧呼哧喘气，谁也不说话。

没有结论，谁都不服气。

等学到生理卫生课，我才知道，这事错得太离谱了。

生理卫生课本有些章节老师是不讲的，让我们自学。当时我学得特别认真。我从那时起才知道，有些知识，非得靠自学才能搞清楚，比如，我是打哪儿来的，宫玉林是打哪儿来的。

L 教授的火车

安石榴

L 教授 20 世纪 50 年代末出生，是家中老大，父母可能因为贫困也可能因为天天吵架，早亡。L 教授的两个弟弟两个妹妹，不，还要加上两个弟妹、三个妹夫（其中一个妹妹结了两次婚）和八个侄甥辈，十七个人，全由 L 教授一手扶持。虽然他和一个弟弟一个妹妹年龄相距一岁和两岁，可他们还是由他带大。

L 教授有时候觉得自己是一棵大树，而他们是树上的红果子。有时候又觉得和他们在一起就重合了中学历史书中的一幅插图：张衡地动仪。自己是中间那部分，而他们是那一圈张着嘴的蟾蜍，等着每一次地动，等着"珠子"掉进比脸大的口中。不过说实话，L 教授想象自己是大树的时候更多，因为他喜欢绿树红果。关键是，他确定他爱他们。

L 教授没结过婚，也就没有老婆，没有孩子。他的床上永远都是他一个人，任何女人男人都没有上过他的床。他的两个妹妹总是哭着说他们连累了他。他解释过很多次，他说没那回事，与他们一毛钱关系也没有，他就是那么怪僻。他们都不信，就是不信，就像不信他没有安排好自己的遗嘱一样。他们总会抽冷子问上一句：将来这个大别墅给谁呀？其中两个侄子、一个外甥受他引领资助留学过欧洲和北美，谈论这个的时候还加上一句洋腔：我无意冒犯。

L 教授没有和女生发生过绯闻，一次也没有。他也没有"奴役"过他的硕士生和博士生。L 教授退休后并没有停下来，依旧开讲座、参与学术研究、给企业当顾问、为客户上庭辩护，这些和他身在教职的时候没有什么变化。就像人们常说的那样，生活在继续。

L教授捐助的事情也依然在继续。他每个季度匿名登录一次水滴筹，他并不查验求助者的申请资料，排名前十名的账号，他依次每个捐助二百元人民币。有时候也会因为暴雨如注，它们在他的窗玻璃上不停地倾诉；或者落叶飘飞，他在树篱下见到一只僵直的红尾巴蜻蜓；或者大雪纷飞，他隔窗追随着一个孤独的人踽踽独行；这时候，这样的情形下，L教授就继续滑动手机屏幕，捐助的名额可能是二十名。每年农历腊月三十，照例所有亲眷都集中在L教授家里，整个家族欢聚三天。L教授事先预备下丰盛的食物塞满厨房和两个立式超大冰箱，而且总在新年钟声响过之后，拎起他的拉杆箱去参加一个重要的会议。亲眷们把他送到车上，他叮嘱他们在他的家里玩好吃好，便驾驶着他的车，离开郊区别墅小镇，直奔市中心。

市中心一处超高建筑中有他一个公寓房间。这是L教授在人间唯一的秘密，世界上没有第二个人知道。房间里家具和摆设一律当代北欧风格，隔音做成家装中的顶流。房间正中间被一座超大火车沙盘占据了。这个巨大沙盘里的所有模型都是精工制作，和实物一模一样，只不过微缩了数十倍。

L教授输入指纹解锁房门，把拉杆箱推到角落里的柜子中，拉上窗帘，摁下几乎所有开关，房间里立马雪亮，一列火车奔驰而来！它从一条山中隧道呼啸而出，奔向一片松林，闪过与铁轨平行的高速公路上的各种车辆，进入高楼耸立的城市，但它没有停，继续奔驰。它爬上一架铁路桥，桥下的江面开阔碧蓝，却只有一叶扁舟漂浮在水中，大江两岸绿色田野的尽头错落着几点黑瓦粉墙的农舍，平畴当中偶尔有一两棵孤独的树挺立着。火车车轮与铁轨摩擦出令教授沉醉的声音，前方已见一个沿铁路铺展的小镇，在镇外一条乡间小路与铁道交界处，黑黄条纹隔离杆外站着一个西装男，他拖着一只黑色拉杆箱，目光越过铁轨，注视着远方。

火车沿途千山万水，高峻的岩石山、茂密的竹林交错纵横，岩羊在山坡回望，溪流隐映在竹林中，更远处还有水库、风力发电大翅膀、湖泊、半圆形欧洲风格的机车库……这时候，另一列火车相向而来，火车带起风声，瞬间交缠成一股复杂的流变。它们在小镇水塔旁边相遇，又各奔前程。相向而来的火车驰过十字路口的西装男，他的目光未变。火车循环往复、嘶嘶作响、风起风息，一次一次经过十字路口的西装男，他拖着他的黑色拉杆箱，一直注视着远方。L教授坐在房间西南角的皮质单人沙发中。他已经换了一身居家服，左手端着一杯红酒，两腿分开，赤足，舒舒服服地坐在自己的单人沙发中。他这个位置正好与十字路口拖着拉杆箱的西装男遥遥相望——他是巨型沙盘中唯一的人类。火车还在奔驰，轨道上的红灯偶尔闪烁，L教授隔着山山水水、铁轨、闪烁的红灯、铁轨与车轮间辗转的嘶嘶声、空气中微微震颤的风声，向那个人举起了酒杯。

酒　祭

马宝山

一连三日，岑参都在愁绪与酒醉里煎熬。

此时，岑参在翠华山小住。忧愁是在三天前自潼关传到山下小村的，消息说：为大唐立下赫赫战功的高仙芝和封常清二位将军被唐玄宗下令问斩，时间就在今天的午时三刻。

一早，岑参备了几样小菜，胡辣羊蹄、小咸鱼、灰豆子……都是高、封二位将军喜欢吃的西北菜，酒是咸阳酿制的将军红。

岑参斟满三杯酒，一杯是自己的，另外两杯是二位将军的。他要摆酒祭礼他的两位官长。

岑参说："属下远在边塞，不能前去送行，就摆这桌薄酒祭送二位将军了。"

岑参愁容满面，将满给二位将军的酒泼洒在地上，自己那一杯，一饮而尽。再满了三杯酒，开始历数二位将军的赫赫功绩，诘问皇上。

——高将军骁勇善战，二十出头为将军，与父同班秩。皇上您一道诏书，提拔将军为安西四镇节度使，兼摄鸿胪卿和御史中丞。一战征服小勃律。接着将军再破揭师国，俘虏其国王勃特没，另立其兄素迦为新国王，将揭师国置于大唐的控制之下。那时，皇上您犒劳三军，嘉勉高将军，让士气大振，万众一心，边塞安宁。彼时，皇上您是多么圣明啊。

岑参高高举杯，这是敬高将军的。自己陪饮一杯，又道：

——再说封将军吧，他文韬武略，在做高将军幕僚后，协助高将军率领的两千骑兵深入追击，在绫岭全歼了达奚叛众。回营后写的那份行文清晰、逻辑缜密、文采斐然的捷报，皇上应该是看到了吧？您赏识封将军的才华，任命他为安西四镇节度使，成为帝国的封疆大吏。封将军没有辜负皇上，重新踏上西去漫漫征程，顺利攻克菩萨劳城。尔后唐军一路势如破竹，一直向大勃律的纵深挺进。很快，大勃律国的精锐士兵就被悉数歼灭。大勃律国王只好投降封将军，归附唐朝。那些日子不断传回的战报，使皇上喜不自胜，一再擢升将军的职务。这些还不够，又加授他为朝散大夫，专知四镇仓库、屯田、甲仗、支度、营田事，俨然成为安西唐军实质上的二把手。那时候皇上您知人善任，是多么英明啊。

岑参再一次举杯，这是敬封将军的，陪将军饮过自己杯中的酒，接着说：

——天宝十四年十一月十六日，安禄山起兵的第七天，封将军在骊山的华清宫朝觐皇上。当皇上听了将军即刻前往东都，开府库，募骁勇，扬鞭奋马，北渡黄河，定将逆胡之首献于阙下的旦旦誓言后，皇上您是多么高兴啊。当即任命封将军为范阳、平卢节度使，即刻前往东都组织防御。

十二月，当叛军从灵昌渡口渡河南下，攻陷灵昌郡，第一道防线宣告瓦解。叛军挥师西进，迅速攻陷荥阳，兵锋直指东都。封将军率部进驻虎牢关，准备据险而守。可他招募的六万人都是未经训练的新兵，官军一战即溃，虎牢关旋即失守，第二道防线就此崩溃。

由于军情危急，将军来不及向朝廷奏报，当即率部向潼关方向撤退。高、封二位将军领兵退入潼关，旋即命人抢修防御工事。等到叛军前锋进抵潼关时，发现官军已经严阵以待，方才悻悻退去。对这次擅改东进计划，退守潼关，皇上没说什么。皇上您没有糊涂啊，也算是个明君吧。

这时候，边饮边述的岑参已是泪流满面了，酒接着喝，话也接着说：

——可是，皇上啊。当你听了匆匆从潼关偷偷跑回来的帐下监军宦官边令诚极力夸大封、高二位将军的战败责任，特别是听了边令诚讲"常清以贼摇众，仙芝弃陕地数百里，又盗减军士粮赐"的诬告时，你偏听偏信，给二位将军定了三宗罪：不战而逃，丢城弃地；擅自行动，目无朝廷；违背旨意，破坏东征计划。皇上啊，你这是不明是非，糊涂啊！

岑参已将一坛将军红喝完，怒容满面，脸红目眦，毫不客气，叱问皇上："皇上老儿，你凭甚说高、封二人实属罪不可赦？还下诏斩杀功勋卓著的将军。你就是一个是非不明、忠奸不分、诛杀贤良的昏君哪！"

此刻，潼关上空乌云漫卷，朔风怒吼。数万唐军将士被召集到刑场周围，奉命观刑。绣有"高"字和"封"字的军旗在大风中猎猎飘扬，发出阵阵裂帛似的声响。随着一道森寒的刀光闪过，封将军脑袋落地。接着押上来的是高将军。他大声向围观的将士们喊，肃穆的军阵里忽然有人大喊一声"冤——"，紧接着喊冤声雷鸣，直冲霄汉。监斩官边令诚气急败坏地冲到刽子手面前，尖声高叫："快给我砍了！"

手起刀落处，高将军的头颅落地，又骨碌碌地转到不远处的封将军头颅边。两颗高傲的头颅面对面，好似他们生前在一起商讨军情。

这边，岑参已经是酩酊大醉，一脸泪水。回想起当年封将军出征的情形，正义的火焰在心中燃烧，诗人奋笔疾书，写下往日所作的著名诗篇《轮台歌奉送封大夫出师西征》：轮台城头夜吹角，轮台城北旄头落。……亚相勤王甘苦辛，誓将报主静边尘。这时诗人大汗淋漓，他拭了一把汗水，再写最后两句：古来青史谁不见，今见功名胜古人。抛笔号哭。

岑参少年有志，刚刚步入青年就写下"丈夫三十未富贵，安能终日守笔砚"。他离开家乡，投笔从戎，两次出征去戍边报国，写下许多反映军旅生活的边塞诗，是唐代边塞诗派代表诗人，被誉为"边塞诗王者"。我们熟读的"忽如一夜春风来，千树万树梨花开"便出自岑参的笔下。

女儿的舞蹈

符浩勇

指导老师攥着一把长尺，敲着桌台，面无表情地说："安静，安静了，大家仔细看着我再示范一遍，然后每个同学都跟着模仿一次，有不规范的，我再来逐个纠正。训练是辛苦的，但不经历辛苦，哪来的成功。"

世博会期间，主办方为办好一台中外小朋友欢聚晚会，每个周末将所有参加演出的孩子集中起来强化训练。这是第六天了，本来是老伴儿自己来的，可今天朱教授刚好在集训地办事，便一同来了。

女儿本不是学舞蹈的，但自从她被选拔参加中外小朋友欢聚晚会，进行集中训练后，就显得格外来劲，也肯动脑筋。近几个星期，在家里只要有空，她就自觉地对着镜子比画，一边听着音乐，一边做着动作，一会儿用脚踩音乐的节奏，一会儿又调整动作与节奏合拍，最后才进行全身合成。几天下来，他认为女儿跳得总算有模有样了。可刚才指导老师说到规范，他心里又一下子没底了。

伴着舒缓而熟悉的旋律，指导老师在台上转动飘移起来，边示范边讲解，终于在家长的热烈掌声中结束。她停下来，说："这个舞蹈的动作虽然简单，但音感很强，要求很高，用肢体展示花瓣纷纷落下，由花瓣纷纷落下想到光阴易逝，用舞蹈诠释美丽的瞬间。不下功夫，就很难跳出味道来。"

终于轮到女儿上台表演，朱教授的心顿然蹦跳起来。眼下指导老师的脾气显然有些急躁，没有半点儿肯定鼓励的口吻，先是说女儿的动作不尽规范，过于刻板，后又嫌女儿跳舞踩不着节拍，缺少乐感，根本跳不出花瓣纷纷落下的味道。

朱教授平静地盯着女儿的舞步，女儿显然很争气，反复行走了几回，指导老师又耐心指点一番，可女儿最终还是焦虑了，越来越踩不着音乐节拍。他迎着女儿飘过来的目光，做出一副毫不在乎的样子，他不想给女儿增加压力。可老伴儿却不善解人意，脸上流露出不悦之色。女儿下台时已是满头大汗，他迎上去，说了一句他平日最爱对学生说的话："没事的，你很有进步！"女儿一下子静了下来。

忽然，一个凄厉的哭声响起，他回头一看，是一个刚从舞台上下来的孩子被家长暗里拧了一下屁股。那家长显然是对孩子刚才在台上的表现不满，愠怒之下做了一个恨铁不成钢的动作，可孩子不会掩饰，痛得放声大哭起来。

十个孩子轮流走台训练了一遍，指导老师说话了。她表扬了在场的一位农村妇女，因为她的女儿跳得最好，一丝不苟，舞步严谨，不像×××（其中包括朱教授的女儿，还有刚才被家长拧了屁股的孩子）那样随意，那样刻板……跳得不规范的同学还要加倍努力，距离晚会的时间不多了，希望家长们回家后一定要督促孩子强化训练……

那位农村妇女红着一张脸，谦恭地聆听指导老师的话。家长们的目光里对她充满了敬意。指导老师要求她发言，她顿了顿，终于拘谨地说了。她教子的经验是：不跳好，就不给饭吃，不刻苦，哪来的成功。她的信念是：她不会跳舞，所以一定要让孩子好好学，将来要成为舞蹈家。随即在指导老师的带动下，训练场又响起热烈的掌声。

朱教授没有鼓掌，他一下子茫然了，说不清农村妇女说的话对或不对。

回家的路上，朱教授同老伴儿、女儿都没有说话。进门前，女儿终于说话了："我还要再练几遍呢？"他断然改变以数字说话的方式，说："你想练几遍就练几遍，不想练就歇会儿，以后我们不会强求你做你不想做的事。"

而结果是：女儿的舞蹈跳得越来越出色了。

水围城

朱雅娟

是一场酣畅淋漓的大雨。

长乐宫中，刘邦和衣而卧，倾听着雨滴击打瓦楞窗棂的声音。

吕雉坐在病榻旁，默不作声。刚才，刘邦骂走了治病的大夫，但还是给了他五十金的赏赐。作为枕边人，吕雉将刘邦面对死亡的恐惧、愤怒、无助、伤心，一览无余，尽收眼底。

"赵王如意求见……"内侍官禀报。

"传！"刘邦翻了个身，慢慢坐起。

赵王如意是刘邦与戚夫人生的爱子，虽是庶出，但却深受刘邦疼爱。

十二岁的少年虽风尘仆仆，却意气风发，整间屋子都似乎明亮起来。

等少年行完礼，刘邦张开怀抱，把小雀儿一般的爱子揽入怀中，嘘寒问暖。

"未经传诏私自进京，当以谋反罪论。"这句话在吕雉嗓子里滚动了数十遍，终被窗外的一道闪电劈没。

如意依偎在刘邦怀中，缓缓诵读：

"风雨凄凄，鸡鸣喈喈。既见君子，云胡不夷……"

吕雉冷冷一笑，多年前她和刘邦的一众亲属被项羽俘虏后，在敌军受辱两年之久。楚汉议和后，也是一个阴雨天，她终于见到了刘邦，那时的心情，正如诗中这位得了相思病的妻子一样，突然间夫妻团圆，惊喜交加之余，身心皆被治愈。

四目凝望，还没来得及拥抱，却看到了刘邦身边明眸善睐光彩照人的年轻女人。戚夫人抱着牙牙学语的如意，一声"姐姐"将吕雉的心击得粉碎。

回想起来，那场雨，少了闪电，缺了惊雷。

"如意，其实你父皇作诗也很不错。"吕雉笑道，笑容却不抵眼底。

"是《大风歌》吗？"如意站起身来，朗声道，"大风起兮云飞扬。威加海内兮归故乡。安得猛士兮守四方！"

吕后呵呵笑上几声，走过去将双手放在少年的肩膀上，双目平视，道："近日你父皇给你母亲唱了一首《鸿鹄歌》，你没有听说过吗？"

刘邦沉下脸来，借故让如意离开。

"废立太子的事早已经过去了，你何必再生事端！"刘邦厉声说上几句，已是气喘吁吁。

吕雉淡淡地笑。对呀，这件事已经解决了，刘邦终究是放弃了废除太子刘盈，改立如意为太子的打算。但其间，吕雉所做的努力、付出的艰辛已非常人所耐受。

所以，当那天刘邦看到有"商山四皓"之称的四位隐士时，大吃一惊，这些老人都是自己可望而不可即的名士，现如今却追随刘盈左右，足见刘盈已羽翼丰满。无奈之余，刘邦对哭泣的戚夫人说："看来以后吕后真要成为你的主人了。"然后戚夫人跳舞，刘邦唱歌，唱了一曲楚歌。

"鸿鹄高飞，一举千里。羽翮已就，横绝四海。横绝四海，当可奈何！虽有矰缴，尚安所施！"

听到此事的吕雉狂笑几声，手捂胸口缓缓矮下身子。说到底，刘邦视他母子为外人。

"陛下，我让人给你做了水围城，想吃吗？"吕雉浅笑几声。

良久，刘邦叹口气，说："其实，我想吃你亲手做的。"

吕雉咧了咧嘴，轻声道："喏。"

水围城，其实就是浇了汤汁的杂面搅团。当初韩信不得志，连饭都吃不上。

有一位在河边漂洗衣物的大婶给他饭吃，一连十几天，吃得最多的就是这水围城。

一碗热乎乎的水围城摆到了桌上，金黄灿烂的是城，周边围着的浆水是河，当真有一副水围城的即视感。刘邦手拿筷子，一圈一圈夹着吃，慢慢地，城变小了，变没了。慢慢地，水变小了，被喝干了。

"那天，你杀韩信，也给他吃了碗水围城？"刘邦突然问。

吕雉的目光飘向远方，飘向长乐宫的钟室方向，去年在那里，她诱杀了韩信。

"韩信死前，只想吃一碗水围城。当年他因水围城才没被饿死，又因受水围城启示才用十面埋伏之计击败项羽……"吕雉说。

"知道韩信为什么没起兵谋反吗？他亲口说，是想让天下老百姓都可以安逸地吃上水围城。"吕雉又说。

沉默良久，刘邦说："当初我入关中，与父老约法三章，除收揽人心之外，也是想早日结束战乱。"

雨声渐小，吕雉与刘邦在病榻前商议了以后几十年的朝臣接替等事宜。

"陛下请安心，刘盈登基后，我定助他沿袭'与民休息'之政令，行'无为而治'之国策，保全我大汉万里江山。"吕雉慢慢合上了刘邦的眼睛。

主　角

刘立勤

没有不想当主角的演员。

谭四的梦想就是在舞台上当主角。

为了当主角，谭四真是吃够了苦。唱腔表演的那份苦先不说，我们说说练功吧。练毯子功时，他翻、腾、扑、跌、滚、摔，经常弄得鼻青脸肿；练把子功时，刀、枪、剑、戟、斧、钩、叉、棍，有几次差点儿被对练戳瞎眼睛。苦尽甘来，他终于练出一身好本事，小快枪、大快枪、小五套、大刀枪、双刀枪、十八棍等，每一样都精益求精、炉火纯青。

这样的好苗子自然是担当主角的人物。但他到了剧团后，一直都在跑龙套，连个有分量的配角都没扮演过。

这事怨不得老团长，老团长是真心喜欢他，欣赏他，也安排他担任了几个大戏的主角，可惜他都不适应，老团长又安排他担任有分量的配角，他还是不适应。怎么说呢，在舞台下他的表演收放自如潇潇洒洒，可一登台就完了，一招一式一本正经，程式古板，缺少灵动，硬腔硬斗做功难受。老团长爱戏如命，只好狠下心让他去跑龙套，心想，跑跑龙套练练胆，兴许就好了。谭四也毫无怨言，台上跑龙套，台下练主角。台下的主角练得倒是很有特色，人人叫好，待到带彩走台时铜器一响，他就乱了阵法，连个龙套也跑得叫人不敢恭维。用他的话说，他终于没有辜负老团长的失望，彻底失去了登台唱主角的机会。

但他还是想在舞台当主角。

剧团红火几年后，他就很少演戏了，不说演主角，就连跑龙套的机会也没有了。老团长带人外出跑歌舞团时，他干脆请了长假不上班了。

谭四能吃苦，和媳妇在县政府对面开了一间凉皮店。谭四勤快，店面收拾得清清亮亮，很是干净。他家面皮子蒸得软和又筋道，吃凉皮的人很多，我也常常去他店里吃凉皮。每次去了，都是他亲自制作，他把一撮儿豆芽、一撮儿黄瓜丝、一把油光发亮的面皮，放在一个油润润的水瓢里，"唰唰唰"三勺盐，"唰唰唰"三勺醋，然后把水瓢凑近那个硕大的辣子碗，捞起三根面皮在辣子碗里一蘸，辣子油便跟着跳进水瓢，接着再舀一勺辣子倾入水瓢，再掂起水瓢抖几抖，一盘美味可口的凉皮就做好了。

我说："凉皮你都能玩得像行为艺术，舞台上咋就……咋就……"

谭四说："我也说不清呀，我也劝自己要好好表演，添光彩。可铜器一响，我的手脚就好像不是自己的了，不听使唤。"

我说："不过也好，主角也没戏演了，咱在生活里当主角。"

谭四说："我还是喜欢在舞台上演主角。"

他真的还想在舞台上当主角。买煤、买米，磨米浆、蒸皮子，切皮子、拌皮子，擦桌子、抹板凳……一天忙到晚浑身疲倦，而谭四还要继续练功，唱功、毯子功、把子功……他每一项都不偷懒，总想着有朝一日再上舞台唱主角。

谭四又回到剧团，继续实现他的主角梦想。可是再有机会上台时，他还是当不了主角，本身的毛病没有克服不说，现在的舞台已经是年轻人的天下，他们玩的都是颠覆传统的那一套。偶尔轮着他上台跑回龙套，不说别人，连他自己都觉得难受不自在。

妻子让他调到文化馆。他不，他说："我是演员，我到文化馆弄啥？"他仍然做着当主角的梦，继续在剧团跑龙套，也在凉皮店跑龙套——给妻子打下手。

待到剧团又招来一批小演员时，别说当主角，连龙套都不要他跑了，新团长让他带薪离职。谭四心有不甘，看看漂亮的女儿，他想让女儿考艺校，将来代替自己在舞台上当主角。妻子怎么会答应呢，他就和妻子闹，谁劝都不听。

后来听说谭四离开了瓮城，从此再也没有了他的消息。

十几年过去，在人们都快忘记他的时候，谭四突然出名了，省报用半个版的版面介绍了他的事迹。我们才知道他离开瓮城后，被省城一个有名的艺校聘请当了艺术指导，他在那里不仅培养了几百名的戏剧艺术人才，还培养出两个"梅花奖"得主、五个"戏剧新秀"得主，培养出无数个主角……报道说他是"主角背后的主角"。

当我在省城一家茶馆见到谭四时，他惋惜而又自豪地说："我当不上主角，总有人会替我当主角！"

那一刻，他的眼里迸发出了一束光。

绝 唱

侯发山

　　起初，常香玉不想住院，她知道自己的病没救，花钱不说，还占用医疗资源。事实上，她得的是不治之症——癌。她没事似的对家人说："我已经八十了，就是台机器，零部件出点儿问题也很正常，没事。"她跟天下所有的父母一样，不想给子女留下遗憾，又想给他们一点儿尽孝的机会，最后还是住进了医院。

　　常香玉住院的消息传出后，许多人，上自中央领导，下至普通百姓，都在为她担心，有不少人跑到医院看望她；那些外地赶不过来的，寄鲜花，邮苹果，通过种种渠道表达对她的关心。

　　尽管常香玉住进了医院，有位张姓导演还是抱着试试看的态度来了，除了慰问，他也有工作任务——有一场大型的演唱会，张导想请常香玉参加，出场费 30 万。那时候，常香玉的病情得到暂时的缓解，身体感觉不到疼痛了，而且有说有笑，精神头好了许多。

　　说实话，在常香玉的一生当中，还没拒绝过任何人。她曾经说过，人家找上门来，是看得起自己。自己有多大能耐，不就是会哼两句吗？她说："我也想去，怕身体吃不消。"

　　张导说："您就唱一段……30 万不行，50 万。"

　　"不是钱的事，真的不能去。"

　　"您就去一趟，不唱也可以，报酬一分不少。"张导还不死心。说实话，常香玉的名气太大了，只要她到场，演唱会就成功了一半。

不管张导怎么劝说，末了，常香玉还是拒绝。自己的身体自己清楚。她不能给子女添乱，不能给组织增加麻烦。

过了一段时间，原计划回家休养，想不到病情复发，癌细胞扩散，已经开始便血了。最好的医生，最好的仪器，最好的药物……遗憾的是，常香玉的身体还是每况愈下。

当得知奥运场馆建设工地上有一场专门慰问河南农民工的演出时，躺在病床上的常香玉决定出演。

常香玉把想法说出来后，大家都惊呆了，以为她糊涂了。

"我没有糊涂……若是不去，怕是再没机会了。"常香玉停顿一下，又积攒了一些力气，断断续续地说，"老乡们爱听我的戏……我也想他们哪。"

医生说："你一开口唱，就要运气，丹田附近有刀口，很容易绷开。"

常香玉笑着说："我唱了一辈子戏，这点儿分寸我还是能把握的。"

"妈，您唱了一辈子戏，还没唱够吗?!"女儿说着，眼窝里已经满是泪。

医生随口说道："是慰问演出，没有出场费的。"

常香玉打断医生的话，没好气地说："有出场费我也不要!"

医生知道自己说错了话，忙赔礼道歉，说："您真的不能再去，身体比演戏重要。"

常香玉说："在我眼里，戏比天大!"

就这样，谁也劝阻不了，只好依她。若是坚持不让她去，病上加气会更糟糕。

常香玉说："我已多天没唱了，还得练一练。"

女儿有点儿生气了，但还是耐着脾气说："妈，大家知道您有病，即便唱得差一点儿，都能理解。"

"不行，得练!"于是，常香玉吃了止疼药，开始练唱。练习了几次后，她自己感觉满意了才罢休。

那天是 2003 年 12 月 22 日，冬至，小北风呼呼地刮着，像刀子似的割着人的脸，天气十分寒冷。不顾医生和亲朋的反对，在女儿的陪伴下，常香玉来到了北京奥运会建筑工地。演唱之前，医生交代她，一旦感觉刀口疼就停下来，千万不能硬撑。

常香玉吃了止疼药，穿戴齐整，精心化妆后，上场了。一个转身，一个亮相，气质、形象惊艳全场，她一开口更是震惊了在场的所有人。她唱的是现代戏《柳河湾》片段：

> 工地上敲罢了下工钟，我手推菜车往正东。
> 沟东头有一片向阳地，社员们能吃饭来能歇工。
> 我把菜车推过去，换几个零用钱还方便群众。
> 车中菜全是俺家院里种，样样干净都讲卫生……

吐字铿锵有力，嗓音婉转动听。高亢，激越，柔美，悠扬……随着常香玉的演唱，大伙儿跟着一起唱。远在他乡，听着这熟悉的乡音、独特的唱腔，仿佛听到了亲人的呼唤。他们浑身的疲惫化为乌有，他们对家乡的思念得到释放。现场除了响彻不断的掌声，还夹杂着呜咽声，他们知道，这是一位病魔缠身的老人，一位刚刚换下病号服的老人。

演唱结束后，常香玉擦了擦额头的虚汗，强忍着钻心般的疼痛，在女儿的搀扶下，缓缓走下舞台，微笑着和拥上来的农民工握手、问好、合影。没有坚持到底，她便满含歉意地对众人说："老乡们对不起，俺坚持不住了……"

回到医院，女儿一边给她换衣服，眼里的泪珠一边往下滚：母亲上身的内衣湿漉漉的，那是被汗水浸湿的！下身的衣服，毛裤、绒裤也都湿了，那不是尿，也不是汗，是血，鲜红鲜红的血！女儿再也忍不住，失声痛哭。常香玉说："别哭，我还活着呢。"她这么一说，女儿"呜嗬呜嗬"哭得更厉害了。

没过多久，常香玉撒手人寰，与世长辞。

豆腐的馨香

邢庆杰

鲁西北平原，很多村庄的名字，都和村民的姓氏有关。比如王庄，以姓王的居多。李庄，大多数人姓李……所以，我来豆王村扶贫之前，一直以为这个村里姓豆和姓王的多。

我在村委会的一间闲房子里安置下来，走访了几户村民后才知道，这个村二百多口人，没有一个姓豆的，也没有一个姓王的。之所以叫豆王村，是因为这个村有着近百年做豆腐皮的历史，出产的豆腐皮曾是方圆百里的王牌，"豆王"因此得名。

但目前的豆王却是周围十里八乡有名的贫困村。村里人均只有一亩多地，靠种地仅能糊口。村里的青壮年都出去打工了，有能力在外面立足的，都不回来了。在外面混了几年回来的和留在村里的，半数以上还挣扎在贫困线上。村里的集体经济也一直是负数。以前村干部也试图改变这种状况，尝试过种植、养殖等副业，但都因收效甚微，不了了之。

我用了一个多月的时间，走访了全村五十三户人家。令我奇怪的是，以前，这个村家家户户都做豆腐皮，目前，只有周老二一家在做。几年前，周老二的妻子病故，女儿嫁人，剩下了他一个单身汉。他把地租给了自己的一个侄子，自己重操旧业，做上了豆腐皮。他每天只做二十斤豆子的豆腐皮，到附近集市上售卖，卖完后就打酒买肉，回家看着电视小酌，小日子过得很美。

我到周老二家走访时，是一个下午的两点半左右。没想到，周老二还在看着电视喝酒。看到我，他赶紧关了电视，招呼我坐下，不好意思地说，赶集回来得晚，吃得也晚。

我在沙发上坐下，顿时闻到了一股豆腐皮的清香。拿眼一扫，面前的茶几上摆着一盘切成细丝的豆腐皮。

周老二给我倒了一杯酒，还拿过来一双筷子，憨厚地笑着说，领导，也没啥好菜，就是自个儿做的豆腐皮，还有在集上买的猪头肉，凑合着喝几杯吧！

我笑了笑说，现在是工作时间，我不能陪你喝，就尝尝你的豆腐皮吧。

我撰了一筷子豆腐皮，放在嘴里一嚼，顿时，一股特有的豆腐清香勾起了胃肠的记忆……只有小时候，才吃到过这种原汁原味、天然醇香的豆腐皮。近些年来，无论是在饭店酒楼吃到的，还是在菜市场买回的豆腐皮，都没有这种味道。这种仅存于记忆的馨香，竟然又被我找到了……

我惊问道，这么好吃的豆腐皮，为什么不做了？

周老二说，做豆腐皮是个辛苦活儿，起早贪黑，忙忙活活的一整天，做出来，再卖出去，也就挣个几十块钱，还不如出去打工挣得多，还省心。

我又问，你为什么不出去打工？

周老二说，我这个岁数，也没啥花大钱的事了，这样守着个家，每天挣个几十块钱，够花就行。

我心里顿时明白了，村民们受眼界的限制，没有在营销上跟上时代的步伐，效益上不去，就被市场自然淘汰了。我顿时下了决心，一定好好动动脑子，帮他们把老祖宗的东西找回来。

当天晚上，我就找了村支书老吴，把自己的想法全盘端了出来。

吴书记一听，眼睛马上亮得如同黑夜里一百瓦的灯泡，他一拍大腿说，要不怎么说让你们来扶贫呢，我一直想把豆腐皮的事做起来，正苦于没有思路……

刻不容缓，第二天，我和村两委的几个人就行动了起来。村里先倒出几间旧仓库当生产车间，邀请了周老二和五个赋闲在家的老师傅加盟，成立了豆王豆腐皮合作社。这六位老师傅以前是村里做豆腐皮最拿手的，即将荒废的手艺如今有了用武之地，积极性都很高。他们先用传统工艺制作出第一批豆腐皮，我用自己的轿车运到县城，送到各饭店酒楼和超市试销。不出所料，因我们生产的豆腐皮无添加剂防腐剂，色泽口感均佳，每天都被抢购一空，订货的电话都把吴书记的手机快打爆了。

仅靠传统的手工制作根本满足不了市场需求。我们到农村信用社贷了款，购进了现代化的设备，给产品注册了商标，又在村里招了十几个村民，合作社便红红火火地干起来了。

要想让这种场面持续下去，营销是关键。我和吴书记一起开拓新的营销渠道：在抖音、微信群、朋友圈、公众号等新的媒介广泛宣传。为了能让外地人吃上我们的豆腐皮，我们进驻了京东、淘宝等网络销售平台，把豆腐皮抽成真空发给外地的客户……不到一年时间，"豆王豆腐皮"已经远销十几个省市。我们又适时升级了设备，向规模化发展……一些在外打工的青年也闻讯赶了回来，正好安排他们跑营销、送货……村里十几个年轻的留守妇女也要求来上班，社里每天成堆的订单需要打包、发快递，正好需要她们……合作社很快发展到了五十多个人，日均盈利万元以上。

这天一大早，吴书记忧心忡忡地来找我，紧皱着眉头说，现在在外打工的都回来了，都找我要工作，你说咋办？

我说，这可是好事呀，前两天周老二还提议呢，我们按做豆腐皮的标准，再做做豆腐，让豆腐搭上豆腐皮的品牌效应和销售快车，事半功倍呀！

吴书记眉头马上就舒展开了，对呀，我们再上豆腐项目，既解决了就业，又能增加收入。

当天晚上，吴书记强拉硬拽地非要自费请我吃饭，硬逼着我喝了半斤他自酿的白酒，那酒，劲真大呀，我吃了两张豆腐皮才压住酒气。

这一晚，连梦里都是豆腐的馨香。

常德富商

戴　希

民国初期，你是常德富商，专门做蚕丝购销生意，做生意时经常带着大儿子。你长期雇请当地的农夫，合作中和他们相处得不错。

那年春天，又到了蚕丝收购的黄金季节，你依然决定雇请那批农夫。正想尽早和他们商定相关之事，不料突然杀出个日本商人。

日本商人财大气粗，牛哄哄的，一来常德就径直找到那批农夫，说要雇用他们收购蚕丝。上场就许诺：他给他们收购蚕丝的工钱要高出你给他们的三倍！

农夫们都惊呆了。

有人说，送上门来的肉包子还能不吃？

有人说，远亲不如近邻呢，如果你被逼急了，也狠心给出和日本商人一样的工钱，那他们何必受雇于日本人？

有人说，黄鼠狼给鸡拜年，谁知日本商人安的什么心？

有人说，不能一心只为赚钱，还得讲情义。这么多年，你对他们那么好，怎么能背着你和日本人做交易？

凡事要图长远，最后一个农夫说，只要你把工钱提高一倍，他们就不挨日本人的边。

工作做通了，农夫们都赞同。

当然，这是农夫们秘密商议的。你只知道日本商人来了，要和你争地盘，抢生意。

日本商人在你的田地里横插一脚，你自然不快。要命啊，日本鬼子！你心里骂。可骂归骂，人家来叫阵了，你还得迎战。

不愿一开战就"将军"，你想先试试大儿子的身手，于是吩咐他去找那批农夫。

"爸，您的主意呢？"大儿子眨眨眼，"您要咋办就咋办。"

你摇摇头："爸这次也没主意，都由你决定。"你拍拍大儿子的肩膀催他出发。看着大儿子离去的背影，你心里忐忑不安，毕竟是第一次让他独自面对，但你抿了抿嘴又咬了咬牙。

"和大伙合作共赢不是一朝一夕了，我爸理解你们，你们也清楚我爸的为人。"大儿子与农夫们拉过几句家常后便话锋一转，"这样吧，把你们佣金提高两倍！"

"两倍？"有人笑问。

"对，两倍。"大儿子扫视一眼农夫们的脸，又说，"不只如此，这次收购期间，你们的伙食也全包！"

"真的？"有人眼睛一亮。

"真的！"大儿子响亮地回答。

"好！"农夫们鼓掌，准备散去，各忙各的。

"别急嘛。"大儿子叫住他们，"我爸还说，要先预付你们一半工钱！"

"这，这，这……"有人脸红。

"不用预付！"有人直呼，"还是等收购完了，一次性付我们全款。"

"对。"农夫们异口同声，"就这样！"

大儿子笑问："我们可说好啦，大伙儿都没意见啦？"

"当然！说好了，没意见了。"

大儿子心里乐开了花，回到家里，却故意苦着一张脸："爸，只怪儿子……"

"怎么啦？"你一惊，仍笑问，"没谈好？"

大儿子沮丧地点头："农夫们也真是！"

"胜败乃兵家常事！"你赶紧安慰大儿子，"不要急，说说看，你给他们开出了什么条件？"

"工钱提高两倍，收购期间伙食全包，预付一半工钱。"大儿子扳着指头回答。

你依然平静地问："怎么不再涨工钱，追平那个日本商人？"

"爸，我心疼，不敢了。"大儿子涨红了脸。

你心里"咯噔"一下，嘴上仍说："好事多磨。儿子，你先好好休息，别再想这事儿了。明天，我去找他们。哦，对了，你也跟着去。"

大儿子点点头，闷闷不乐地走进自己的房间。

看来不得不让工钱追平可恶的日本商人！你握紧拳头，心里也疼。翌日，你整好衣冠，挺直腰杆，准备出发。大儿子却"扑哧"一声笑了。

"爸，您真要去啊？"大儿子漫不经心地问。

你一本正经道："对，真要去！"

大儿子这才拖住你："爸，不用去，都谈好了，农夫们热情似火，都开始收购了！"

"你个鬼东西，竟戏弄起你老爸啦？"你白了大儿子一眼。

略愣，你又下意识地问："儿啊，你一上场就向他们摊牌啦？"

"嗯嗯。"大儿子点头，又反问你，"爸，有什么不妥吗？"

"嗯——"你笑笑，"也没什么不妥。"

嘴上这么说，你心里却想，这小子利落，比他老子要猛！假如换了我，肯定不动声色，先说把他们的工钱提高一倍，看他们接受不，接受了就成，不接受再加码，兴许……

不过，你又转念想，终归赶走了日本鬼子。即使这次吃点儿亏，下次也可再弥补。而且，这次锻炼了大儿子，看到了大儿子的身手。

你在椅子上坐好，又招呼大儿子在你身旁坐下。

"依你看，我们这次的生意，是赚还是亏？是大赚还是小赚？是大亏还是小亏？"你故意让大儿子预判。

大儿子却反将你一军："爸，你相信我吗？如果相信，你会有意外惊喜！"

"啧啧，你小子！"你在大儿子胸口轻轻擂上一拳，"是不是翅膀硬了？"

实际上，你心里没底。只是想看看大儿子导演的这出戏，最后会演出什么结果。

没过多久，农夫们满脸阳光，陆陆续续来交货了。到了最后的收货期限，交货顺利结束。大儿子清算后发现：这次蚕丝的收购量比往年陡增了三倍，而且蚕丝的质量较往年好了不少！

大儿子欣喜不已，你却静如止水。

你问大儿子："干吗这么高兴？"

"第一，我敢肯定，今年常德一带蚕丝的收购市场已被我们垄断。垄断意味着什么您比我更清楚。第二，蚕丝的质量好多了，卖价自然会高许多。第三，日本商人被我们一举击败，知道了我们中国人的厉害。"大儿子如数家珍。你春风拂面，又问大儿子为什么如此这般。大儿子脱口而答："商人不能只重利，还应慷慨仁义；不能只顾眼前，还要看得长远。爸，我说得对吗？"

你笑了，阳光灿烂。

第 6 辑

寄给风的信

窃书的少年

何君华

我实在太喜欢那本书了，那本精装的带插图的《西游记》，每次去新华书店我都要"狼吞虎咽"地读上几页。

我在苏木念寄宿初中，我们每天下午五点放学，六点上晚自习，这一个小时我们用来吃晚饭和自由活动。我没时间吃晚饭，也没时间自由活动，放学的铃声一响，我就头一个冲出教室，跑到位于苏木街道中央的新华书店去读《西游记》。新华书店五点半关门，如果不跑快点的话，看不上几页我就得"打道回府"了。

我在我们家的黑白电视上看过中央电视台拍的电视剧《西游记》，可是电视剧拍得一点也不过瘾，一点冲天入地、踏碎凌霄的感觉都没有，这本插图版的《西游记》就不一样了，不但文字优美，而且插图精美，简直把齐天大圣孙悟空的精气神都画出来了。

新华书店的售货员跟我已经很熟悉了。每天等我气喘吁吁地跑到店门口时，他总是要微微地冲我点点头，或是笑一笑，或是跟我打趣道："哟，再不来我可要关门啦！"我不好意思地冲他笑笑，然后便冲进最里面的那排书架前，熟练地在第三层书架上找出那本《西游记》，争分夺秒地读起来。

苏木初中跟新华书店有一里多路程，留给我读书的时间只有不到二十分钟。你不知道，二十分钟时间对于一个热爱阅读的人来说，简直太短暂了。很快，读得入神的我便会被那句熟悉的提示语打断。彼时不知道售货员已经呼喊几次了，可我此时此刻方才听到。我依依不舍地将书放回书架上，又马不停蹄地跑回学校食堂去打晚饭。

是的，我总是最后一个赶去食堂打饭，这时往往已经没什么可吃的了，可我并不觉得后悔。

我实在太喜欢这本书了，我脑海里忽然闪现出一个可怕的念头——我要把那本《西游记》偷回来！

我是偶然发现新华书店后面连接库房门的门闩没有真正上锁的。售货员每次去库房里取书都是轻轻地将它掩上，并没有将锁锁上，而库房的后门则是从里面通过门闩闩住的。也就是说，我只要趁售货员不注意，将库房后门的门闩偷偷抽开，再将库房前门的门锁虚挂在门闩上就可以了。

晚上八点，晚自习放学的铃声一响，我就迫不及待地像哈萨尔的神箭一样刺向新华书店。跟以往不同的是，这回我走的是新华书店的后门，而不是正门。

我用手一推，库房的后门果然开着！

我的心扑通扑通直跳，我摸进库房，再摸开库房前门，在熟悉的位置上"拿"到《西游记》，然后将两道门轻轻掩好，头也不回地跑开了。

我将《西游记》藏在宿舍床铺的枕头底下，不敢拿出来示人。

这一天，我没有像往常一样一放学就跑去新华书店，可我又不敢当着同学的面将《西游记》拿出来读。这种感觉太熬人了，我盼望着周末快点到来，我好拿着书回家去读。

好不容易盼到了周末，额吉赶着羊群出去了，我便迫不及待地将《西游记》从书包里掏出来，如饥似渴地读起来。

"你手里拿的什么书？哪里来的？"我读得太入迷，不知什么时候额吉已经站在了我的身后。

我吓了一跳，额吉见我惊吓过度的样子，心中似乎已经明白了一切，我便不打算隐瞒，将去新华书店偷书的事一五一十地告诉了额吉。

说完，我等着额吉将她原本用来赶羊的皮鞭抽打在我身上。

可是过了许久，额吉手中的鞭子也没有扬起来。额吉忽地瘫坐在地，放声大哭起来："我到底做了什么，竟生了个窃贼！"

我跪倒在额吉身前，不停地向额吉认错，祈求额吉的原谅。额吉抹干眼泪，带着我和那本《西游记》来到了新华书店。

面对那么信任我的售货员，我早已经羞愧得抬不起头，而售货员其实早已经知晓一切："你每次来都读这本《西游记》，后来这本书不见了，我当然猜到了是谁拿走了它，但我相信，你一定会将这本书还回来……"

售货员没有用"偷"字，而是用了"拿"字。

我的眼泪再一次止不住地流下来。

额吉将兜里拉拉杂杂的零钱全部掏出来，摆放在柜台上，买下了那本我心爱的《西游记》。我知道，那些钱的数额远远超出了书的定价……

这本插图版的《西游记》如今仍摆放在我的书架上，尽管已经读过多遍，它的书页也已经起边泛黄，但我确信，我将一辈子将它珍藏。

一头牛最后的时光

高晋旭

牛过于劳累，倒在地里，远远看去像个不规则的坟头。

第二天，一个又一个的人来看牛。这些人不是扒它的牙齿，就是敲它的蹄子，还有个斜肩膀的人缩起无名指，用大拇指掐着中指，一拃一拃地丈量它后腿上有些松垮的腱子肉。从一拨又一拨的交谈中，牛得知主人不要自己了，只得日夜流泪，直到一个刀客路过。

刀鞘里的刀在颤抖。牛听到，一股杀气迸发出清脆的响声，穿进冰凉的牛耳。它嗅到空气里躁动的气息，勉强抬起硕大的头问："我这老不中用的，主人要卖掉我吗？"

刀灵巧地顶开机关，从刀鞘的一道缝隙，听刀客与牛主人的对话，不紧不慢，告诉老牛："牛兄，你倒得不是时候啊，你主人要置办酒席，今天你有血光之灾呀。"说完，又絮絮叨叨："卖也罢，死也罢，你在人间卖了数十年力气，换来几百鞭子和那么一点料草，还不嫌累吗？"

老牛难以置信，说："我看着主人长大，他几岁撒尿和泥，几岁踩着我的背上树掏鸟窝我都记得清清楚楚。他十二岁那年，老主人滚下山崖，临走时还交代不能卖我，现在……"牛越讲越急，瞪起眼睛，咬着牙一字一顿地说："不会的。"

刀说："我行走江湖数百年，开了多少具身躯，别说是六畜，大象我也杀过。我主人的手艺天下第一，不会让你疼的，安心上路吧。"

老牛疯狂地咳嗽，半天上不来气。刀叹口气，接着说："你就是死了，你主人也不会眨一下眼，落一滴泪的。"牛听到这里，晃动牛角，全身筛糠，它是真的老了。

主人和刀客谈妥。就这样，猝不及防，一只铁榔头敲了牛头。刀客抽刀，扎入牛的喉咙，鲜血带着热气像一列脱轨的火车从黑洞洞的刀口迸发出来。一片鲜红后，刀刃不停地在牛骨的间隙游走，飞闪腾挪，像一个武功高强的刺客。

这是出过力气的牛。刀知道。

牛皮上瘢疤累累，皮毛里尘封着牛和主人的快乐时光，主人给它洗澡，在月下给它添草。爹娘死去，男主人和牛相依为命。月光里，牛在前头慢悠悠地推碾子，主人在后头围着磨盘扫麦，牛蹄踩出哒哒的声响，碾杆已经蹭得锃亮，上有一道疤，像只眼睛盯着人世变幻。门底的风呼呼地吹起麦麸，迷了牛的眼睛，主人扫磨盘的动静像极了老主人，吆喝声也像极了老主人，老牛仿佛回到了老主人手里。月光也柔和地波映在坑洼的地上。

主人奇怪自己怎么想了这么多，仿佛牛的记忆一股脑儿钻进了他的脑袋里。

而刀终结了牛。谁的错？刀继续划着，硕大的牛头被卸下来。刀向每个垂涎牛肉的人陈述刚才发生的一切，而刀客却沉默着把所有零件摆好。

围观的人越来越多。邻居都说，这是一头好牛啊，啧啧。刀客坐在冒着血腥味的牛头旁，揩拭刀柄，刀上的一串血珠慢慢凝聚成一大颗，滴落在地上。牛头说："我死了，他们吃我的肉，就不会饿死了。"刀客说："你还真是一个活菩萨啊，我的刀尖虽然冰冷，却能终结你的血肉之躯。"牛头眯着眼，仿佛还在很享受地嚼着草料，嘴角溢出白沫。

牛血被收集到一个大海盆里。大锅里烹煮着牛肉，香味四溢。

主人并不开心，虽然他豪爽地和客人一碗一碗地饮酒，甚至饮牛血，但是他感觉那碗酒、那碗血总缺点什么。味道也不对，他想不明白，看看袖口，又瞧瞧裤腿，总觉得身上哪块空荡荡的。圆月照在主人的半边脸上。久违的月光迈进小院，从木门槛向屋里推进，地上慢慢显现出一对对牛蹄印。主人说，你回来了？一声牛哞在空气中炸裂。

惊慌间，主人又听到那晚他和老牛回家的路上，车轮咯吱咯吱的响声，猫头鹰的笑声，烟叶燃烧时细小的嗞嗞声，还有熟悉的阵阵叹息，一声长，一声短，他听着听着便眼泪哗哗。

想到这里，他看着眼前的牛头和大红花，桌前的酒菜依然飘着香，案上祭祖的牛肉在一窗月光的映照下发颤。一跳一跳的，像个老人在抽泣。

一生就这样了结了。牛看着自己的肉身，无声地舔舐着月光。黑暗里，不知有什么东西滚落到案上尖叫。

马 车

刘兆亮

自打念小学开始，"丁桂香"就一直在我身边。

我字写得不工整了，恰好被父亲瞄到，他的话就会像鞭子一样甩过来："丁桂香的字啊，提笔就手拿把攥，跟印出来的一样，你看看你的……"

父亲赶马车帮人运红砖，顺路到镇上的新华书店，帮我买了一本《新华字典》。我觉得字典像块砖头，啃不动，没用过，大半年过去还跟新的一样。父亲又抽过来一"鞭子"："你看你啊，有福不会享。丁桂香像你这样大，借的旧字典都被他翻卷了边，跟马跑起来时的马鬃一样乱。"

有的时候，父亲赶马车累了，回家会喝点儿"洋河"，可往往他正斟着喝着，却把酒杯往桌上一磕，迷离着眼睛，盯着我的额头狠瞅。我不知道他要干什么，也翻白眼定住任他瞅。他指着我的脑门慢条斯理地说："你这个鬓角啊，头发还是太盛，不知道什么时候能有动静。给我敞出亮脑门来，像丁桂香的那样宽、那样亮。那敞出来的，是什么，你知道吗？是机灵劲儿！"

父亲言必称的"丁桂香"，就是他从小学到初中的同桌，家住在东边一个小村。提起他，父亲不仅嘴巴说得热闹，手也不闲着，动辄就指向东方："就在那儿，不远。"我常在早晨顺着他手指的方向抬头看，恰好看到一轮太阳冒出来，父亲就补一句："对，就在那个太阳下面一点点。"

其实，那个时候，丁桂香已经不在那个东边的小村，已经远在上海了。我们这两个挨着的村庄，离上海有多远，父亲不知道，他所赶的马车连县城都没去过，至多从一个砖瓦厂到周边的几个小镇。父亲说，丁桂香在上海，还在往上升呢，好多年前他已经是"复旦大学博士后面一点点了"。父亲说到"博士后面一点点"时，我感觉像是在说，他马车后面一点点——后面一点点，应该是五梁的马车。他们三五个人、三五匹马，组队一起帮人运红砖。五梁的马走路磨蹭，排最后一位，他也舍不得甩鞭。坐在平板车边沿的五梁，从车上拽下两块红砖，抱在怀里，想减轻一下车上的分量，好让马走得快些，不至于排后面还落下一大截。

这种"后面一点点"，也像我的父亲跟丁桂香同桌时的学习状态。父亲常在顶着毒太阳割麦子时，或者说运砖遇到大雨，车轱辘深陷到软泥地里了，他从车上下来跟马一起往前拉车，马鸣出声、他累出汗才拔出轮子时，跟人说，自己原本成绩也不孬，就在丁桂香后面一点点，要不是受穷得凶，他即便考不到上海，至少也能去南京。他说完这些话，总是抹一把脸，那种如释重负的表情，现在想一想，很像他那匹灰马——当父亲卸完了车上的红砖，暂时取下了马套，它便卧在树荫下的草地上，慵懒地揽几口草，慢慢嚼一会儿，再朝天"噗噜噜"打几个响鼻，几星草末子在空中飞起又落下。

等我上了初中，书多了，书包鼓起来，父亲竟把书包右底角磨出一个细小的洞口，说是书太密，让它们透透气。我想，保准是丁桂香这个时期的书包也有个小洞。

等我念到高中，父亲好像不再经常提及丁桂香了。可能那个时期的丁桂香到很远的一个镇上读高中，他不熟了。父亲仰面回忆，最后一次跟丁桂香打交道，是他放学路上看到河沟里的鱼吐泡泡，他甩下书包跳河摸鱼，让丁桂香在岸上等鱼。他摸上一条，甩到岸上，再摸到再甩上来。丁桂香蹲在鱼旁，手指却在泥地上画画戳戳。父亲上岸时，看到他竟然是在列算式，把几条鱼身上的鱼鳞片数给算了出来。讲到这里，父亲跟我强调："要像丁桂香那样，数学一定要钻进去学。"

又过了几年，我们那个苏北小地方不兴用马车运红砖了，父亲那匹老马也拉不动了，我考上了一所名气不太大的大学，在南京。父亲很高兴，说："之前多亏了丁桂香，往后的日子还长，要靠你自己了。"

送我到县城坐车前两天，他胳膊窝里夹上一条"淮海"，到了五梁家，说要借他家马车用一下——别人家早就把马车卖掉了，只有五梁还留着。那个时候，小村里的拖拉机、摩托车已经满地跑了。我大伯家还买了一辆三轮摩托车，他争抢着要送我去县城。其实，只要到了镇上，花两块钱就有小中巴把你运往县城的大车站。

但我父亲执意要用五梁这驾马车，送我去县城坐车。

五梁的马跟父亲在一条活路上跑了那么多年，大家都相熟了。父亲还跑到沂河边割了几大袋肥草，又到隔壁村油坊里切回来五斤豆饼，这些都是给马吃的。我跟父亲则包了两卷煎饼裹大葱。车板上铺上一张毛毡，父亲驾车，我坐在毛毡上。

一路上，五梁的马出现不稳定情绪时，父亲总是把马拽停，下车抓一把草，或捧一把碎豆饼，让马吃一会儿再走。父亲路上跟我说："丁桂香考到上海去那年夏天，他家的母马下驹了，下驹子的叫声惊天动地，全村人都听到了，明明很痛苦，然而，听上去像是喜声。下了一对小马驹，一匹母马驹卖给了北乡，另外一匹公驹送给了五梁，五梁是丁桂香的表哥。"

原来，父亲借五梁这套老古董马车，还是没脱离开丁桂香。

当影影绰绰能看见县城的楼房时，父亲不再说话，突然扬起了马鞭，手臂在空中打了一个旋，"啪"地甩出一记带有回声的响鞭。

这记响鞭也一直打在我的心头，让我在南京念完书，却能在大上海找到一份工作。父亲激动得不行，说："你竟能跟丁桂香在一个城市工作，真好啊！丁桂香马上要变成一个大人物了。"

有些事，父亲也是听五梁说的，他也几十年没见过丁桂香了。

我帮父亲在网上搜过几次"丁桂香"，查出很多个，有做贸易的，有开修车厂的，还有在老家养鸡的，都跟上海没半毛钱关系。我让父亲去问五梁。五梁听到的最新消息是，丁桂香最近的研究领域跟飞机有关，具体是什么不太清楚。总之事情很大，表弟很忙。五梁也是听他表哥丁兰承说的，丁兰承是听在上海打工的弟弟丁荷承说的。我受到后面两个名字的启发，搜"丁桂承"，百度上头条就是，有证件照，脑门很宽、很亮，1960年出生，复旦大学博士后，微纳米传感器国家重点研究室负责人，国家大飞机传感科研攻关带头人。后面，还有他的电子邮箱。我明白了，"丁桂香"只是在村庄叫开了的小名，他在大上海叫"丁桂承"。

我决定给"丁桂香"写一封邮件，约一个时间，去看看他。但我该跟他说什么呢？

一次不受控制的死亡

莫小谈

张未然死了。胡晓晓很伤心，她脑海中一片空白，不知道怎么会有这样的结局。

按说张未然的命运应该是掌握在胡晓晓手中的，但如今的胡晓晓却陷入一种极度的无力感，这种感觉慢慢地、一寸一寸地侵蚀着她的身体。她第一次感觉到自己如此无助。

胡晓晓也曾试图挽救过，那是在第三十八个章节时——哦不，准确地说，应该是剧情进入三十章以后胡晓晓就逐渐意识到不妙，整部书的情节走向完全超出了她的控制。赵四爷娶走了玉米，钱鸿背起行囊乘一叶扁舟划过西河，这些都不是胡晓晓的本意。在她的写作大纲中，玉米应该跟随钱鸿安家在溪水桥头，以打鱼煮茶为生，但一切都因玉米的一意孤行而发生了改变。这倒也没什么大碍。比起张未然的死，这些都微不足道，无非是世界上少了一对"两鬓可怜青，只为相思老"的牧野夫妻。

可如今，张未然死了。胡晓晓无法接受这个事实。

张未然是胡晓晓写的小说中的一个人物。起初胡晓晓并不怎么待见这个小角色，但写着写着，她渐渐觉得这个女人太可爱了，有血有肉，爱憎分明。每每夜深人静时，胡晓晓就会情不自禁地与张未然对话，向其诉说衷肠，就像一对老朋友，有聊不完的话。有时，胡晓晓会问："未然呀，你说玉米这个人图啥呢? 非要嫁给赵四爷。"有时，她也会向张未然谈起自己的人生与理想，或者抱怨单位中的一众同事，也会提及她与丈夫之间的琐事。张未然总是双手捧着下巴，歪着脑袋含笑望着胡晓晓，做她忠实而虔诚的听众。

胡晓晓曾向丈夫提过张未然，说张未然是她塑造的最完美的角色。丈夫连正眼也不看她一下，说："以后你和张未然过吧，和她结婚，再生一个女儿，你们一家三口过仙女般的生活。"

瞧瞧，这该是一个多么无趣的人说出的话！

胡晓晓也不赞同女儿的观点，女儿认为她笔下的张未然其实就是她自己。女儿说："妈妈，你搜肠刮肚地塑造这个人，不就是另一个你吗？"

不是，根本就不是。除了身高、体重、长发及一双大眼睛，她再也没有和张未然一致的地方了。女儿不懂她，和她爸一样。"连我本人你们都没有读懂，怎么可能读懂张未然？"胡晓晓自言自语道。"张未然可不会为家庭的鸡零狗碎烦忧，不会为社交障碍自扰，不会杀生，不会在公交车上吃韭菜合子，不会在大庭广众之下打嗝放屁。张未然就是张未然，我们是两个世界上的两个人，怎能混为一谈？"胡晓晓心中暗说。

书的情节进入第四十五章，那是玉米嫁给赵四爷的第二个年头。芒种节，人们都在焚香祭祀，为花神饯行，张未然并没有像胡晓晓原先设计的那样，像林妹妹一般泪眼汪汪地建冢葬花，而是在痛快地跳了一支《鸳鸯剑》后，悬梁自尽。她走得如此干脆，没有一点儿牵绊。

一切美好都随着张未然的三尺白绫化为灰烬。胡晓晓觉得，此时再用任何的挽救之法都是徒劳和生硬的，随她去吧。但这不能说明胡晓晓释然了，截至目前她依然无法接受一个如此完美的人就这么死了。胡晓晓像是中了魔，不住地喃喃自语："胡晓晓呀胡晓晓，你怎么这般无能，这般自私，这般冷血？竟然见死不救！"

悲叹，肝肠寸断。

胡晓晓曾听一位作家说过，当一个作家写到连自己都无法控制情节走向的时候，那是最畅快的事。

鬼话，全是鬼话，连自己笔下人物的命运都无法控制，还何谈畅快？快意何来？胡晓晓突然泪流满面，痛苦不已。

其间，丈夫来过一趟书房，见她这个状态便转身离开，半句安慰的话都没说。丈夫早已与她过成了路人，无非是住得近一点的路人，整天无话可谈，连寒暄之词都懒得开口。实在不得不交流时，也是委托女儿向她传话：该吃饭了，该体检了，或者该看望爷爷奶奶姥姥姥爷了。

适才女儿也进来了一次，给她送了些水果。女儿问："妈，你是不是不舒服了，咱去医院吧？"这又是爸爸的意思，哪里是来送水果的，分明是来刺探内情的。胡晓晓摆了摆手，示意女儿出去。

她好想痛痛快快地哭一场，在张未然"尸骨未寒"的时候：

如今是千呼万唤唤不归

上天入地难寻见

可叹我

生不能临别话几句呀

死不能扶一扶七尺棺……

一曲《宝玉哭灵》还未唱完，胡晓晓就听到门外丈夫和女儿因要不要拨打120而争论不休，看样子还要继续争一阵子。"爱咋咋的吧，你们总是爱在这无谓的事情上劳心费神，又有谁真正关心过张未然的死活？"胡晓晓心中暗想。

寄给风的信

苏三皮

夜晚十点熄灯后，周遭开始沉寂下来。走廊的灯光孤零零的，毫无生气。这里有着异常严格的秩序，一切显得井井有条。熄灯后，就不得再随意走动，甚至不允许发出哪怕丁点儿的声响。除了值夜班的，其余犯人都得在熄灯前上床睡觉，把所有切合实际或不切合实际的念想掩盖在被窝里头。

规则，从进来的第一天，就牢牢刻在每个人心底。越线的人都得付出代价。轻则扣考核分，重则关禁闭。表面上，这里每个人都小心翼翼地遵循着这些规则。早上六点起床，晚上十点熄灯，每天完成定量的生产任务，晚饭后背诵日常行为规范，乃至每一样日常生活用品的使用和摆放，都不得有半点儿差池。在这里，你得收起情绪，最好是把自己掩藏起来，藏得越深越好。只有把自己藏起来，藏到没底的黑暗里，藏到彻底的无意识，才可以熬过漫长的时光。

夜晚被寂静与孤独拖得格外冗长。

凌晨时分，老李被一阵轻微的啜泣声吵醒。老李竖起耳朵辨认，好像声音是从卫生间旁下铺床位传来的。在夜晚，老李已经习惯了用耳朵辨析这里的每一个细节。他会让耳朵像眼睛一样，到处巡视，不漏落任何一处声响。在这里待久了，自然就会具备这种本能。当然，要说是警觉也没错。

老李将被子盖过头顶，但跟着就又扯了下来。犯人睡觉时，被子不能盖过头，这也是规矩之一。作为一名资深囚犯，老李自然不会犯这样低级的错误。啜泣声还在断断续续，老李只好扯了两个纸团塞住了耳朵。

不多管闲事，在这里也几乎是共识。

卫生间旁下铺床位，是一个刚入监的小伙子，生得白白净净，一副弱不禁风的样子。那个铺位，永远是新进来的人的铺位。就算没有欺负的成分，也总得有个先来后到，何况这里是把规矩奉为铁律的监狱。小伙子并没有表现出嫌弃或拒绝的意图，也许在进来时个把月的入监教育，让他已经懂得了分寸。

早上起床洗漱时，老李特意留意了一下，小伙子黑眼眶异常明显，白眼球的血丝密密匝匝。老李心里暗暗叹了口气。

小伙子的劳动岗位，刚好在老李岗位的斜对面，老李不自觉地多看了两眼。老李发觉这个小伙子整个上午都心不在焉的样子，工序上出了几回错，惹得下几个工序的犯人极度不满，给他发出了严厉的警告。这里的劳动生产是流水线，一个工序出错，后面的几个工序都会跟着受影响。每个犯人每天要完成的任务是定量的，无法完成任务就会被训话，甚至扣考核分。考核分和每个月的嘉奖又密切相关，扣分就意味着拿不到嘉奖，就无法记功，进而影响到减刑。谁不想着早两天出去？想到这，老李心底就有了隐隐的担忧。

愣神间，老李不禁想到了自己的儿子。要是儿子还在，也该有这小伙子这么大了。这么多年来，老李不敢去想儿子。想到儿子，老李心里就会悲戚，就会消极，就会影响改造。每次老李都会把想儿子的念头硬生生地压下去。老李恨死了那个该死的货车司机，要不然一切都还是原来的模样。货车司机带走了老李的儿子，老李带走了货车司机，多么可悲的轮回。

中午收工时，老李不经意瞥见小伙子藏了一块薄薄的电子元件。

晚饭后，大伙儿放风时，老李刻意打听了一下小伙子的来路。这对他们来说可是禁忌。犯人之间不得相互打探犯罪的经历。这也是规矩之一。虽然大伙儿都不谈论自己是怎么进来的，但几乎不用过多久，相互之间都知道谁犯了什么事儿。迟早会知道的嘛，老李完全用不着冒这个险。但老李顾不上那么多了。那块薄薄的电子元件在老李的眼里晃荡个不停。

放风结束回到监舍，老李有点儿讨好地来到了小伙子身边。老李说，俺能不能，麻烦你个事儿？

小伙子没有理他，把头扭向了一边。

老李满脸堆着笑说，也不是什么难事儿，俺想给俺儿子写封信，但俺不认得字。俺知道你是个大学生，有文化着哩。俺口述，你记就是。由不得小伙子答不答应，老李就递过了信纸和笔。

老李刻意放慢了语速，老李说，小伙子记：

亲爱的儿子，好久不见。爸爸很好，请勿挂念。听说你前段时间遇到了一些困难，心情很不好，甚至有了一些不好的念头，爸爸很着急。人生不如意事常八九，都得坦然面对。爸爸遇到了这么大的事情，不一样还没有垮掉？你还年轻，人生的路还很长。眼前的挫折都不算挫折。你得记着爸爸和你说的话：留得青山在，不怕没柴烧。失败并不可怕，失败了站不起来才可怕。儿子，你得想想，如果你想不开走了绝路，爸爸活着还有什么意义？爸爸求你了，儿子，千万别干傻事。你要振作起来，我的好儿子……

老李看到小伙子的眼里含着泪，起身去了卫生间。当听到电子元件"哐当"掉落在马桶里的声音时，老李终于松了一口气。

格撒草原上的羊群

周泽宇

聂迩是远方边界上的牧羊人。

秋季快来的时候，牧羊人都把羊往草原中心赶。等草吃完，冬天也就不远了。卖羊时节一到，他们就把羊群中瘦弱的那些卖掉。

聂迩却不随大流，他把羊赶到草原的边界上，虽说那里的草很多，不怕争抢，但是想趁时节前赶回去卖羊，是很难的。

但聂迩依然要远去。

今年的天气变化很奇怪，向来凉爽的草原变得闷热起来。人们抱怨起远方城镇里的人，阿格说，是他们开空调把热气吹到了草原上，热空气就像风滚草一样被推到了城外的草原上。

聂迩起身往西北走去，人们知道他要去格撒了，嬉闹声静下来，几双眼睛望着他走远。其他牧人的羊仍在吃草。白色的羊儿像是被遗落在草地上的云朵，它们没有抬头目送聂迩，只是摆摆尾巴，似乎在说它们知道了。

聂迩的羊一个个都很精神，踏着步子，像是骏马般高昂起头。它们集体望着远方的草，苍翠的，碧绿的，缥缈的，那一片绿色现在还看不见，只存在于羊群和聂迩的记忆中。他们用想象把记忆雕刻得生动感人，去格撒草原不是为了吃食，而是为了再会。

格撒草原是聂迩起的名字。格撒是朋友的名字，朋友其实叫脱里，格撒这个名字是聂迩起的。草原上的脱里，就是天上的鹰。聂迩说鹰是一种愚蠢的动物。

"鹰怎么会蠢呢？"格撒不解。

聂迩笑一笑。他不需要解释，只需要时机。

以前，格撒天天跟着聂迩到草原上放羊，他们吓唬羊群，趁羊群低头吃草的时候扑过去，羊惊恐地后退，齐刷刷地，羊群凹出一条白线来。

"胆小的羊。"格撒大笑，羊看到他就躲。

"羊可不胆小。"聂迩说。

两个人天天做伴，日子就到了夏天快完的时候，格撒要回城中的家了，学校要开学了。

格撒最后一次来陪聂迩，聂迩央求他陪自己去远方的草原上，那时，远方还没有被命名为格撒。那时，格撒还没有去过远方。

格撒陪着聂迩去了，两个人追赶着羊群，唱着草原上的歌，少年汉坚韧的嗓音直刺苍穹，两个人唱得心荡神驰。

一只屁股很大、浑身长满了蜷曲白毛的老羊落在后面，走走停停，不时抖落着身上的草根和蚊虫。

他们前进着，羊群和两个黑发的少年像是点缀在野原上的巨羊。人烟越来越稀少，四处空空荡荡，一声鹰叫挂在蓝天之上，肆意高亢。

到了目的地，聂迩撒开羊群，任它们自由地寻觅、散步。羊群像是突然被解开了无形的锁链，主人一屁股坐在草地上，它们就四散开来，占着各自的领地吃草。

鹰叫的声音越来越近，脱里抬头看越飞越低的鹰。虽然父亲为他起名为鹰，但其实这是他第一次见到真正的鹰。

黑色的鹰在蓝色的半空盘旋，画着圆形渐渐靠近地面。聂迩悠闲地坐着，手里捏着一把羊皮包裹的小刀，望着低飞的鹰和脱里。

鹰突然直冲下来，瞅准了屁股最大、最老的那只羊，鹰要拽着羊飞上天空，羊被惊着了朝羊群里跑，鹰被缠在了羊背上，羊又太重了。羊的屁股随着它逃跑的姿势一起一伏，它很久没有这么快速奔跑了。

羊群害怕地躲闪老羊，老羊冲向了更远的地方，更远的地方有灌木和杨树林。鹰还在叫着，那是刺耳的惨叫，惨叫不绝。

脱里追着羊和鹰跑到了灌木丛。

好一会儿，羊、鹰和人又跑回了原地。鹰已经奄奄一息。

"聂迩，放了这只鹰吧。"

"格撒，你懂了吧。"

"聂迩！"

聂迩抬手示意格撒把羊头控制住，格撒把羊头夹在自己两腿中间，双手死死抓着羊的耳朵，羊的身上现在有了双重压力。聂迩跑过去，拿着小刀，把羊背上厚厚的毛旋了下来。

鹰在聂迩手里挣扎，聂迩用手指逗鹰，鹰眼里有夜一般的寒意。聂迩一撒手，鹰就飞快地冲进了云霄，高亢的一声，不见了身影。

"格撒，我亲爱的脱里，羊不胆小。"

"我知道了，聂迩。"

羊吃饱了，聂迩赶着羊送格撒回家。格撒去了城里念书，那以后再没回过草原，再没回来看望聂迩。

聂迩还是一年四季地放羊卖羊，一到秋天就去远方的边界上去。其他牧羊人说他别去远方那么远。聂迩说，那是格撒草原，很近。

现在，聂迩又赶着羊来到了格撒草原。羊群到了地方就开始低头吃草，草叶汁水旺盛，整齐的吃草声像是灵动的音乐。

忽然，一只羊慢悠悠地走出了他的视线，它浑身沾满了泥土和草根，撅着大大的屁股，是一头老羊，老到再怎么贪嘴的汉子都会嫌弃它肉老，老到聂迩可以忽略它的生死。那就让它自生自灭。聂迩望着不再统一的羊群边界，吹起羊哨，其他的羊归拢起来，接着低头吃草。那头老羊却像是没有听见一样，继续低着头走，直到走成了一个黑点，才想起抬头回望，不知是回望羊群还是聂迩。

聂迩也站起来，呼唤了一声羊，这么老的羊，死了也不能吃，为它挖坑下葬，也要花去半天时间。这只羊本和其他羊一样，老实又听话。但是这一次，羊不再迟疑，扭回头去，向着西北方继续前进，大屁股一摆一摆。

聂迩望着羊，直到羊终于消失在草原的边界线上，才回过神来。

尖　叫

九峰云

　　王西西是个神经兮兮的女孩，见到什么都大惊小怪的，却又不会让人觉得她没见过世面。她第一次引起我的注意是在外白渡桥上。

　　我当时看了好一会儿桥下的江水，黑洞洞的，仿佛能吸走一切，包括时间。我当时正祈求它们带我一起去黑洞，除夕夜的烟火亮起，一声尖叫把我的注意力从黑洞里拉扯回来。我想这是谁啊这么烦人，我就看到了戴着墨镜的王西西——我之所以这么快就知道她的名字，是因为我确实不耐烦了，心里的疑惑脱口而出：

　　"你是谁啊？"

　　"我叫王西西。"王西西仰着头问我，"烟花美吗？你是特意来看烟花的吧？"

　　我心里想，如果烟花有你那么美，我干吗不看烟花却跟你搭讪？

　　王西西又尖叫了一声："妈耶！你是在和我搭讪吗？原来，我也会遇到搭讪！"

　　尖叫声彻底刺穿了我脑子里这三个月来的全部幽暗想法。这些幽暗想法真不讲义气，折磨了我这么多天，一声尖叫就让它们无处遁形，说不见就不见了。

　　我伸出手拉住王西西伸往我身后的手，突然意识到她的墨镜不是装饰品而是必需品。她摸着我的手指，一节一节那样地细细抚摸，力气不大不小，手指微凉，越往手掌方向，温度越高。她的手掌与我的手掌相握时，掌心是烫烫的，她又一声尖叫：

"你的手这么大！你不会是打篮球的吧！我第一次摸篮球队员的手！"

我不想解释，也不忍心让她失望，便在心里为自己瞎编了一个带伤上阵为球队获得冠军，自己却断送职业生涯的煽情故事。这么俗套的故事，短短五分钟就编完了，却引来她无数遍的大呼小叫："我的妈耶！疼不疼？好可惜啊！无法想象！"周围的人被她有些夸张的尖叫声吸引，频频回头看我们，但不管怎么看，她不像小红帽，我也不像大灰狼，他们便转过头去关注别的更有意思的事了。

我们漫无目的地逛着五卅纪念碑、外滩、陈毅像、苏州河外滩源。我看得到美景，却只能在脑海里干巴巴地陈述：

"三根石头棒子倒向一个中心点，下大上小……"

她倒是更像那个亲眼见到美景的艺术家：

"他们都说五卅纪念碑很高！有多高？石头是什么颜色？我摸了，说不上粗糙，也不是特别光滑，但是好冰好冰！太棒了！它们也有打灯吗？什么颜色的？不同的颜色？橘色？蓝色？紫色？还交替变换颜色？哇哦！绝了！"

一开始，她那尖叫声把我搞得脑壳疼，后来我居然适应了，在心里默默描述景色时便加了些许文采：

"开瓶器、尖刀、糖葫芦，三个伟岸的建筑耸立在滔滔江水对岸……与我们身后的万国建筑群争相辉映，江水映着历史，历史留驻江岸，它们在彼此对话，在与我们对话……"

她扭头对着我，没有尖叫，连声说太美了太美了，周围人都说太美了。她说她已经哭了，我没有看到她流泪，但还是帮她擦了擦脸。她很夸张地拿过纸巾继续擦，擦完了还做擤鼻涕状。

过了午夜，我们彼此留了手机号。睡觉前我鼓起勇气给她发信息，问她3月1日晚上有没有空，我特别喜欢的火狐乐队在狗刨 Live House 有一场演出，不知道她有没有兴趣和我一起去玩。她问我会很吵吗，我说很吵很吵的那种。她又尖叫一声，说那太好了，那样的话，肯定不会有人说我声音难听了。我心里想说这是我听到过的最美的声音，我想拥有却得不到的东西。道别时她用力抱了我一下，就像三个月前，那个看我的眼神从闪烁到黯淡的女孩，也是这么用力地抱了我一下，然后就走了。

我和王西西的第二次见面是在狗刨 Live House。

火狐乐队主唱弹一个音，一众人就疯狂地尖叫五分钟。王西西的尖叫声比其他所有人都出色，出色到主唱都频频看向她。她才懒得管这些，继续拉着我的手举过头顶大声尖叫。我也受到了感染，学着她摇摆双手和身体。她原地蹦跳着噘着嘴疯狂尖叫，我也学她蹦跳着张大嘴巴。她一会儿又原地用力晃脑袋，尖叫声便一会儿上一会儿下，我也学她的样子晃脑袋，感觉自己都快要脑震荡了。她沉浸在自己的节奏里，跟周围那群一起尖叫的人格格不入，但是周围的人好像也没有排斥她，大家都沉浸在火狐乐队沙哑的歌声中，整齐划一地跟着乐队一起唱他们的成名曲。

歌曲间歇处，王西西不停地问我："是不是很开心？是不是特别嗨？那么多人一起尖叫就是带劲儿！"我用力点点头，张着嘴，用表情表示自己爽得快要虚脱了。她用汗津津的双臂搂住我的脖子，大拇指抚过我的喉结，在上面逗留了两秒钟，便又回到我的后颈。音乐舒缓下来，她轻轻扭动腰身，墨镜正面对着我的双眼，镜片上反射着一闪一闪的灯光。

我偷偷望了她几眼，又想到了遇到她那晚黑洞洞的江水，还有那个我似乎已经在学着遗忘的没有表情的拥抱。我示意她我们该走了。她说她渴了，最后尖叫一声，蹦蹦跳跳地带我来到吧台。她给自己要了一杯龙舌兰，也给我要了一杯。

她拉着我的手说："我能听到你心里的想法。"然后她用手指指我的心，又拉着我的手指放在她的嘴唇上。"你今后想说什么，我可以替你说出来。"

我没有说话，不是因为我不想说，而是因为我说不出来。她替我擦去眼泪，不是因为她看到了，而是因为她看不到。

如果王西西能够看到，我笑起来的样子，一定也很好看的吧。

地下诗社

王大烨

大学四年，我写的诗歌比敲的代码还要多。大学专业是软件工程，但我不爱这些，我爱诗歌。

陈博是我在学校文学社认识的哥们儿，可那文学社属于"公私合营"性质，已入社两年，动静全无，仅有两次活动还是给附属中学写黑板报；社里的成员也都很离谱，兴趣全是网络文学，根本没啥共同爱好。这些人中，唯有陈博是个例外，他加入了一个校外的"地下诗社"，但他说他既可以爱诗歌，也可以不爱诗歌；诗歌能够带来爱情他就爱，带不来爱情他就不爱。

那段时间我写诗四处投稿，却处处石沉大海，急需一个证明自己的机会。于是我问陈博，地下诗社都有什么活动。陈博说下午正好有个诗歌传花活动。我问什么意思。陈博说和击鼓传花差不多，选个词或字，其他人要按照要求吟诗一首，原创非原创都行。

我跟陈博前往诗社，可没想转悠半天，他在一处台球厅停下了。我纳闷儿，问他为什么来这儿，搓台球可有损我的气质。陈博说将就着点儿吧，社长他爸是台球厅老板。我"哦"了一声。陈博带我穿过烟雾笼罩的台球厅，接着在一处仓库模样的地方站定，用手敲了敲，铁门发出沉闷的异响。我看着四周的光膀大汉不免有些发怵，心想这货不会想把我卖了吧。没多大一会儿，铁门"吱呀"一声露出一道小缝，一个戴金丝眼镜的瘦弱男生露出头，看到我后，问陈博，这位是？陈博说这是我哥们儿刘烨，实力超群，不输曾经的海子。然后，他侧身让步，说这位是地下诗社社长，威名远扬，颇有北岛当年风范。陈博说完，我正准备与其握手，哪想"北岛"只是点了点头，说欢迎，时候不早了，快进来吧。

我进了门，看到昏暗灯光下，摆放着一条长桌，旁边坐了五六个人，男女都有，灯光较暗，气氛有些尴尬。陈博揽住我的肩，向其他人介绍我道：大学同学，诗歌狂热爱好者，今天的活动他估计能够镇场。我赶忙说不敢不敢。我们在一张长方形桌子边坐下，能听到屋外叫骂声和台球撞击声，一个胖子上前关严门，声音顿时小了许多。

没一会儿，陈博就发挥传统技能，挪到旁边和妹子聊起了天。我天生不爱交际，只好尴尬地杵在那里发呆。很快，"北岛"拍了拍手，说下面咱们开始诗歌传花活动，今天的词是"青春"，格律诗与自由诗均可，按照规矩，十分钟后请新来的先吟。我听完一愣，不免有点儿慌，暗中搓手，小声问陈博，吟得不好没事吧？陈博此时正在跟旁边一个妹子聊天，头也没回地说，啥都行，不碍事。我闭上眼睛，极力让自己镇定，开始调动脑细胞进行创作。可惜的是，十分钟过去，我尴尬站起，就憋了句"那溜走的青春，正使我们变得丑陋"。昏暗的灯光下传来几声稀疏的掌声。接着一个穿灰色 T 恤，上面布满塑料钻的女生站起，说社长，我接力。社长点了点头，那女生清了清嗓子，说青春啊青春，我的青春，是光，是电，是带火的原木。当我的青春老去时，我满怀着不舍。当我的青春回来时，我知道那只能是梦里。女生吟着吟着，伸出右手，侧起脸庞，当她坐下来时，微笑着朝我这边望了一眼。我有些不自在，赶忙把脸扭了过去。

下一个站起来的是关门的那个胖子，诗还没念，先对着我报了一堆履历。我回他尴尬的一笑，他的诗除了假大空就是风花雪月。直到最后，也没有哪个人吟的诗能让人为之心动。一轮过后停歇几分钟，我以为还有活动，哪想社长说道，那好，我们今天的活动到此结束。

我一愣，问陈博，这就没了？

陈博说，要不然呢？

我叹了口气，正准备随众人离去。就在这时，铁门突然再次响起，离门最近的胖子不耐烦地站起，门外发散的白光很刺眼，进来的是个穿白色短袖的女生。女生问社长，我来得是不是太迟了？社长说，你可以说了再走，我们今天的题目是"青春"。白色短袖女生点点头，说不好意思各位，刚和朋友打完羽毛球，我先喝口水。白色短袖女生喝完水，顿了顿，接着缓缓说道：

青春是把愚钝的刀斧。

一阵安静，末了，社长问，这个比喻是什么意思呢？白色短袖女生说，在青春时代，大家都会以为自己是一把锋利的刀斧，能够砍断一切荆棘，可惜直到后来大家才发现，斧子是钝的，只会越砍越无力，最终融入泥土之中。这个比喻让我为之一震，刹那间，仿佛真的有一把钝斧，击中了我的心脏，一种无力虚幻的感觉在蒸腾。我呆立在那里，直到门外又传来台球碰撞声时才恍然惊醒。白色短袖女生已经不见了，我赶忙叫住陈博。陈博不耐烦地问，谁？我说，白色短袖，讲青春是钝了的刀斧的那个。陈博说，走了啊，你看上她了？我说不是。陈博猥琐一笑，说拉倒吧，我都看出来了。但她我真的不熟，以前就来过一次。陈博这时压低声音，说那个穿凉鞋、短袖上全是钻的女生对你有意思。我一愣，说咱们来这儿不是讨论严肃诗歌，关心中国诗歌未来的吗？陈博眉头一皱说，你爱关心啥就关心啥吧，关心粮食和蔬菜都没人拦你。对了，你那刀斧估计还没走远，想追赶紧去。

我出了隔间，穿过拥挤的台球厅，上楼时门外太阳光晃得人睁不开眼。白色短袖女生已经不见了，那个衣服带钻的女生还没走，她过来，羞涩地问我，同学要加个微信吗？我尴尬一笑，摆摆手说不用，顺嘴又问了一句，你看到那个白色短袖女生往哪里走了没？那女生听后脸色大变，说没看见，估计你也找不着了。我挠挠头离开时，心里空落落的。

后来的日子，我又去过几次地下诗社，再没有遇见过那个白色短袖女生。再后来，我考了教师资格证，做了一名教师。而那个台球厅也改成了健身房，里面的隔间也被开辟成了储物间，堆满了杠铃哑铃。我想，那个傍晚，那句诗歌，那把刀斧带来的钝感，再也不会出现了。

月下狍

塔　娜

　　沙妮阿妈又喝醉了，下山的日光跑上她的脸，她也不赶走它，只知道呼呼地打鼾。朗克小子，把卡卡抱去给米玛看看吧，它应该到她那去的。不知道沙妮是醒了还是说梦话呢？我顾着想什么，捡起一块松皮扔进火塘，火牙毕毕剥剥响。秋天快要结束了。

　　母狍卡卡夏天刚结束时就病了。盐巴不吃，苔也不吃，窝着，对着天空流泪。呜。呜。卡卡窝在栅栏下。呜。呜。它想叫了吧，但它叫不出来。月光铺到地上时，它的双眼追着月光往上寻找月亮。

　　狼在很远的地方叫，一阵接一阵。我睡不着，干脆坐起来，走到外面去。卡卡也没睡，它低垂着眼，看着我的影子走过来。呜。呜。它的叫声像刚出生的鹿崽一样细了，我快听不见了。我蹲下来。从夏天开始我就不敢再看卡卡的眼了，那会让我想起自己阿爸的眼。阿爸现在已经在天堂里吧。沙妮说，他到一棵最高的松子树上去了。我想阿爸是舍不得离开山林。

　　我站起来，环顾四周，狼的叫声已经到很远的山里去了。这会儿除了风的声音从树上跑下来，什么也听不到。我回去拿了兽皮，把卡卡放到上面，抱在怀里。我们去米玛那儿吧。我摸摸卡卡的背说。我也不知道自己怎么了，为什么这会儿要去米玛那里。七十岁的米玛三个月前到草原上去了，他们说有一户人家的羊群丢在山谷里了，只有她能找到。米玛找到那群羊了吗？羊要是进到夏季的山谷，是谁也找不回来的。它们不愿意回来了。沙妮喝醉了这样说过。

我想米玛这时候已经回到她白桦皮搭的帐篷里来了。

月亮很亮。卡卡好的时候走的路就在眼下。我现在不需要借助月光也能走到米玛那里去。我已经十四岁了，对山林的一切已经相当熟悉。卡卡在我的怀里动了一下，它的呜呜声细得不能再细。我把它抱紧，狍的喘息变得低迷，像薄薄的雾。

你现在是想下来吗？现在可不行，狼出来了怎么办？我对卡卡说。我们在月下走。这条路我已经走了不知多少遍，夜里独自走到米玛那里去，还是第一次。卡卡越来越重了。这样的话，沙妮也对我讲过。朗克，你越来越重了。沙妮阿妈这样说的时候，两只小眼睛笑着躲进弯弯的眼皮里去了。那年我八岁，沙妮背着我去求米玛。也是这样带月亮的晚上，卡卡跟在后面，卡卡那时已经快要做妈妈了，杜马在她的肚子里。她一点儿也没有要当妈妈的样子，在那样的月光下，跳跃着，跑着。沙妮说，没有生灵不喜欢月光。沙妮什么都知道，可还是对我的病没有办法。住在两座森林尽头的米玛才能治好我。我们那时也走在这条小路上，月光推着赶着我们快点儿到米玛那儿去，我在米玛的树皮屋里待了五天。我好了。沙妮高兴极了，沙妮还有另一件高兴的事，卡卡在米玛的火塘边生下了杜马。沙妮那时亲吻了我的额头，转身又亲吻了卡卡，你当妈妈了啊！沙妮摸着卡卡高兴地说。她的两个小眼睛里，跳着卡卡。

时间过得真快。沙妮老了。卡卡老了。卡卡现在当了祖母了，她的孩子在山林跑，她现在更愿意跟沙妮待在一起。月亮这个时候跑到树梢上去了。小叶河起雾了，湿湿的水汽在月下一片灰白，遮住了河对岸。好在我们不用过河去，米玛的家在前面，那些幽暗的树木聚集的地方现在跳晃着微光。我兴奋极了。

卡卡！我高兴得大喊。卡卡在我怀里静悄悄的。

卡卡，醒醒。卡卡，醒醒。当年沙妮把受伤的它带回家时也是这样喊的，它活过来了。现在轮到我喊了。它的喘息像米玛火塘上升起的一粒火星，穿过烟囱，轻轻飘到树上去了。

你要是在回去的路上遇到狼，就把它放到它们面前去吧。昏暗中的米玛甚至看都不看卡卡一眼。这怎么可以?!我惊异地发问,米玛听不到,声音在我心里乱窜。我眼里,米玛模糊了,火塘模糊了。我们离开屋子,屋子也模糊了。月亮这会儿更亮了。月亮是模糊的。卡卡,我的眼睛也像沙妮的一样不好使了?我们到小叶河去了。我把眼睛泡在河水里,沙妮说人难受的时候就是这样做的。

沙妮的酒醒了吗?

我们没有遇到狼。要是遇到了,我也不会照米玛说的去做。米玛说生灵结束时一切都应该回到它的规则去。米玛这次错了。狼群不也没有出现吗?我要把卡卡抱回去给沙妮。我抱紧卡卡,它的身子像河水一样冷。

太阳已经找到屋子了,水汽在屋顶上绕着跑着,黑色的顶尖有彩色的光晕。潘达大爹从屋子里出来,他看见我了,低下头颅低泣说,沙妮她到树上去了。

卡卡还在我怀里,我太累了。我看见一棵高高的松子树的叶子在颤颤地摇摆。月亮在天上不见了。

我立在那儿,我已经没有力气了。卡卡终于从我怀里跑掉了。

婴

包文源

1

为了让明日的太阳能够升起，他们需要在今天夜晚生下故事之婴。那个婴儿般的故事，发出的每声哭泣都是一行诗。它在黎明前被献祭给神，明日亦复如是。

神阅读之后，如果满意，便将故事之中喜剧的肉体，赋予国中诸族。神阅读之后，如若不满，便将故事之中悲剧的灵魂，投诸疆宇四荒。

在一个个为太阳接生的夜晚，企图躲避惩罚的人们发现无论如何重塑婴儿的身躯，它说出的每个字词都由喜剧和悲剧的偏旁部首构成，他们无法逃避叙事的诅咒。

2

负责撰写故事之婴中诗意成分的，是以虫为名的族人。

虫般的采集者，在薄荷叶的纹理上迁徙，沿露珠折射的光轨弹跳，五官像航天飞机机翼展开时那般播撒出红色、紫色、青色的雾。走入雾中的牲畜，融为诗意之虫翼上的一个斑点。

液虫记录作息：

凉秋或酷暑，于昼午与夜央，人兽排尿，尿液渗向地下，一滴滴包裹在一团无名之上，构成层层叠叠的地质年代表。在放射性碳定年法测定下，岩层上的尿渍如画卷展开，是一幅寒武纪、三叠纪、白垩纪的"上河图"：过去雪花在几时化冻，昨日稻禾在何时收割，逝去的野火燃烧的温度……一一细说如河水流淌。

简虫记录形变：

一排排人站在舞台上，被传送到车间、厕所、食堂与教室。流水线前的纺织工人在他们的脊背上打下一个个孔，将写有名字的纸条捻成卷，塞入孔内。人的胸腔像灯笼，将纸卷烧成灰，将纸上名字压缩为一个轻盈的黑点，从人的耳道内飘出，粘贴在时间上，一个个黑点拼成了整片黑夜。你手中攥着一块糜烂如糯米般的名字，尚未烧掉，因此黑夜总会剩下一点微小的孔洞，未被填满。

3

居住在乌衣国的喜鹊一族，生存于黑夜之土，负责书写故事之婴的悲剧成分。喜鹊互相将彼此的咽喉与心脏啄开一个裂缝，破碎的喜鹊啼血于绸缎绢布之上，赶在太阳升起前，临摹今夜的悲剧。

一种悲剧：

据喜鹊记载，千年之前，地球上并无沙漠。有一个古老的沙之国，每位沙人终生都行走在寻找一只鸟的路途中，直到找到一只唯独能嗅到他气息的鸟，然后沙人的身体才会真正开始生长：那只鸟每日啄食构成沙人身体的沙粒，用喙尖的一下下精巧撞击，将每粒沙雕刻成一座惟妙惟肖的雕像，雕像的面容、动作与姿态便是沙人正在记住的人与物，沙人通过鸟的雕琢形成记忆。沙人的身体是无数座水滴大小的镂空雕像构成的空中楼阁。行走于荒漠中的沙人，像一片海，阳光下映出的蜃楼是他若幻梦的意识。

后来，海洋般的沙人一族，在荒漠中千年一遇的一场真正的雨中，身体逐一溶解，灭国。自此荒漠成为真正的沙漠，海潮退去，再也无人在沙漠中见过真正的海。偶尔，会有人看见阳光映出的海市，是沙人残存的集体潜意识，飘荡于风中。你细听海浪声，有沙人的呓语。

一种悲剧：

据喜鹊记载，千年之后，地球将重回冰河世纪，地表气温极低，任何生灵呼出气都会凝结为冰掉落在地上。那时地球上唯一存活的生物是一种飞鸟，它们从生到死只能飞行于千米云层之上，沐浴高处仅存的日光来取暖。疲惫的飞鸟歇息时，需要落回地表。随着高度下降，气温越来越低。飞鸟站在山巅之树的雾凇上喘息，低温下它的双脚开始结冰，冰霜沿着脚趾向上攀爬，它需要在冰晶蔓延覆盖羽翼之前，起飞。飞鸟携带着半边冰冻的身子，重新上升至云层之上，沐浴日光取暖，下半身的冰冻慢慢消融。

无尽飞行的鸟，身下大地被冰川覆盖，凝结着每一只停下歇息时没有及时起飞的鸟——一旦翅膀被冻住，它们便只能永远留在地上，被永恒冰封进构成冰原的所有鸟类的历史。

某夜，正在临摹悲剧的喜鹊，遇到了一位栖息树下的旅人。透过他的肉体，喜鹊看见他胸膛内一颗若琉璃状的心：他读过的每个文字在琉璃盏内燃烧，发出最温暖的光，照亮他身边的一寸黑夜。

他的祖先是一种镜像兽，生来便痴迷于观察自身燃烧时发出的光。但他们镜像的身体只能看见外物而看不见自身。于是，镜像兽便互相模仿，扮演成彼此的样貌，点燃自身，让对方都看见自身燃烧的光。

镜像兽们互相模仿，互相照耀，互相燃烧，构成了一座火光之城，有兽作为学校在烧，有兽作为医院在烧，有兽作为消防在烧……

痴迷于体内之光的镜像兽，在历史上短暂涌现又迅速烧完。镜像兽流传下来的遗骨上，烧出的纹理，被人类用身体拓印成文字，一个胸膛拓印在下一个胸膛上，在人的亲密接触间传递。他们从用身体拓印出的文字里，翻译出学校、医院、消防……用防火材质重新修建起来。

镜像兽的后代们通过阅读这一古老仪式，模拟祖先的自燃现象。那片光像一道道浪，从树下旅人的七窍内流出。树上的喜鹊仿佛站在海中央，它注视着海底深处的琉璃光——万物悲剧，尽写其中。

自此以后，喜鹊只鸣喜，不写悲。

4

这是今天太阳升起时，神赋予他们的悲喜剧：

将头提在罐子里的人，在黎明时分走过海岸，为部落里刚出生的婴儿点灯。他们要先看见光，才能学会说话。

提罐者用一颗莲子一声声击打海岸，声母韵母的律动落在婴儿舌尖，他们用接吻来拓印祖先的铭文。

莲子击打到生起火来，刚出生的婴儿能看见那颗莲子内部有无垠空间，里面居住着一种不会做梦的物种，他们终生都在寻找一个梦境——它能够将全宇宙所有生命的梦境联结起来，诞下最后的故事之婴，太阳藏于其体内。

大　米

陈雨辰

白小米把手里的捧花高高举起，她喊着："白大米，我结婚你看到了吗？"

我看到了。

为了白小米的婚礼，我提前三天就开始准备。我去西十三街买了一件大红色的长袍，宽松版式，没腰没胯，绣着西域风情的大花瓣子。这是我的一贯风格。我和白小米一起在妈妈肚子里十个月，如果不是我提前探头了几秒，那么我现在将是白小米。

我买的袍子是丝绸做的。这也是我和白小米最像的特质：喜欢滑溜溜的东西。我穿着它从城西的老房子出发，这座房子承载了我和白小米人生前二十四年的全部记忆。第一天上小学，我们两个手拉手走出锃亮的不锈钢单元门，回头和楼上探头的妈妈挥手。第一天上大学，我们拖着各自的行李箱走出早已斑驳又重新涂了绿漆的不锈钢单元门，我奔向大西北，白小米奔向大东南。

也许是命运终有分野，就像橘分淮北淮南，也许我们从十八岁那个走出单元门的下午，才终于开始各自独一份的人生路。在此之前，我们背着一样的小花书包，用一样的大容量水笔，穿一样的校服。从这天之后，我和白小米，终于开出了截然不同的两种花。

今天我在白小米的婚礼上，眼见她的婆家人排排坐，想着将来的日子，她要如何独自面对这些曾经陌生的面孔。白小米喊我名字的时候，我正咀嚼一口八宝饭，甜甜糯糯，足够的甜度使我忽略了一直讨厌的青红丝。

我挥舞手臂，示意台上的小米：我在这里。

白小米也许太紧张了，没看见我，随即转过身，把捧花用力向后一扔。捧花离我还有几米远时，被另一只手截和。我没有过多关注另外的人，只是一个劲儿冲着台上的小米笑。我甚至站起来，想让小米看清楚我的绣花袍子。小米忙着回应司仪的打趣，仍然没有看见我。

于是我只好坐下来。

坐在我旁边的女人我从来没见过，她披头散发，说一口纯正的鲁东方言。她说起西十里铺有一个很灵的神婆，顶着某位神奇的仙。我旁边的女人一边往嘴里塞食物，一边滔滔不绝，于是她的方言不单纯是方言了，已经是独立的小语种了。

但我大概听明白了意思。这位神婆告诉小米的婆婆，拿两根红绳，拿两根头发，一直缠，一直绕。等到缠绕了九十九米，小米就可以进门了。

我又吃了几口八宝饭。仔细辨认，其实这盘八宝饭根本没有"八宝"，肉眼可见的是青红丝和红枣。我旁边的女人又说："白小米八字弱，要有亲近的人为她补命才好。"

八宝饭吃多了确实会腻。就是甜米嘛，甜甜的没烦恼，结婚都爱吃这个。我没听明白那女人后来又说些什么。我对这个不感兴趣。

刚才没说完，我去买好了绣花袍子，又去做了一次美甲。白小米比我爱美，她的指甲时常五颜六色。有时她非要给我涂，我不习惯用有颜色的手敲键盘，就都拒绝了。我还记得上一次她要给我涂的，是豆沙色，于是我专门从西十三街跑到了东八街，找到那家十七岁时我们一起去过的美甲店。老板娘已经从一个稚嫩的黄毛丫头老成了两个孩子的妈。

我还买了一双美丽的绣鞋——黑鞋底象征大地，红色凌霄花是我的灵魂。我穿着大红色的袍子大红色的绣鞋，涂着豆沙色的指甲油，盛装出席我妹妹的婚礼。

白小米轮桌敬酒，轮到我们这桌时，我眼巴巴看着她，她却像是从未看见我。她饮下手中的酒，对着一桌我们都不熟悉的人笑得热切。于是我起身，去拉她的手。

白小米大喊一声："妈妈呀，我姐是不是回来了？"

我妈从一旁的桌旁起身赶过来，这时我才发现，主桌只有小米的婆家人。小米的婆婆围着大红披肩，目光狡黠。

妈妈过来了。

我拉着小米的手，像小时候那样，自然，自由，整个大海都是我们的游乐场。妈妈站在我们身旁，她的脊背不再笔直，她的皱纹纵横生长，她的目光为我们祝福。就在此刻，妈妈张开怀抱，抱住了我。妈妈的泪水落在我美丽的袍子上。我的视线越来越游离，我开始看不清小米的五官，她似乎正在离我远去，就像十八岁那年，我们在机场分手，再也看不见背影。

但是白小米，你的婚礼，我真的看到了。

安　生

刘博文

孜然，蒜末，小米辣。

蚝油，白糖，香葱切成碎花。

熬制秘方酱料，朝炉槽中均匀加入炭块，持蒲扇重重挥舞，不多不少正好三下，火舌腾地蹿起，汗滴进炉槽，发出扑哧扑哧的叫苦声。

烟熏人眼。

熏得江海抄起毛巾的手抬起复又放下，最终将沾满汗渍和油烟的白里透黄的毛巾紧紧攥在掌心，转过身去，要签子的工夫把阿笙训了一顿："哪儿买的炭？"

"依你吩咐，陆石河对岸胡祠堂巷尾撒，还能哪里？"学徒阿笙递过竹签，各忙各的两人没抬眼对视。

"胡说，好木炭烧出来成这样，当我瞎？"

江海手执竹签，一根根穿起。此时街边人声渐浓，墙上挂钟撞过六下，已至下班晚高峰。

天边，月隐在云里，不时得见其清浅身影，显然，碗一样大盛着乳白色鱼汤的月亮，没能借到太阳公公的光。

"要我说，今晚天气有变。"

"那照你意思，干脆别出摊，回家躺着万事大吉对不？"

"有道理！"阿笙吐出舌尖，朝里屋奔去。他早预料到脑门要挨一下，只是借取尼龙雨布的名头匆忙避开，尽管师父出手的形式大于内容。

"我可不小了，还一天到晚被说性子皮！"思索再三，埋怨终未出口，随喉结滚动落回肚子里，愁出阿笙满脸闷气。

都是人，都要面子的。

闷声不响撑开坐落于门脸外的凉棚支架，搭上尼龙雨布，简易的烧烤摊儿现出雏形。待过会儿人潮涌到雨布前头，有他忙的。

"该！"

阿笙穿一把签子就朝炉槽偷瞥上两眼，烟渐渐小了，师父的额头上渗出滴滴汗珠。做学徒已有三年，想当初刚来老城时，师父可不是这么承诺的。

什么两年就能出徒，简直是满嘴胡言。

不是什么事都能被时间磨合好的，久之师徒间便生了嫌隙。三年又三年，空口无凭的承诺等同于炉槽里炭火燃后的灰烬，风一吹就散。

大不该听家里人介绍前来打工学艺，这年头工作得自己找才安生。

许是心头装事太多，一支竹签不偏不倚扎中了阿笙右手食指，所幸档口活路正忙，师父自顾不暇，没曾发觉。

不然，又要挨顿臭骂。

如他挂在嘴边的念叨般。

"烧烤，最重要讲究个鲜。张大爷清早河边收起的鱼虾篓子、李婆下堰塘深一脚浅一脚踩出的莲藕……还有木炭，别看同食材无关，干柴烧制出的炭块也确实没工业炭生火来得快，但它烧出的味道，有股木材原始的清香，与烧烤的鲜相辅相成。老主顾能哑出味来。烤到酥麻兼带点点焦煳方为上品。都是学问。"

典型的小和尚念经——有口无心。半句关于秘制酱料的话都没讲，怕教会徒弟饿死师父？

切，少给人玩虚头巴脑的！

阿笙心里杂乱着，手头的活路却有条不紊地往下行进。给每张支开的折叠桌上摆放好烧至滚烫的三皮罐茶水，一天辛苦自此开始。阿笙负责写单子配菜，江海上手烤，末了，撒上葱花提鲜。

时间就这么日复一日地过去，如同小时候散落在抽屉里那些舍不得吃掉、过期化掉的糖果，进入冬天复又在包装纸内凝固成形，等待某天再度见到阳光。

人越大，越喜欢站在对立面看问题，从中生出的怨气就叫脾气。

对待烧烤，江海明显发觉，徒弟近来越发不上心，经常找机会溜出去，像是在和谁谈事。

难不成他也晓得老城改造的事？

就在刚刚，因为征地的问题，江海跟拆迁办负责规划的六生在桥边大吵了一架：

"就不能给我们老辈人留块门脸过点安生日子？咱早就过了推倒重来的年纪，经不起瞎折腾。"

回到摊位，阿笙又不见踪影，越发证实了江海的判断。

隔日，阿笙居然带着六生一道回来了，江海大手摆晃："说什么我都不会搬走，不信你们敢硬来。"

却不料二人根本没理会他，径自走过，在烧烤摊旁支起了卖三皮罐茶叶的流动摊。

打不过就加入？——没来由地，江海想起之前阿笙他们年轻人开玩笑时总说的话。徒弟像是看中了他的心思，接上他未曾出口的话头："师父，咱可不是加入，确切地说叫加盟。"

"加盟？"

"对啊，老街翻新后，您老人家还是安生忙烧烤，阿笙出来单干，以加盟的名义，将老少咸宜的夜市三皮罐茶叶打造成品牌，以烧烤伴侣的名头捆绑推出，绝不抢烧烤的生意，您意下如何？"

"还意下如何，"江海撇撇嘴，"不怎么样！"

"傻小子，以为我真怕你出去抢生意？别人总说什么教会徒弟饿死师父的，我才不信！晓得拆迁为啥一直没松口，无非想多争取点还迁门面，给你接班时好大干一场，也对得起你妈的嘱托。"江海接着说道。

"真的？"

"难不成是煮的？师父我，大半辈子可只会一门手艺——烤的。之前无非想熬实你那皮性，往后想做啥做啥，师父给你打下手。"

阿笙闻言心头一抖。

"抽空回去看看你妈。寡老一个，有你回去她的心才安生。"江海说着，敲敲阿笙的脑门，这回是成了他给徒弟递东西——

不是竹签，六生瞧得清楚，一枚创可贴，明晃晃的宛若天边弦月。

茉　莉

唐呱呱

毕业不多久，我就去京东上班，负责财务审计。这是一种专门给别人挑刺的工作，稍稍不走心，很容易踩到人与人之间的暗雷。偶尔下班早，我常去公寓附近的一家按摩店，放松身体的紧绷。

首先要选择一个按摩师。打动我的，是一张如茉莉一样素净馨香的脸。一道被钝器狠狠戳痛的疤痕，紧紧逼近她的左眼角，像白瓷上的花青。瞬间，我被一种温柔的同情心包裹，又或者是一种对弱者的优越感。

一个多月以后，我第二次去，依然选她。

"和你的气质挺搭。"

她居然认出仅仅来过一次的我。更奇特的是，我上次来时的穿戴、衣饰、香水的牌子、三言两语的闲聊，她都记得。这样一来，之后的按摩过程，倒很像是老朋友见面，每一次揉搓，都多几分对彼此柔软度的了解。

我决定，暗中帮帮这个带着六岁女儿的单亲妈妈。说来也算赶巧，一个天天戴草帽扛锄头的朋友，居然新开一家水果进出口公司。老板年轻有为，加上一股惠风和畅，公司稳稳走上快车道。单单缺一个善解人意的女助理、女秘书、女经理、女管家。

这位朋友也只是去过两次，心意非她莫属。这位新老板开出的工资，说句公道话，如果换作是我，也对得起一次跳槽。

"谢谢。我在按摩店挺好。"这是朋友给我转述的原话，我和他一样震惊。

"今天开心，就去找点钱，不开心就不去。这样会让我觉得，生活是我的。"

后来我继续去这家按摩店，继续点她。阿妞是那种开始像凉白开，越了解就越有嚼劲，越想更进一步了解的女人。红红蓝蓝的人群里，她是再普通不过的一个打工者。进过各种工厂，帮助世界制造各种奇奇怪怪的东西。

有一个工友比她小一岁，笑起来一颗尖尖的虎牙。他经常路过男女生宿舍连接处的铁栅栏，随意送过一个橘子、一颗苹果、几首小诗。一次，几个人喝点小酒，他只喝了小小的一杯，倒像是喝得最多，贴在铁栅栏上猛拍，像是要用这声音来壮胆似的。三个四个站在旁边起哄，深夜里各种怪叫，他这才敢对着女生宿舍一阵一阵喊。

"你死了吗？喊你赶紧出来见我！见我！你只说一句话！"

他自始至终，没有喊出她的名字。他脱掉一只鞋，栅栏里扔过去。又脱掉一只鞋，又扔过去。鞋打在女生寝室的铁门，咣当掉地上。

工厂里开始传出这事那事，有的没的。其实就是一阵风，当事人不回应，过几天自然散去。她偏不受用，一块钱买一张红卡纸，折折剪剪，最后把两个人的名字歪歪扭扭写在一起。第二天，他们都没去流水线，两张床铺只剩下空空的床板。那张红艳艳的"结婚证"，别在男女生宿舍的铁栅栏上。像是邀请所有的工友，赴一场远方的盛宴。

地址：幸福村芳草街 32 号。

这男的据说很疼她，一只大手轻轻捉住她两只小手，拿着她做的另一个结婚证，轻轻扇动她的脸。卡纸上的红染在她的腮帮，常常让她鲜红一天。最激动的一次，他变出一把水果刀。眼角的那个伤疤，就是那一天"爱的印迹"。自从生下一个女儿，婆家人的几双眉毛，更是时不时飞出脸庞。女儿一天天长大，她不想女儿读懂大人的眼睛，听懂他们的话，她带着女儿搬了出去。

"有一次，我生好长时间病，手脚软得不行，没法出去打工。还好一个房东，七八十岁，送来一小口袋虫米。我每天抓一小撮，一点点加水熬。早上中午光喝点汤，晚上才把米粒吃掉。我家咪咪特懂事，肚子咕咕叫，还尽是安慰我。'妈妈，你熬的牛奶真好喝。喝了什么病都能好。''妈妈妈妈，你看，里面还有肉肉。我的小肚子可高兴，还给我唱歌。'"

"也许真正经历过什么是穷，当你开始赚钱，反而对钱没有那么渴望。"

慢慢地，点她按摩的人越来越多，高峰期需要排队。匆匆来去的这座城市，仿佛也因为她红火一些，感性一些。每一个人，见过的没见过的，她都会送上一杯温温热热的茉莉。

最后一次见她是某个周末，地点在公寓的楼道口。早晨八九点钟的样子，我抓扯着头发，惊奇地看着她提着锅碗瓢盆，身体的各个零部件，都挂着大包小包，打扮得像要去一个很远的地方，不准备返回似的。

"人刚刚在一个地方落脚，就开始买买买买，各种下单。家具，电器，朋友，电话号码，好像这些东西越多，生活就会越好。我们慢慢说服自己，喜欢上这个地方，不愿意挪。其实它并不是那么好，只是我们已经习惯不去多想。我不喜欢这种爱上一个什么的感觉，它让人变得脆弱。"

电梯门忽然打开，她忽然扭过头。一个男孩，玩着溜溜球走过。"我还以为是房东那个傻儿子。"

楼道昏暗幽深，斜斜的一束光打在她脸上，她像一个灰姑娘。每每卸下身体上的一个包裹，仿佛就光亮一块。"这些东西路上带着费神。用不上，你就帮我处理掉。"最后，她一身自在，整个人在我的面前都光彩起来，仿佛风轻轻一阵吹，就能轻盈地飞上天。

再次见她，是在朋友圈。我那个卖水果的朋友，晒出一组照片。他晒成黑炭，脸上到处都是阳光，就好像找到土壤的植物。原来他把公司总部搬到大山，开辟一个生态农场。所有的孩子，只要在一个铁桶里随便投几个硬币，就可以过去和羊待一个下午，看禾苗怎样喝水，晚上看着星星睡觉。

阿妞是这个农场的女助理、女秘书、女经理、女管家。他们自始至终，据说都没有谈到结婚的事。她是农场里自由奔跑的花。

急诊室的故事

邢东洋

急诊输液室，护士站里坐着五个护士。三个穿深蓝色护士服的坐在里面，两个穿白色的坐在外面。她们的职责不太相同，里面穿蓝色的负责查看病志，安排病人的药品。外面穿白色的实操——扎针输液等事情都由她们俩人来做。两个白衣小护士坐在护士站的桌子外面，没人来的时候，她们各自捧着一本特别厚的书在看，时不时还拿笔画线，做些标记。我猜她俩是实习护士，获得医院的正式聘用前，还得经过各种各样的考试。

我爸坐在我旁边输液。我没挨着他坐，我们中间隔着的座位上放着他的病志、CT 片子和各种检查结果，装在袋子里。他坐在那儿摆弄手机，先看了会儿股票信息，然后看短视频。他跟我说："听说李亚鹏的书法作品卖了五百万，你觉得值吗？"伸手把手机拿给我看。过了一会儿，他又给我看一个短视频，一个老太太在唱歌："洪湖水浪打浪……"他觉得好听。近来他总在微信上给我转一些他觉得有趣的视频，但我很少打开来看。

护士站后面，是一扇大窗，另一边是乱糟糟的急诊外科处置室。有个女人在门口哭号，满地打滚。不知道怎么回事。有个负责保洁的大姐进来，暗自骂了那女人一句"傻×"，之后含混地跟护士讲了讲情由，我没听清。她是嘲笑的口气。那人应该不是就医的患者。我站起来往那边看，哭号的女人身边围着几个人，有个小伙子用手机录像，有个女人在劝她，劝半天劝不好就气鼓鼓地走开了。那女人就一直躺在急诊室的门口，好多人出来进去都要躲着她，或者从她身上迈过去。

我爸给我讲了个故事。他说他在短视频里听人讲了个小说，说有个女的，公共汽车的司机，她的车被两个强盗劫持，她被迫停车，在路边被两个歹徒强暴了。车上的乘客没有人帮助她，她心中愤恨啊……我说我看过这个故事。我说，后来那女的带着那一车的乘客把车开下了悬崖还是海岸什么的，记不清了。他说对，是那么回事，一个对冷漠复仇的故事。我想到了徐州。我心里犹豫要不要跟他也聊聊，但是最后放弃了。我换了个话题，提到最近某市发生的公交车爆炸案。这件事目前还没有官方公布的调查结果，但我有个朋友做警察，我知道一些消息。然后我想起来，我昨天给他说过这事了。

窗户那边又传来很大的嘈杂声，一个老人被推进来急救，两个儿子陪着他。他们很特别，几乎吸引了所有人的注意，甚至比刚刚那个打滚哭号的女人还惹人注意。老人的一个儿子一直在抢救的病床边大声喊叫："爸，爸，爸爸，爸爸，哎呀爸爸啊！"另一个跪在床尾，我看见他的背一抽一抽的，也在哭。站在床头的那个儿子一直在叫爸爸，一边叫一边用拳头捶自己的头。突然他发起急来，大喊："大夫呢，赶快救救我爸啊！"大夫就在他旁边，这时也生起气来，皱着眉头说："你冷静点儿，你这样会影响我。"

输液室里的很多人都站起来透过窗户朝那边看。我爸没有。我坐下给他描述了一下。我爸说："出殡像这么哭的都不多。"他问我那人看起来有多大。我说："病人看起来岁数不小了，秃头，额头上好像有老年斑，有七八十吧。"我爸说："那他儿子应该比你大，怎么这么不冷静呢！"我说："我也不太理解，可能父子感情好吧。"他嘿嘿乐："那也不至于。顺其自然呗，都在医院了，你还能怎么样？"我突然想起一件事，我问我爸："我爷到底是怎么死的？是冻死的吗？"我爸说："算是吧。"这算是什么回答？我说："走丢了，冻死在外面？"他说："是，脑袋不清楚了，出了门就找不着家。找他厂里人一块帮忙找，后来还真是厂里人给找着的，送医院已经不行了。"我问："那是冬天？"他说："嗯，11 月 11 号。"我说："那跟我奶差不多啊。"他说："是，几乎是一天。"

那边的声音一刻都没停。我又站起来看，然后又走到护士站后边的窗户旁边看。窗户的另一侧有百叶窗格子，走近了看得更清楚些。那老人还在抢救，各种各样的仪器也陆续就位，病床边围着满满一圈医护人员。我注意到，他们穿着好几种颜色的衣服，白色的、深蓝色的、粉色的、绿色的，好多颜色，不清楚是根据什么分的。

等我回到座位时，我发现五个护士中，原本坐在中间的那个护士不见了，不知道什么时候离开的，她原来坐着的中间的那把椅子空了出来。我坐在座位上，歪着身子，盯着那把空椅子看。我看了半天。有那么一阵儿，我觉得很放松，像是一次特别舒服的休息。

第 7 辑

你到底爱不爱我

你到底爱不爱我

陈力娇

他们是高研班同学，再有二十天就要毕业了，可是他们的恋情还没有结果，主要是她总想考验他，把自己交给一个人可不是草率的事，必须看出点儿真谛才能彻底舍出芳心。

这天他们去草原采风，全班三十几个人一路高歌，向着风吹草低见牛羊的地方挺进。他和她都在队伍里，由于她不准备公开与他的关系，他俩就不能走在一起。他们若即若离，眼光却不离左右，他有时帮她拎包，她也让他拎，他拎起来就匆匆同别人一起前行，她则落在队伍后面和其他同学说说笑笑。

著名的天池有三个，天山天池，长白山天池，阿尔山天池。阿尔山天池是这次旅行的一个景点。其时大家跃跃欲试。但是从山脚上去要登四百多级台阶，之前曾有人来过这里，在天池旁留过许多影，就同大家说，这个天池，不及长白山的天池让人流连忘返，说白了就是个水泡子。

他从小在水边长大，对水本来就不感兴趣，此时一听要登四百多级台阶去看水泡子，就转身下来了。他下来时正逢她上去，她就一个人，她因在车上换衣服而落在了队伍后面。他看她走上来，就对她说，别上去了，没什么意思，都说是个水泡子。她听后则摇摇头，说，不，我要上去，你也要上去，来一回不上去，就等于什么也没带回去。

她说着继续往前走，她以为他会跟上来，当她发觉他没有跟上来而是下去了时，她深深地吃了一惊。她的身体很弱，正怀着他的孩子，登四百级台阶对她是个考验，他是怕她吃不消才让她别上去的，但他就是没有跟她上去，他应该跟她上去并一路照顾她才对。

他一个人下山了。

她一个人上山了。

她到达山顶时大家正准备下来，她手忙脚乱地把天池留在她的相机里。她是最后一个和天池合影的人。她的内心百感交集，一阵阵激动。她感慨地对天池说，你太不容易了，到底把自己举在了最高处。

从天池下来坐了一个小时的车，他们要登玫瑰峰，这一个小时她想了很多，她首先想到他不应该不陪她上去，不为自己也要为他的孩子。她其次想他是个什么样的人，高山确实让人望而却步，但爱护自己却是他的唯一准则。

玫瑰峰到了，玫瑰峰以挺拔著称，如同一把利剑直插天空，如果说登天池很难，那么登玫瑰峰就难上加难，因为它陡峭崎岖，蜿蜒险峻，怪石嶙峋。它的伟岸之处，就在于它在平常之中毕现峥嵘。

天池他都没上，玫瑰峰他更不想上。她不明白他此行是来干什么的。

没有了他，登山时少了不少乐趣，她的心明显地同他一起留在了山下。登到半山腰时，她的腿开始发抖，她想打电话让他上来，但回头往山下望时，看见的是蚂蚁般的人群，分辨不出哪一个是他，她立刻打消了这个念头。

玫瑰峰是塑造她生命内核的一次冲击。当她到山顶时，一览众山小，心情的怡然与骄傲，是她重新规范自己的开始。上帝在造人时，不小心把女人的另一半给了男人，她想把她找回来以便还原。她以为那会是他，现在看不是。

一天之中的最后一个景点是成吉思汗庙，高大的庙宇给了她无尽的想象。就在她登上第一个台阶时，问题出现了，她的小腹一阵剧烈的疼痛，其实登玫瑰峰时就已经疼痛，只是她坚持着不去理会。

而现在不理会真不行了，她再也迈不动步了，并且一汪水已经从她的下体江河俱下。她做过母亲，知道这是怎么回事，就把自己的外衣脱下来，扎在了腰间，挡住她的秘密，之后像没事人一样，潇洒而从容地回到旅游车上。

同学们游完成吉思汗庙，带着当年戎马倥偬的意境再上车时，发现她换了座位，坐在了一个靠窗的位置。这不是她的位置，是同学小肖的。小肖看到她坐在了自己的座位上，当然就去坐她的座位。

　　这样她很容易坐在了他的身旁。他回来时看到她坐在了自己的座旁，吃了一惊，但马上对她笑了笑，她也笑了笑。之后她看到了一个奇景，他脖子上的黑丝线变成了红丝线。她立即明白了，那是他把原来的那个"兔"的饰物，换成了其他饰物，那一定是他在成吉思汗庙买到了一个令他更称心的。

　　再看他的手腕，也戴着一串褐色的天珠，一排人造天珠鬼模鬼样地闪着贼光。她的心里顿感失落，她附在他的耳边说，没少买呀。他并不知道她不高兴了，他美滋滋地欣赏着自己的手链。从他的表情上看，她明白他只给自己买了，没有带她的份儿。她断定这绝不是他的疏忽，而是本性。

　　车子开动了，她坐在他的身旁，没再对他说任何话，她只对着自己的体内，像祷告一样默念：孩子，最后一次见见你的爸爸，到别处投胎去吧。

　　然后他真真切切看到，她苍白的面颊上，挂出两行清泪。他听到她给她丈夫打了电话，让他速速开车来接她，一刻都不能耽误。

对话练习

袁省梅

父亲在电话里叫儿子回来，说跟你媳妇一起回来，我有事跟你们商量。

父亲的口气尽量柔和着，好像还有点儿请求。

儿子在电话里说好，但又说，这几天忙，要不你在电话里说。父亲不说，父亲说，那就等你们闲了吧，也不急。父亲说得吞吞吐吐，带着小心谨慎，说一句藏一句，心事重重。撂下电话时，父亲的额上生了一层细密的汗。

父亲也不知道从什么时候开始，跟儿子说话时，没了以前的口气。以前在家里，父亲是王，说一不二。

那时候，多好的年纪……父亲的眼里有些潮润。父亲没想到上了岁数，脾气倒柔软了。在儿女面前，尤其不能强硬起来。可是不管怎样，父亲还是欣慰要给儿子提说那事了。

父亲想着就要跟儿子儿媳提说那事，心里就有点儿不安，独自默默地坐了半天，抱起地上的板凳和木墩子，放炕头，说也没啥事，就是那啥。

那啥呢？父亲看一眼板凳，看一眼墩子。墩子上有个结疤，黑，圆，像个眼睛。父亲看着墩子，黑紫的脸上泛起了一层红。父亲吭吭地干咳两声，搓搓手，点了一根烟，眼前吐出一团浓的白雾，对着板凳墩子说，就是想跟你们商量一下，下牛坡那人，你二婶说那人的男人死了好多年了……

就是那个绒花。

父亲嗯了声，脸上一热，忽地站起，看了板凳和墩子一眼，眼光迅速落到了屋墙上那几个大大小小的镜框上了。镜框里装着照片，彩色的，黑白的，好几十年的光阴压在了一起，熟悉又陌生，灵动又呆板，冰冷又温暖。有一张黑白照片是父亲年轻时照的，好几个年轻人，坐一排，站一排。父亲在后面站着，父亲的旁边是一个女孩，绒花，轻轻地依着父亲，羞涩地笑。都是青枝绿叶的年龄，蓬勃饱满，汁液充盈。那时候，多好。父亲眯起眼，看着，直到把眼都看酸了。

回头，看见炕上的板凳墩子，才想起要说的话，扑哧笑了一声，又说，你二婶的意思是，能不能叫绒花过来？我的意思是看你们，看你们是啥意思。

父亲说得和绕口令一样，涨红着脸，话说得疙疙瘩瘩。

绒花和他的事，很久以前，黑白照片时的事，儿子儿媳都知道。老伴儿在世时常提起绒花和他的事，拿绒花开他的玩笑，说绒花咋偷偷地给他塞一块红薯，他们咋黑地里钻麦秸垛……老伴儿说时，父亲只是嘿嘿地笑。结婚，却由不了父亲。父亲的父亲跟绒花的父亲有过节，不同意这门婚事，父亲娶了母亲。可老伴儿说顺了嘴，有时，就把话端到了孩子面前。老伴儿也只是玩笑，几十年的白里黑里，父亲什么心思，老伴儿最清楚。

墩子扑哧笑了——父亲知道，儿媳肯定会笑。老伴儿一说起绒花，儿媳就会笑，就缠磨着问还有啥事，还有啥事？儿媳说，没想到爸还挺浪漫。儿子不高兴，剜媳妇一眼，说你说的啥话，没大没小。有一次，因为这事，儿子和儿媳还吵了几句。是端午节吧，儿子儿媳回来了。老伴儿开心，说着话，又提到了绒花，说那人，十里八村也找不下比她好看的，那一双吊梢眼，水流光滑的，眼风一漂，不知勾引了多少男人的心，你爸……父亲打断了老伴儿的话，说都多少年的陈芝麻烂谷子了，还提。儿媳悄悄地用胳膊碰儿子的腿，眉毛一挑，下巴点着父亲，说，怪不得是父子。

父亲记得他当时没听清儿媳嘀咕了什么，只是听见儿子斥责儿媳不要瞎说。儿媳白了儿子一眼，扯扯嘴角，说上梁不正下梁歪，没含糊。这句话，父亲倒是听清了。现在，父亲想起来，捏着烟的手就抖了一下，看着墩子说，上梁不正吗？上梁有啥不正呢？你妈都走了五年了，喝口热汤，也得我煨把柴，黑里头疼脑热了还得自己挣着倒口水……父亲说着，就有些伤感，一根烟吃得云云雾雾。

好半天，父亲才对着板凳墩子说，你们商量商量，看这事，行不？

父亲说，绒花是好人，勤快，我们在一起，也就是个伴儿，搭伙把这有今儿个没明儿个的日子过了。

父亲说，生活上的事你们别担心，地里的粮够我们吃了。

父亲说，她说了，生不要你们养，死了，也是各埋各的，不要你们花一分钱。

父亲说，我老了，黄土埋到脖子了，有她，你们该忙啥忙啥，也不用操心我了。

父亲看着板凳墩子，说，你们要是不同意，就不说了。

板凳墩子不说话，没人跟父亲说话。

父亲是把板凳当儿子，墩子当儿媳，提前在练习对话了。

父亲说，你们说呢？

父亲看着板凳墩子，慌乱地哑了一口烟，烟还未从嘴里吐出，心口就酸疼了起来，旋即，又扑哧一声笑了，骂自己真是痴呆了，把板凳墩子真的当成儿子儿媳了。他们，说不定会同意呢。

抓 拍

陈 敏

老范说我欠他一条人命，初听之下，我震惊不小。

这事还得从我两年前的一次出差说起。

那是个冬天的上午，我要去北方边城参加一个园林景观学术研讨会，正准备搭乘长途汽车去省城，再转乘火车去千里之外的边城。

刚买了票，就听广播里说这趟车要晚点一小时，我想找个安静的地方坐下来等候，一转身，竟看见了老范，他背着一个流行的斜肩挎包，从一辆刚进站的大巴里钻了出来。

老范大声喊着我的名字，赶上来紧握我的手，说他刚从福州出差回来，又急切地问及我的行程。得知我要去遥远的边城，他立马决定："这样吧，我陪你走一趟，你知道不，咱们的老乡王改子在那里当市长，王市长啊！你知道不？"

说到王市长，老范双眸闪闪发光。

"小民不关心政界人物！"我回了句，以为他在跟我开玩笑，心想，他大老远出差刚回到家门口，绝对不可能再出远门，除非他脑袋有问题。不承想，他抓过我手里的车票，一扭头，钻进售票处，又拿出了两张票，说："我把你的票退了，又买了另一张车票，上车就能走，赶紧走！"老范不由分说地拉着我上了另一趟车。

车行途中，我沉默不语，却丝毫不影响老范说话。他一路上谈风景，侃过往经历，说到王市长小时候不仅是个胆小鬼还是个"尿床王"时开怀大笑，全然不顾及邻座人投来的目光。

他还时不时地关心我的身体，说一个人长时间沉默不是好事，可能是大病的前兆。

下午一点多，到达省城火车站。

为了赶路，直接买票上了列车。火车票450元一张，出于礼节，我主动买了票。

入座，老范让我将他的旅途花销先垫上，回去统一结账，见我没吭声，他又东拉西扯，说是给王市长和一些熟人打电话，直到两个小时后，他的手机没电了，才停了下来。他又从斜兜里掏出充电宝给手机充电，他说他的这个充电宝是省城一位代理公司老总送的，一万多块钱呢，充满一次电，能供手机用一个月都不带欠的。末了，还大方地说，他充好了让我充，随便用！

看我不太回应，他又挑起脚尖让我看他的鞋。

"你看见什么了？"他问。

我想说我看见了一只臭脚。想想又没说，只好把头迈向窗外。

"不识货了吧！这是正宗的手工定制皮鞋！是一位药业公司的总裁给我定制的！这鞋全球最贵，八千多元一双！没有人情关系的话，排队一个月都不一定能买到……"

半夜时分，列车行驶在空旷的野山峻岭间，显得格外急速。老范终于吹累了，没一会儿，便把头搭在我的肩膀上睡着了。

我本来就没有多少睡意，这下肩膀上又多扛了个脑袋，真是不好受。我对他仅有的一点儿好感消失得干干净净。

第二天凌晨五点钟，列车到达边城火车站。

北方边城的冬天凌晨，气温已降至零下三十多摄氏度，冷空气呛得人无法呼吸。老范冻得直跺脚，猴子一样跳着脚走路，边跳边说："这个城市，一切都由咱乡党王改子说了算，他在这里当市长，说实话，咱在这地上走一步，地板都得晃三晃；咱踩上它一脚，都能引发一场地震！如果咱犯了交规，不是吹，交警罚咱都得挨洋锉呢！可以说，咱就能在这城里横着身子走！"

看他豪气干云的样子，我突然没忍住，哈哈哈一阵大笑。

终于等来了出租车，赶到我开会的酒店。

老范说，他中午要被市长接去吃午餐，将和我做一段短时告别，还得意地说："这下把王市长的腿抱住了，他怎么也得管我几天饭。"

两天的会议很快就结束了。

返程的列车上，老范跟来时一样，谈兴依旧高涨，一路上又是滔滔不绝，跟上下铺的旅客聊天聊地，最后聊到了摄影。

对了，我怎么忘记老范还是一个摄影师呢！纵然他的许多行为让我厌恶，可他却身怀一项我无限钦佩的技艺。老范的摄影技术绝对高超。他痴迷于拍摄自然界的各种鸟类，足迹遍布大江南北，拍摄了数以千幅绝美的鸟类杰作。他尤其擅长抓拍，并自我吹嘘说，善抓拍的摄影师才是世界上最伟大的摄影师。

一觉醒来，到站了。车窗外，是一个难得的艳阳天。

出站，老范悄声对我说："那王改子变了，他根本就没见我，说他出差去了外地，让手下人给我安排了宾馆，吃了几顿自助餐就把我打发了，可我在电视上分明看见他就在本地呢！"老范的脸上露出一丝难得的失落。说完，老范头也不回地走了。

老范走了，再也没有提及一路上花销的事。

一日，我正在画室赶画，肩膀突然被人狠狠地拍了一下，吓了我一跳，回头一看，是老范。我有些气愤，警告他："别这样神神鬼鬼的，会吓死人的。"

老范不以为然地说："拍你一下咋的了？你还欠我一条人命呢！"说完，他递给我一张报纸——一周前的《州城日报》。

老范指着报纸缝隙里的一则新闻给我看。

一周前，我本该乘坐的，后来被老范逼迫改乘的那趟开往省城的晚点班车从秦岭上跌进山沟，造成了 12 人伤亡的重大交通事故！

我呆立在桌旁，半天无语。

我当即停下了手中的活儿，坐下来，和老范喝了一下午的茶。

半年后，我准备出一本个人画册，需要一张个人近照，在好多张专业摄影师为我拍摄的照片中挑来选去，都不十分满意，唯有老范在火车上为我无意间抓拍的那张肖像最有"味"，我最终确定，用它作为画册页面的压轴照。

放木排

蒋冬梅

6月里开始放木排了。木把们从长白府出发，驾着铺满江面的木排顺流而下，像祖先骑着巨大的狗鱼那样逐浪。他们并不为征服什么，只想顺着自然的脾性，讨一条生路。大江就是出山的路，生长了上百年的树，活着的时候站在山里听风，伐倒之后把身体交给江水，折在哪个哨口、碎在哪段恶河，都是一棵树的宿命。要是能顺顺当当，过了那一百来个哨口和险滩，完完整整地摆上南海码头，那才是一棵树的圆满。

在江上放排，靠的是眼力、力气和运气，可木把头徐老大偏偏是个半瞎，常年戴副小圆墨镜。木把身上凡有残疾，都得问问脚下的江水，江水虽是软的，但比刀子硬，人就像鱼一样，得拿血肉之躯去拼争。山上的树都有长斜歪的，人世间的路也不全是直的，身有残疾的人成了能人，"道行"一定不会浅。从二道江到南海的每一道弯，徐老大只听水声就能辨得清清楚楚，拿命和大江搏斗过的人，身上总有一种骇人的气质，整个木帮没有不服徐老大的。

再长的路途，总有到达的日期。木排一驶进平静的港口，岸上女人那鲜艳的绸裙就飘过来了。木把们知道，生活是有颜色的，女人就是日子的颜色，不只女人，就连南海都是有颜色的，花花绿绿的船旗随海风飘着，一切都是五彩斑斓的。

把命拴在裤带上的人，放纵时也不要命。木把们把命交给水，交给石头碴子，交给沿途一百六十三道索命的关口，最后再交给南海岸上的享乐。木排到南海的这晚，徐老大放了话，上岸找相好的行，只是不能找江边穿绸裙的女人。撂下这句话他就再也不多说了。男人都急着往岸上跑，见了江边穿绸裙的女人，也不管不顾地被牵着去了。

江水出山走水道，孬人挣钱走鬼道。木把们在水上漂了大半年，岸上的人也等了大半年，从木把兜里掏钱，他们自有一套把戏，素玩、花玩，一套活儿下来，就把人榨干了，钱也掏空了，木把们把红指头印按在欠据上了。

这时候木把后悔了，想起过黑石砬子时，江面陡然变窄，等他们绕过险滩来到水稳处时，看到岸边站着穿新布衣的女人，她们鬓上插着花，脸上涂着粉，新衣服上还带着折痕，可是掀开衣大襟，里面的褂子补丁摞着补丁。这些女人像刚经了霜的植物，虽还剩几分颜色，但大都是家里遭了难的良家女人。她们站在岸上朝木把们摆手，木把们眼巴巴地望着，也看不清她们的脸，只是舍不得水天一线之间那一抹颜色。

徐老大知道，这两种女人像两条路，木把们遇上了，就像遇上江上的岔口，可遇到江上的岔口凭一支篙，而遇到女人的岔口，则凭头一眼的眼缘。不知怎么的，当年他过黑石砬子时，只看了一眼岸上的女人那带着折痕的新布衣就动了心，他仿佛能看得见里面的补丁，看得见女人日子里的苦。他默默地跟着那个女人走了，她的家在远远的山崖，有着黑洞洞的窗口。

故事就像浪木一样沉到水底了。徐老大在江上来来回回漂了一辈子，他已看不清岸上花楼挂的红灯笼，也看不清女人绸裙上牡丹花瓣样的图案。他听那些咿呀做戏的曲子，比不得江上的风，风一吹什么都散了，灯火在江水里碎成了浪花，一瓣一瓣地抖落。

他不下船，整天坐在船头，滑动手里的两块石头。那是长白山里两块普通的火山石。可哪块石头不是从山崩地裂里来的，拿在手里像握住千万年似的。有个新来的木把叫凤义，他玩了三天就回船了。徐老大问他咋不玩了，他说尝尝滋味就行了，手里的钱是拿命换来的，人不能败祸自己的命。徐老大说他："江水吞不了你，女人缠不住你，就像我手里这两块石头，扔到水里沉不了底。"

几天之后，木把们回来了，徐老大听脚步声就知道，人回来得不齐。人在水上，路只有一条；离了水，路就有千万条。没回来的人，跑上岸跟人学做买卖去了，或者搭上个女人顺着大海往南去了。凡是回来的，还得拿命在江上搏，换来木头，来年再上岸，跟着绸裙女人走。水里有他们的兄弟，有他们的宿命；岸上有他们的安稳，有他们的陷阱。他们把一条路，从水上走到陆上再走回水上，走成一个圆，终点仍在水上。

他们赶回长白府的路上，青山倒映在平静的江面，船逆着水像卷着一幅画。回来的人，凑不上一个木帮了。放的排一年比一年少，卖了木头分了红，掂掂左手的钱，再掂掂右手的命，叹一声觉得不值。在一个滩口停歇的时候，徐老大放了话，说愿意下船的绝不拦着。过了一夜就有不辞而别的人。徐老大坐在船尾，手里滑着两块火山石，影子孤零零地映在水面。

船又经过黑石砬子了，本来宽敞的江面一下子变窄，波涛汹涌，风大浪急，一个巨浪翻过来，把人和船都埋了进去。等浪头翻下去，船又在水中挺了起来，这时才发现徐老大没了，船头船尾找个遍，也不见人影，只看见船板上滑动着两块火山石。

凤义捡起那两块火山石，顺着船舷扔到江里，石头在江水里翻了几个滚，又浮上来跟着船漂。这时，岸边一个个穿花布衣的身影向他们招着手，可是船一会儿就把她们掠过去了，连一抹颜色也没有留下。

丑 妻

赵淑萍

　　小周村的一大片地，就数李二那块长势最好，一年四季郁郁葱葱。韭菜、蚕豆、雪里蕻、白菜……人勤地不懒，李二种的各种作物，季季丰收。

　　李二和他的老婆，几乎每天都泡在地里。天下起了毛毛雨，他们埋头除草，没察觉，后来雨下大了，他们好像还是没察觉。这时，他们的女儿，头上扎一对花蝴蝶结，蹦蹦跳跳地过来给他们送雨衣了。秋天，天黑得早。在浓重的暮色中，李二踏着三轮车，载着农具或者收割的作物。他把车速放慢，他老婆则在后紧跟着。有时候，没有农活儿可干，他们也要到地里来绕上一圈。

　　李二的老婆，大骨架，方脸，发短眉粗，身材平板，少有女人味儿。她像一个锯了嘴的葫芦，从不和人言语，也没有任何表情。她小时患过脑膜炎，反应有点儿迟钝。李二呢，小时读书很刻苦，成绩也好，后来中专毕业分到乡里当会计。那时，他算吃上了"皇粮"，是个有身份的人。但李二家一贫如洗，家徒四壁，于是，他就起了邪念，贪污了几十元钱。那年代这可是大事，他被开除，回到了村里。李二从此就每天泡在自留地里，起早贪黑，有意地躲避着村人的目光。他因为家里穷，样貌一般，又有污点，到了该成家的时候，哪家的闺女愿意嫁他？后来就娶了这个老婆。

　　娶了老婆后，常常是两个人一起在地里忙。李二比先前开朗了些，在路上也能淡定地和人打招呼了。可妻子总是闷着头干活儿，闷着头走路。不久，他们就有了个女儿。这女儿眉清目秀，还咿咿呀呀特爱说话。李二的老婆也开始跟姐妹们一起到镇上逛街。她自己很少添置新衣，倒是舍得给女儿买漂亮衣服。后来，还学着给女儿梳辫子。女孩的两根羊角辫上扎一对花蝴蝶结，走起路来，一颤一颤的，甚是好看。女孩后来上学了，成绩也很好。

李二的老婆虽然丑，还有些痴呆，但是，从不拿别人家东西，不像东头的王五媳妇。那位也得过脑膜炎，口齿不清，但还特爱缠着人说话。她老是采人家地里的东西，摘人家树上的果子。有人告诉王五，王五就说："她傻痴，你们还跟她较真儿？"李二的老婆手脚干净。有一次，她女儿摘人家地里的番茄，被她狠狠地用镰刀柄给打了，打得自己都眼含泪花。她干活儿虽然手脚慢，但从不偷懒。有一样活儿她很拿手，那就是挑荠菜。荠菜若长在干硬的泥土上或是道路边，叶比较硬，紧紧匍匐在地上。若长在松软肥沃的田地里，傍着菜生长，青葱碧绿，肥肥长长。李二老婆专门在菜地里挑荠菜，动作熟练，一会儿就挑满了那只老旧的杭州篮。她女儿最爱吃的就是荠菜炒年糕。

这么勤劳的两口子，没有口角，没有是非，村里人都对他们心存怜悯。只是人们暗中也疑惑，这样的一对夫妻究竟恩不恩爱？李二到底对媳妇好不好？

那一年李二盖起了房子，房子很高，很气派，这让人对他们刮目相看。那一年李二地里的南瓜丰收，装了一车又一车，卖了好几千块钱。但是，那天，他老婆突然不省人事。李二发现时，她已没了脉搏，手脚已经凉了。尽管如此，李二还是执意让女儿叫救护车，像期盼发生奇迹似的。当医院告诉他已经回天无力时，李二就像一个泄气的皮球一样。回来后，李二拿出装修的钱，对妻子娘家人说："后事要办得风光，样样不能少，不能亏待了她。"那日，李二为老婆换上了新衣服，而且请人给她化了妆。"其实她一打扮还算齐整。"人们说。李二为老婆整整守了三天三夜的灵，悲伤得不能自已。李二还在棺材边说："总以为你每天有使不完的劲儿，从来没想过你会累，会生病……"

李二家的那块地，从此荒芜了。李二地里还有好多堆放着的南瓜，本来是准备继续装车去卖的。后来，就任它们堆放在那里，到最后都腐烂了。地里长满了杂草，荠菜的茎抽得老高，顶着密密的花。以前，李二老婆都要挑最嫩的荠菜去给女儿炒年糕的，由不得它们长老。"老婆一死，李二也没精神种地了。"人们说。

"爸爸，我要吃荠菜炒年糕。妈妈以前经常给我炒的。"女儿那天对李二说。

父女俩第二天跑到了地里。再过三天就是元宵节了。这里有"正月十五烧坏虫"的习惯。但是，李二提前烧了起来，很快，野草和枯枝都成了灰。"李二，等十五再烧吧。"有人喊。"过几天要变天了。"李二说。而李二的女儿，这时候梳着一条马尾辫，绑了一个发夹，在那儿跟她爹一起烧。女孩好像突然长大了。

过了几天，在那被烧得干干净净的地上，李二种了菜籽。"过几天一下雨，这菜籽马上就长。"李二站在田间小路上，对人说。其实，他心里想，等菜长起来了，傍着菜长的荠菜又肥又嫩，这样，闺女又可以吃到荠菜炒年糕了。他又想起走了的妻子，总觉得她还在地里，想一想就发呆。愣了片刻，他又向地里走去。

一棵水蒲桃的迁徙

王　溱

我就是那棵水蒲桃。

我伫立在河涌边一家小餐馆的后门处，距河涌有 5.2 米。5.2 米太远了。我的根一直在悄悄地朝水的方向延伸，迁徙。我坚信吸饱了水的壮硕根系足以拖动我笨重的躯干。一年，十年，或者百年，总有一天我可以匍匐于水面，看水蟑螂傻头傻脑地蹬腿兜圈，看水草顽皮地借着微波轻挠石头，看有情人对着涟漪中的倒影想心事……水是归宿。我名字里的"水"字绝非空穴来风。

经营餐馆的是一对小夫妻——阿胜和阿莲。

阿莲时常在后门旁择菜洗菜，动作麻溜，几分钟就可以把几大桶的青菜择好洗好。阿胜偶尔也会出现在后门外，劏鱼。他的刀很快，鱼头与鱼身分离时，鱼自己还不知道，嘴巴一翕一张地等着下一口水涌进来。阿胜有根威力无穷的高压水管，片刻就能把污水、烂菜叶、鱼鳞还有内脏都冲进河涌里。冲水的力度太大不好把控，有时他会把污物冲到我脚边。臭，太臭了！在我身旁，用塑料膜和编织布拉起来的挡雨大棚早已摇摇欲坠，破开的大洞足够同时让五六只老鼠钻来钻去；散架的扫把和掉头的拖把倒插在一个生锈的大油漆桶里，后边是一堆缺胳膊少腿的塑料凳，八成是餐馆里换下的旧货；一条木头松散的小舢板横在其中，我几乎认不出依偎在它身旁那根长了蘑菇的烂木棍原本是支桨……

逃！我必须逃离这里。

也许是上天听到我绝望的哭泣，唤来了雷雨。就在"利斧"划破漆黑夜空的那一瞬间，我竟一个哆嗦把根从地里拔出来了，往前挪了一步，又重新扎入地里。原本架在我身上的竹竿失了依靠，整个大棚"轰"的一声倒落在地。

我成功地向河涌挪了近一尺！

阿胜只当是雨水压塌了大棚，随手换了根更长的竹竿架到我身上，又把大棚撑起来了。女人天生警觉些。阿莲疑惑地盯着我看，看得我发怵。

"这棵树好像不一样了。"她说。

阿胜随意瞥了一眼。

"是吧，花都被雨打掉了。"阿莲看着满地铺成毯的落花，看我的眼神转为了怜悯。

我却不觉得可惜。尝到甜头的我开始期盼雷雨。

正值盛夏，最容易盼来的就是雷雨。两天后我又成功地朝涌边挪了一尺余。这回不仅棚倒了，就连那一堆烂塑料凳也七零八落散落在地。

"阿胜，这棵树真的动了，昨天我把拖把挂在这个位置刚好顶着树杈的，现在离树杈还有这么远！"

"魔怔！树怎么会动？"

"真的，它往河涌那边移动了！"

"河涌？"阿胜担心地轻拍阿莲的肩膀，"阿莲，这段时间你累坏了，回去多睡会儿。"

在我第三次成功挪动时，阿莲终于崩溃了。她抚摸着散落在地上的旧舢板和船桨大哭："真的，这棵树也想到河涌那边去呢，它一直在移动！"

"也"？这个字叫我迷惑，难道还有别的树或者什么东西也要往水边迁徙吗？

后来我从阿莲噙满泪水的眼睛中看出了端倪。我猜想她与阿胜的往昔应该是这样的：阿胜在河涌里划着小舢板，舢板上坐着哼小曲的阿莲；或是阿莲撑着伞在水边走着，阿胜从背后蒙上了她的双眼……

阿莲说的"也",指她自己。

这也没什么奇怪的。很久很久以前这一带就是海。海与陆在一番相爱相杀的较量之后才定下今天这样的格局。换句话说,这里的人一半血脉是陆,一半血脉是海。我确信阿莲是土生土长的本地人,只有本地人会把浪漫的基因种植在水里。我的根,还有阿莲的目光,都朝着水的方向迁徙。

"阿莲,你累了,等我们忙完这一阵,我带你去海边走走,散散心。"

"不,阿胜,我知道它为什么要走。它开的花很梦幻的,像孔雀高高扬起的冠,像天使的羽翼。它与这个地方格格不入。"

阿胜的眼睛里满是战栗。"阿莲,你别这样。我知道你不喜欢现在的生活,可我们得谋生计。"他说。

阿莲悲切地看着他,不再说话。

我决定不再迁徙了。

我不能再刺激阿莲,更不能丢下她独自迁徙。

毛茸茸的花开了一茬又一茬,果子结了一季又一季。有一天工程队的人突然就来了。他们是来疏通河道的,说是上流冲落下来的泥沙,还有往河涌里乱扔的垃圾都让河道淤积了,河道越来越窄。

"这里很快要建成亲水区了,河道要疏通,据说沿岸的违章建筑也都要拆除,垃圾更不能再扔进河里。"工程队的人说。

"亲水区?"

"就是人可以亲近水的地方。"

"亲近水?!"阿莲兴奋极了,马上就唤阿胜一起动手拆大棚。我以为阿胜一定不会同意,毕竟少了这么大一块地方,餐馆可能就开不下去了。但阿胜乐呵呵地来了,三两下就把大棚拆了,还把杂物都拾掇了,该扔的扔,该收好的收好。餐馆后门外这片地方豁然开朗,清清爽爽。

"咱这餐馆还开吗?"阿莲说。

"开!我早就在寻思着换个开法了。"

"什么开法？"

"你喜欢的开法。"

阿莲不再匆匆忙忙地择菜，阿胜也不再满身腥臭地劏鱼。他们正儿八经地把"胜记小炒"的牌子摘下来，挂上了"望海楼"的牌子，做精品私房菜，限量供应。

这可稀奇，一个河涌边的房子胆敢叫"望海楼"？更稀奇的是，越来越多的年轻人特意来这"大言不惭"的牌子底下打卡，听阿莲讲述这里跟海的渊源，顺便品尝"望海楼"的美食。就连我，也成了照片里的网红树，是一景。

季节对时，阿莲会把我滚落在地的熟果子捡起来，在耳边摇呀摇，神秘兮兮地对食客说："这里边藏了一片会响的海呢！"

素色华年

冷清秋

张素华升级做奶奶了。

这个秋天，张素华觉得自己老了。

这样的老如此地充实，张素华一下子心满意足了。

她的身份改变了，生活内容一下子变多了，毕竟这么多年她早已厌倦了当母亲，而如今当奶奶却如此新鲜。五十六岁，女人到了这把年纪还有什么能比这个更鼓舞人心的呢？

两个啊，双胞胎呢，病房里瞅着粉嘟嘟的两个肉团团紧紧闭着眼睛嘹亮地哭大声地号，张素华欢喜得眼泪一下子就涌出了眼眶。那个瞬间，她原谅了儿媳徐晓竹之前的所有不敬。对，都是一家人，牙齿还会咬舌头呢。

心生感慨的张素华便紧紧攥住了一旁亲家的手，攥住，摇了摇，又摇了摇。亲家和张素华一样高兴，不需要张素华说什么，亲家便知晓张素华想说什么，所以亲家只是抽出一只手来，在张素华的手背上拍了拍，又拍了拍。

儿子说："妈，你连着几天没好好休息了，现在赶紧回去先补一觉吧，睡好了，明天再过来！"答着应着的张素华抹抹眼眶子，转身便把口袋里早就准备好的一沓子钞票给儿子塞了过去。多体面啊，有钱使到刀刃上，张素华心满意足。

霞光渐渐隐去的城市在灯火闪烁中又活了过来。

正是桂花浓郁的好时节，张素华静静地坐在院子里的躺椅上。对，是坐，不是躺。和外面的喧嚣相比，小院里静悄悄的，尽管只是一墙之隔，但这里就好像是另外一个世界。桂花树上面的夜空空旷明净，卷着丝丝凉意的风软软来软软去，静静坐着的张素华很享受这片刻宁静。尽管她知道，要不了多久，这里的一切都将不复存在。那有什么关系呢，人总是朝前走朝前看的。对，现在的张素华可不是二十年前那个一遇到事情就哭哭啼啼要死要活的小女子了。生活教会她沉下来，静下来，安于接受现状。尤其是一想到儿媳妇徐晓竹刚给自己生了一对孙女儿，张素华就欢喜不已。多好啊，多好啊，这样多好啊，还要什么呢？这不就足够了！

人都是会渐渐长大的吧，也在逐渐长大中学会接纳，变得宽和。

从最初知道自家的小院要拆迁开始，这都过去许多年了，多到儿子王小赖初中、高中毕业，进了大学，大学毕业又进了公司，娶了媳妇。

对，这期间的顺序不能乱。最开始听说要拆迁那会儿张素华还年轻，那时候心里那个屈啊，总想着就这点儿家业，拆了住哪？怎么生活？这期间还和王大兵闹过几次离婚。那时候王大兵没找到合适的工作，整个人就那么空荡荡地悬着，张素华的心也因此天天悬着。

张素华便死拉硬拽着丈夫一起去天桥下摆地摊，卖袜子卖口罩卖毛绒玩具卖毛线帽，都是些小玩意儿，卖来卖去的也赚不着什么钱，倒一天天拖着人放不下。若不是后来王大兵悄无声息拿赚来的钱买了台照相机，把张素华气得闹离婚，回娘家一住三个月，张素华觉得没准自己会一直坚持下去。

嫁出去的女儿泼出去的水，娘家终究是不能长住的。好在王大兵的工作有了着落，身体笨重的张素华又当了妈，天天手忙脚乱的。一切也就是才刚刚熟悉和习惯，咋就许多年过去了！当初拆迁的消息就像是一阵风，卷走了人们的兴奋和议论，居住在这里的人们还是该干吗干吗，房子是房子，人是人，路还是那些老路。但这次，张素华知道绝不是空穴来风了。

毕竟就连刚刚建起来十几年的小商品城也拆迁了。张素华亲眼看着小商品城从开始的冷冷清清无人光顾，到后来的人流如潮日夜繁华。去年小商品城拆迁，一家家商户的大喇叭在张素华的耳边反复吆喝，聒噪得张素华脑仁疼。很多次，站在拆迁店门口的张素华想走进去大声对店主说："可别这样可着劲儿吆喝了，吵死人，人家买东西又不是买吆喝的。"可最终她还是拽住了自己。

张素华把这些说给丈夫王大兵听，王大兵说："你就是闲的！"

现在好了，整个市场被围栏围起来了，大塔吊、打桩机，灯火通明地日夜劳作，等这些围栏全部拆掉的时候，就大变模样了。

到那时，两个孙女该会喊奶奶了吧？

这么想着，张素华便悄然笑了。

弱者的游戏

张红静

天天长到七岁的时候就停止生长了，智力还停留在五岁。他的五官也没有长大，小小的眼睛，矮矮的鼻梁，红红的小嘴唇，看起来依然是婴孩模样。后来他的身体便往四周扩展，直到长成上下一样粗壮，远远看上去像是一个浑圆的小水桶。

天天的同学从来没有因为他的矮小和弱智而欺负他，相反大家都躲着他，据说天天还是一个大力士呢。

我连续上两节课的时候，课间休息便不再往回拿教科书和备课本。天天发现了我这个习惯，接下来，有意思的事情发生了。

那天我站在讲台上环顾全体学生，孩子们每个眼神都是明亮清澈的，只有天天看了我一眼又低下头。

"老师的备课本和教科书找不到了，谁能帮我找到，我就奖励谁一块糖。"我想起了陶行知的"四块糖"的故事。他奖励调皮捣蛋的男生：第一块糖奖励他按时来到这里，第二块糖奖励他听从校长训诫立即停止打架，第三块糖奖励他为伸张正义而教训欺负女生的男生，第四块糖奖励他改正错误。

天天立即走上讲台跟我汇报："报告，老师！我在书橱后面见到了，我指给你看！"

天天的小胖手拉着我来到书橱后面，指着书橱与墙间那条窄窄的缝隙。黑洞洞的空间里隐约看到了我的书与本子。

天天的两只眼睛像两颗圆圆的黑豆，此时正发着锃亮锃亮的光。他看着我，期待着我许诺的一块糖果。

我却在想着如何把书拿出来。如果用手拿，空间太狭小了，用教竿去够还有点儿短，够不着，最后只有一个办法——挪动书橱。书橱里的书是满的，本身就很重，况且书橱放在东北角，后面与左侧贴墙，能用力的地方只有右边一侧。空间小，最多能容下两个人一起发力。于是，两个公认比较强壮的男生过来帮忙。

"一、二，一、二……"他俩喊着口号用力，可是书橱就像是被焊在地上一样，没有丝毫移动的痕迹。

我忍着火气，知道这事就是天天做下的。天天的人生只有三件事，那就是吃、玩，还有调皮捣蛋。同学们都像爱孩子一样爱他，大家越是爱他，他越是任性捣蛋。

我问天天怎么办，如果拿不出来，他是吃不到糖果的。

一听到糖果，天天立即脱掉他的上衣。我看到小家伙的身上和头上还往外冒着热气。他就像一个充了电的小马达，永远有着使不完的力气。

"老师，看我的！"他两只手握住书橱的边缘，胳膊上的肌肉一紧，肩膀向上抖了一下，书橱就移动了一个角度。

我们都被天天的力气震惊了。知道他力气大，没想到力气这么大。难道大力士都是矮个子、水桶腰吗？天天得意地看着我，他本来是始作俑者，现在却像英雄一样等待着我的奖赏。我猜要是他去参加举重比赛的话，等待他的就是金牌而不是一块糖果了。

我有很多非常小的糖块，外面裹着银白色的亮晶晶的糖纸。天天知道我把糖块放在哪个抽屉里，对于好吃的东西，他比常人更加精明。

"老师，我自己去拿吧，我不会多拿，只拿一颗哦！"他说完就跑出了教室。

以后，这样的事情又重复了多次，藏书，拿书，要糖吃，乐此不疲。我和同学们也假装不知道，陪他一起玩这个游戏。天天觉得这样可以吃到糖，还能在同学们面前秀一把力气。同学们陪他玩，都把他当成一个可爱的孩子，愿意看他演戏。在弱者面前，我们总是用上帝的视角来看他们，也许这样可以体现上帝的慈爱与优越感。

同时，这个弱者的游戏又使我想到了一些聪明的恶人，他们悄悄制造问题，自己再去解决问题，这样能混个名利双收。这种恶一点儿也不好玩，还会助长更大的恶。

我觉得应该让天天承认自己的错误，只要承认错误就可以奖励两块糖，比原先多一倍。天天高兴得跳起来，立马就承认书和本子是他藏的。我为自己的教育理念感到欣慰，打算写一篇有关智障儿童的心理教育论文，题目我都想好了：关注智障儿童的心理健康。

论文还没动笔，我的教科书与备课本又不见了。我问天天："你有没有见到老师的教科书与备课本呀？"

天天说："老师，我知道在哪里，我给你拿。"

事后，天天找我要三块糖果。他认为给我找到书应该给他一块，而承认错误应该再加两块。

下课后天天跟着我去办公室拿糖吃。我拉开抽屉，里面只有一块糖果。天天扒开糖纸，将糖放进嘴里立刻又吐了出来，啊啊啊地尖叫着跑了出去。

前几天，我把抽屉里"陶行知的糖果"拿出来，换了个位置。这个抽屉里，只留了一块"辣味糖果"。相信他吃了苦头之后，就不会再惦记着做坏事换糖吃了。

故事的最后，是我在改美术作业时偶尔看到天天画的漫画。他画了两个小朋友，一个是通体黑色的人，一个是通体蓝色的人，两个人手挽着手，面对着面。这是两种最冷最冷的颜色，在天天的心里，原来有这么多的孤独和忧郁。

窗台上的栀子花

蒋静波

下课铃一响，周老师就捧起书本，低着头，匆匆走出教室。许多双亮晶晶的眼睛尾随着周老师挟着冷风的身影，露出迷惘的神情。

在全镇，我们班的语文成绩好得出了名。我们爱周老师，当然包括爱她上的课，爱她讲的话，爱她发出的笑。可是，这些日子，周老师不知怎么了，常常耷拉着脑袋，不爱说笑，仿佛像一朵脱了水的鲜花。

昨天下课时，我怯怯地去叫她："周老师，一起去跳绳好吗？"她摇摇头。以往这个时候，周老师早就主动融入我们的队伍，与我们一起踢毽子，跳橡皮筋，玩石头剪刀布，或者唱一首刚学会的新歌，讲一个有趣的故事。一阵阵笑声在学校的空中飘来荡去。好多同学不是忘了上厕所，就是没时间上厕所，有两位同学为此还请假上厕所。后来，周老师规定，一下课，每个同学必须先上厕所。

我们几个班干部凑在一起，讨论这件大事。对周老师的猜测很多：生病啦，要调走啦，与人吵架啦，等等。亚珠说："周老师的窗台上，没有花了。"

这是一条重要的线索。周老师的寝室，就在我们教室的楼上。站在教室外，一抬头，就能望见周老师寝室的窗台。这个学期以来，窗台上经常出现火红的月季花。我上去观察过，很奇怪，这些月季花有很多密密麻麻的刺，与我家院子里的月季花不同。后来我才知道，周老师窗台上的花叫玫瑰花，邻居小芹姑姑的男朋友就给她送过这样的花。

有一次，在学校门口，我看见一位穿着红衬衣的姑娘跳上一辆红色的摩托车。摩托车哒哒哒一响，飞也似的开走了。机耕路上扬起一片灰尘，像是谁扔了一颗烟幕弹。好一会儿，我才回过神来，那姑娘原来是我们的周老师。周老师平常喜欢穿素洁的衣服，白衬衫、白裙子、白毛衣，现在突然换上了红衣服，一下子还真认不出来了。当然，周老师无论穿什么，都是最美丽的。

很快，爹爹证实了这个消息。周老师的男朋友在城里，有个好工作，据说想把周老师调到城里的其他单位去。

我强忍着，不让眼泪掉下来。如果周老师调走了，谁来教我们？我们爱周老师，就像、就像……爱自己的妈妈。如果让我们换掉自己的妈妈，谁能不伤心呢？

回家后，我向爹爹打听："周老师与男朋友不好了？"

爹爹说："这很正常，谈得来就相处，谈不来就分开。咦，你不好好学习，打听老师的八卦干什么？"

我嘻嘻笑了。爹爹瞪我一眼。我飞奔出去找亚珠，把这个好消息告诉她。不过，也得想个办法，让周老师高兴起来。

一天放学后，我和亚珠潜伏在教室里，看到周老师走出学校，我们溜进周老师的寝室，抓起床上的一条裙子，来到小河边。亚珠洗裙子，我望风。洗好后，我们将裙子晾在寝室的过道上。我们想象着，周老师看到晾出的裙子，不知会露出怎样惊讶的神情。以后的几天，我们还洗了周老师的一件衬衣、一条长裤。直到最后，我们在寝室里找不到任何一件衣服为止。

望着周老师窗台上的那只空花瓶，我突然想到了栀子花。初夏，正是栀子花盛开的季节。洁白的花瓣，嫩黄的花蕊，配上绿色的叶子，素净而美丽。更重要的是，栀子花很香，比桂花、茉莉花都要香，很远就可闻到。

这天，我和亚珠从山上采来一大捧栀子花，跑到学校，天已暗了。第二天早上，周老师带着好闻的栀子花香，走进了教室。我发现，她微笑了好几次。我和亚珠相视一笑。

许多同学知道了这个秘密，都说也想去采栀子花。我排了值日表，两人一组，每隔两天，轮流上山。周老师窗台上的栀子花，从5月一直开到6月。

爹爹说："你们的周老师说，她的窗台上天天开着栀子花。"

"她一定很开心吧？"

"当然啰，她还很骄傲。"爹爹盯着我，莫名其妙地笑着，像在寻找什么秘密。

我快乐得用脚在桌底下打起了拍子。

第二天，周老师捧着一只白瓷盆，走进教室。花盆里长着一株植物，一尺来长，顶着几片嫩嫩的绿叶。周老师将它放在讲台上，向我们深深鞠了一躬，说："山上的栀子花快要谢了，从今天起，我宣布，你们的值日活动取消了。看，我把栀子花插活了，它会永远开在我的窗台上。"

"哗哗哗"，我们一起拍起手来。我把手掌都拍疼了。

下课了，周老师拿起教室角落处的一根长绳，走到教室外，掸掉上面的灰尘，大声说："谁跟我一起来跳绳？跳一次奖励一块大白兔奶糖。"

全班的同学都聚了过来，谁不想吃大白兔奶糖呀。现在，轮到周老师跳了。穿着白衬衣、绿裙子的周老师，多像一朵跳动的栀子花呀。

晚上，我突然冒出一句："这下子，周老师不会走了。"

爹爹问："怎么，你那么肯定？"

双 面

朱红娜

A 面

许嫣真没想到，别人一个小小的疏忽，竟然让她差点儿离婚。

那天是周六，中午，老公又喝上了。许嫣皱眉，嘴巴嘟得老高。老公知道许嫣又不高兴了，赶紧辩解，今天不是周六吗？周六喝点儿酒放松一下。

你总是找理由喝酒，周末喝酒放松，上班喝酒解压，高兴喝酒助兴，烦闷喝酒解闷，哪天不喝酒？

许嫣最反感老公喝酒，一喝就醉，喝醉了全世界都是他的，但他的世界里没有许嫣。

老公不顾许嫣叨叨，一口一口，三杯酒落肚，胜似神仙。

正喝得高兴，"滴，滴……"，从阳台传来洗衣机故障的声音，许嫣起身走到阳台查看，将电源关了，重启。一会儿，"滴，滴……"声音又起。奇怪了，刚买三个月的洗衣机怎么会坏了呢？

我去看看。老公放下酒杯，走到阳台打开洗衣机，刚刚搅拌过的水有点儿浑浊，左看右看，同样看不出所以然来，又关机重启。"滴，滴……"噪音顽强地灌进耳朵里。

买的什么破洗衣机。许嫣抱怨。

这不是你让我买的牌子嘛。坏了又不是我的错，怎么能怨我呢？老公喝了酒，声音高了八度。

这么大声干吗？说你一句都不行吗？许嫣也提高了分贝。

你这是说吗？这是指责，无理取闹。老公丢下筷子，气呼呼地回了房间。

许嫣也吃不下去了，将大半碗饭重重地砸在桌子上，也回了房间。

只剩下婆婆在饭桌上默默吃饭。

房间里瞬间又响起了吵架声，一声高过一声，陈年旧账又被翻出来吵一遍。

离婚，过不下去了！老公咆哮起来。

离就离，谁怕谁啊？

婆婆抱着三个月大的孙子进来劝架。也不怕吓着小孩儿，一点儿鸡毛蒜皮的事，吵什么啊？动不动就把离婚挂在嘴上，也不怕丢人。不是有保修吗？打个电话给保修店不就行了。

一语点醒梦中人。许嫣老公的气吼出了，人也清醒了，他自知理亏，赶紧翻出电话打了过去。许嫣在看到粉嘟嘟的儿子那一刻，也止了声。

下午，师傅上门了，一看，原来是排水管被吊起来了，挂在墙上的一个钩子上，排不了水。

大家都没注意排水管。

一定是搞卫生的阿姨弄的，马虎大意。婆婆愤愤地说。

上门费 30 元。师傅说。

不是免费保修吗？婆婆问。

是的，机器坏了免费维修，你这不是机器的问题。

许嫣老公虽然很不情愿，但还是乖乖地掏出 30 元，心里的气又"砰"地喷向许嫣，你这家政叫的什么破阿姨！

这又关我的事？许嫣毫不忍让，大声回击。

眼看一场吵架硝烟又起，婆婆马上发话，是阿姨的错，去家政公司投诉啊！

对，不能这样白白损失了 30 元。许嫣立即找了客服，客服态度倒是挺好，答应付 30 元作为补偿。

一场战争终于停止。

B　面

家政公司不会做亏本的生意，是谁身上惹出的骚，当然由谁去洗。阿姨被扣罚了 30 元，心里像压着一块石头，堵得慌，辛辛苦苦忙活了一个上午才 80 元，一个小小的疏忽就弄丢了 30 元，太不值当了。可是怨谁呢？主家没错，公司没错，只能怨自己，怨命！谁让自己没文化，没本事，干这些吃力不挣钱的辛苦活儿，还要时时处处小心翼翼，一不小心，摔个茶杯，破个碗边，都要赔偿。客户不满意投诉了，还要扣罚。唉，这都是命！阿姨哀叹着，心中不禁涌起悲凉。这 30 元够读大学的儿子两天的饭钱了，就这样被自己损失了。阿姨自怜着，竟然没有注意到天色暗了下来，忘记了做饭，直到老公回来了，才磨磨蹭蹭准备做饭。

老公一看老婆凄然的神情，知道她肯定又受了委屈，关切地问，又被扣罚了？

老婆眼泪滴滴答答就掉下来了，都是我该死，上午去干活儿，为了清洗阳台时方便排水，竟然把人家洗衣机排水管子挂起来，做完却忘记放回去了，结果主家请师傅花了 30 元，当然扣到我头上了。

原来这个事是你干的啊？老公没想到事情竟然这么巧。

你怎么知道？老婆问。

就是我上门去看的啊。

这么说，30 元是你收了？老婆惊讶地问。

当然。

这样，我们是不是没有损失了？老婆转悲为喜，苦瓜一样的脸舒展开了。

老公点点头。

太好了，30元失而复得，又回到我们家来了。老婆开心得就差拍手了。

不对，我们还是损失了30元。过了一会儿，老婆想了想，对老公说。

没有损失了，只是损失了一点点时间而已。老公轻描淡写地说，并嘱咐老婆，以后干活儿注意细节，尽量小心一点儿，减少损失。

哎，知道了。老婆心里的石头被老公搬走了，屁颠屁颠做饭去了。

巨　鸟

佟继萍

小镇里唯一的动物园里游人稀少，空荡荡的，冷清得有些凄凉。动物们躲在角落里耷拉着脑袋打蔫，偶尔发出奇怪的叫声，是抗议还是孤独只有它们自己知道。

莱利园长火烧眉毛，语音分贝增高，手臂上下挥舞，声音像要掀开屋顶。再不想出新的对策，甭说动物们没吃没喝的，人也得喝西北风了。大会小会开了无数次，还是无果。一拨人主张减员增效，驯鹿馆费用大，不如加大猴子的数量，把驯鹿馆改成猴山。另一拨人主张采用森林资源吸引大自然的鸟，用美化环境吸引游客。马上就有人反驳，若动物园没有驯鹿谁还会来看动物，鸟是大自然的稀有产物，到哪里找那么多鸟去。

窗外一条彩虹闪过，落在动物园内。

砰！砰！砰！响起急促的敲门声。保安跑来报告，动物园里飞来一只巨鸟，七彩羽毛光亮耀眼，是从没见过的大鸟，长着人的体貌，身体浑圆，上肢翅膀宽大，下肢短小粗壮，鸣叫高低错落，悠悠扬扬。

救星来了！莱利园长拍手叫好，真是天降吉鸟！拿起电话赶紧上报。

动物专家第一时间到达，州野生动物保护协会的越野车开进动物园。

地方电视台来了，省城的电视台也来了，摄像机跟踪报道。

巨鸟降落的消息上了头条新闻，动物园成了小城的焦点。

巨鸟被护送到单独的鸟舍，莱利园长就差没顶礼膜拜了，还安排专人照顾巨鸟。说也奇怪,这只巨鸟羽翼丰满声音洪亮,见到老年人很有礼貌咕噜出一串问候声,见到小朋友欢快地鸣叫,见到穿漂亮衣裙的女子,则展开双翅翩翩起舞……

驯鹿、猴子们也都被感染了,一个个不甘平庸,都积极表现,动物园门口排起长队,有人天不亮就来占位了。一票难求,园长背着手,迈着方步在动物园里横晃。

上级部门专门拨款为巨鸟定制了一个豪华鸟笼,摆在动物园中心广场,远看仿佛挂在空中。

鸟笼顶与四周有自动闭合玻璃窗,为鸟遮风挡雨吹冷风。伙食费翻了一番,巨鸟的身体又浑圆了一圈,羽毛褪了颜色,四肢有些退化,翅膀一扑棱,笼子外都在刮风,巨鸟好像在练习飞翔。

只见巨鸟头先伸出鸟笼,收起宽大的翅膀,冲出鸟笼,扇动翅膀,飞向天空。它试着飞了几圈,可能喜欢上了这种自由如风的感觉,然后展翅往动物园外飞去。

莱利园长追得上气不接下气,看着巨鸟在天空越飞越高,越飞越远,慢慢变成了一个黑点,无奈停下了脚步。

游客们听说巨鸟飞走了,堵在大门口要求退票。驯鹿、猴子又蔫蔫地回洞里了。

莱利园长急火攻心,感觉自己要被太阳烤干,于是顶着 40℃的热浪,走进巨鸟的笼子里。冷气从四面袭来,园长感觉很舒服,在笼子里转悠起来,眼前出现巨鸟的影子,只见她张开双臂有了想飞的欲望。

莱利园长有了新的工作思路,连夜召开会议。选出有舞蹈基础的年轻员工,为每人定制一身巨鸟的羽毛披风,加班练习像鸟一样飞翔与歌唱,游客稀少时,在林荫深处列队排练。有人说,耳边总有鸟的歌声。

动物们被园里的热闹气氛感染,驯鹿顶着太阳表演,猴子随着乐曲不停地翻跟头。

夜色阑珊，在巨鸟表演的笼子里，火把燃起，一堆、两堆、三堆……五堆，园长亲自带队，穿上用鸟羽缝制的演出服，围着火把飞啊唱啊。乐队叮叮咚咚，铿铿锵锵，一场名为"浴火重生"的大型歌舞秀开场了。

火光，月光，恍如白昼。欢呼声戛然而止，附近不明真相的救火车呼啸而来，在人群外架起长臂，水流如注喷向篝火。

女园长发现有问题，立即叫停演出，疏散观众。篝火熄灭了，"巨鸟"们成了落汤鸡，耷拉着翅膀。

消防队长知道自己闹了乌龙，一声令下，收队。

轰隆一声，表演场地塌陷了，鸟笼掉进了一个巨大的黑洞。后经专家多方论证，鸟笼下面竟是一座富丽堂皇的古代宫殿，具体朝代只有待考古学家来慢慢揭秘了……

莱利园长因工作得力，得到上级的奖励和提拔，动物园也因此改为博物馆，人人都有了新的岗位。提起这些，莱利馆长总是会从那只巨鸟说起，她泪眼婆娑地说：那可真是一只吉祥美丽的鸟啊。

消失的她

徐建英

一路舟车劳顿，经大庾岭过梅关古道，行至梅岭时，夕阳已经西下。一个女人候在梅岭驿道边。看到我，她腿脚一崴一崴地迎向我："你终于来了！"

我看着她的瘸腿，感到意外，反问："我们见过？"

她笑笑，没有答我，伸手接过我的包袱，又一崴一崴地在前方引路。

我出生在临川的一个书香门第，三十三岁中进士，在外，略有几分薄名。此次来韶州，仅为一个梦而来。一个我无法说清的梦。梦里我听见有一个女人在唱："晓来望断梅关，宿妆残……"在一片开满梅花的坟前，这声音真真切切，当我起身想追问时，她消失了。每夜如此，相同的梦境。那一大片开满梅花的梅林，声声悲怆的唱词，让我夜寐不安，最后只得任由梦境的牵引，一路向南。

走在我前面的瘸腿女人年约四十，她身着藏青色的长袍，发髻高绾，以一根木钗绾于头顶。我满肚子的疑问，正欲一吐为快，可无论我怎么追问，她只是背着我的包袱一崴一崴地在前方引路。我停下，她便站在前方等我。奇怪的打扮，怪异的行为，好在我并没有感觉到她对我的恶意。

在一座青灰的瓦屋前，她推开门，招呼我落座，为我打来热水，端上一碗小粥和几碟素食后退下。连日的劳累，我也顾不上心中的疑惑，匆匆洗漱之后，桌上食物很快被塞入肚里。抬头打量，屋子里的摆设极其简单，但给人感觉干净清爽。正堂设有香桌，案面有尊女像，似道非道，似尼非尼，模样俊秀，只是眉头深锁。

看到这尊女像时，不知为何，我的心莫名一痛。

走出屋外，借着将暮未暮的一丝微光，我走上了一条狭长的鹅卵石路，石道两旁，大片大片的梅花怒放，几枝梅枝垂向路阶，在晚风中摇曳。在一处雕着牡丹花的八角重檐的亭前，我收了脚，亭子的檐角向天飞翘，葫芦宝顶置在亭盖，八根朱红色的柱子。我颇为熟悉，千回百转，原来真是梦境中无数次出现的场景啊！

坐在廊栏的柱椅上，我睡意渐浓……

似乎听到有人在唱，声音哀哀切切："原来姹紫嫣红开遍，似这般都付与断井颓垣。良辰美景奈何天，赏心乐事谁家院……似这般花花草草由人恋，生生死死随人愿，便酸酸楚楚无人怨……"悠长的女音，声声直入心扉。我看不见她的影子，更看不清她的容颜。我尝试着走近，可每一次挪近，她便消失，那声音也离我远了。

一声长叹之后，我脱口而出："情不知所起，一往而深。生者可以死，死可以生。生而不可与死，死而不可复生者，皆非情之至也。"我的音落，女音止了，彻底消失在月色中。我踏着月色穿亭寻找，在一处静池边，几缕萧冷的风从池面吹过。风静了，池中有人影渐现，我看到一位皂袍老者立于池中，他须发银白，我凝望着池中的他，他也凝望着岸上的我。我动，他也在动；我笑，他也在笑。笑过之后，我俩同时寂然。

隐约间，又有声音起，有人在喊："梅郎……"

我竖耳朵细听，是喊我吗？显然不是。小可姓汤，字义仍。

声音又止了。月色渐冷，再往前走，是一片梅林，梅花在月下散发着暗红的冷光，风过处，一片片花瓣从树上坠落，片片如雪。

"原来你来了这处衣冠冢，倒让春香一番好找！"我陡然惊醒，发现仍置身在这廊栏的柱椅上。青袍女人不知何时立在我的身后。

"衣冠冢？"

青袍女人点点头，指了指不远处的一株高大梅树。我惆怅转身，梅树下，果真有一坟丘。

"我家小姐寄梦春香，会有贵客来访，春香一早便来这古道等。小姐说了，人的情爱本自然，世间众生皆平等，先生若能帮帮小姐，让天下女子莫再遭情孽之苦，春香多年守这梅关古道，也是值了的。"青袍女人停了停，见我一脸疑惑，她揉揉发红的眼睛继续说："我家小姐当年相思魂断，梅姑爷掘坟开棺，小姐虽复活，但她三魂四魄俱损，不几年便香消魂逝，只余一缕香魂寄在这梅岭，我便来此处设下这处衣冠冢。"

我黯然立在坟前，脑中不时闪过那尊非道非尼的人像。回过神来，才发现嘴角发咸，脸颊有泪在淌。我愕然，世间情情爱爱，我从青年到白头，自感不懂，为何我如此伤悲？

青袍女人不知何时离去。

"世总为情，人生而有情……"梅林里最后一缕残音随萧冷的晚风飘远，整片梅林泛起了涟漪，梅瓣飘落，片片如雪。

世总为情，人生而有情。我又似乎懂了。

万历二十六年，我辞了官，归隐乡居，据此段梅关古道奇遇，著《牡丹亭还魂记》。

智 齿

庞 滟

夜半，小青听到电话那边传来了母亲的呜咽声："青子，我要回家，我不做手术，听说他们要……要把我的腿割开，锯掉我的一块骨头，我怕成了瘫子……不要做了，拉我回家啊！"小青被吓到了——三十多年来她第一次听到母亲的哭声。

小青快速收拾东西，要连夜赶回老家去。原定母亲的股骨头手术下周做，本打算这几天把母亲哄劝到医院，先由父亲照顾着调理身体，没想到节外生枝了。她的智齿突然揪扯着疼了起来。

车窗外暗黑的风声让小青想起小时候，母亲和父亲吵架后的夜晚，母亲离家出走。父亲拿着一根木棒到处找，找不到就躺倒在炕上呼呼大睡。她一个人躲在墙角流泪，担心母亲会被大灰狼吃掉。直到母亲天亮回家，她才一头栽倒，呼呼地睡了。

她一直不明白——吵架后的母亲沉默地做早饭，默默地下地干活儿，不说一句话，未曾和父亲好好谈过一次，直到两人再次因为一些琐事意见不合又大打出手，再次开始离家出走的循环。后来她才懂，母亲在这个家的屋檐下忍受着一个个缓慢的黑夜和白天，是难舍带不走的孩子。

每年春节前，母亲都要趁父亲不在家时，偷偷给千里之外的娘家写一封诉苦的长信，盼着兄弟姐妹们把她接回家去。信纸上的字都是母亲咬牙切齿写下的，那些字沉重得顶破了纸。小青想不出，姥姥家的人每到年关都会收到两封先后到达的信，会有怎样的心情——一封是父亲报喜的信，一封是母亲诉苦的信。

母亲一直恨那个花言巧语的媒人，把她从几千里外骗过来和一个陌生的男人成了家。母亲有次回娘家下决心要离婚，却被儿女受伤的一封电报吓了回来。

父亲也承认母亲是一个会过日子的好女人，即使路上捡到一根树枝也要带回家，只要抬脚走路就是一路小跑，做什么都是又快又好。父亲却说这不是他想要一起过日子的女人，如果没有生孩子，不是家里太穷，他也会选择离婚，不想过这像石头一样冷硬的日子。

小青的恋爱被父母的婚姻吓到了。她一直不愿结婚，和那些感到恐惧的黑夜、那些信以及父亲的话都有关，还有一个隐痛是她爱上了一个不想结婚的人，像智齿一样动辄就给她心痛的感觉。她一直没有拔掉智齿，觉得它和她都是孤独的，不该剥夺它生存的权利。

医院里，母亲瘦小的身体蜷缩在被子里像个没长高的孩子，一张愁苦的脸在睡梦中紧锁双眉。父亲弓着背坐在旁边的塑料凳子上，头垂到病床上打瞌睡。听到开门声，他急忙出来低声说："闺女，你可回来了。你妈变卦，说啥也不做手术了。你劝劝吧，我真是怕她了，天天腿疼都说是我给打成那样的。那些年……唉，一个巴掌拍不响，我哪真打过她啊，都是吓唬吓唬她。老夫老妻了，不还得我照顾她吗？"

小青看着高大的父亲像做错事的孩子一样耷头、垂手，她的智齿钻出一阵灼痛。她捂着腮帮吸着冷气，安慰父亲别担心，却暗自忧虑自己与母亲一直性格不合，劝母亲的话她能听吗？

醒来的母亲见到小青，伸出枯瘦的双手，眼泪汪汪地吵着要回家。眼前的母亲让小青恍惚得不认识了，这是那个板了一辈子冷脸的母亲吗？那坚硬了一辈子的目光如同碳酸钙遇到醋酸一样软得溶于水了。她的智齿莫名其妙地来凑热闹，疼得她直想蹦高。

母亲安静下来，下床为女儿找药、倒水，劝道："智齿是没有用的东西，拔掉就不会再疼了。"

小青看着母亲拖拽着一条病腿蹒跚着，心里也发起疼来——想起小时候母亲带着她出门时，总是一路小跑，像鸟儿在地上飞。如今的母亲却像一只翅膀受伤的大鸟，在疼痛的黑夜里踽踽独行。

"妈，我听您的话，明天就去把智齿拔掉。"母亲的脸色柔和起来，不自然地笑了一下，说："这就对了，没有用的东西留着它干啥呢。"

"妈您也听我一句话吧，髋关节那地方的股骨头已经坏了，不能工作了，需要换个耐磨的东西代替，有陶瓷的和金属的两种，就像瓷碗和不锈钢碗，您选哪个？"

"你也想害我吗？我还能活几年，糊弄到死得了！"母亲气鼓鼓地长叹一声，又软了口气说，"看你哭个啥嘛，我听你的，可不要那又冰又硬的一块铁放在肉里，把这吃饭的碗放进去吧，心里能踏实点儿。我这么大年纪还做啥手术，我就怕再见不到你们了。青儿，你啥时候结了婚，妈才能放心地走啊。"母亲撇着嘴角，落下泪来。

小青把颤抖的母亲拥入怀中轻轻地拍着，安慰道："妈，不怕啊！我们都在，陪着妈就不怕了，都会好起来的。"她陡然一惊，这感觉好陌生，长这么大她第一次拥抱母亲。她桀骜不驯的智齿也安静下来，不那么震天动地地闹腾了。她决定听母亲的话，拔掉这隐藏的痛。

第 8 辑

第八级台阶

祭灶爷

杨小凡

在我的故乡，人们把灶神叫作"灶爷"或"老灶爷"。把"神"变成"爷"，这样就觉得很亲切，很家常，一下子他就成了家中的老一。在我五六岁时，由于不喜欢洗脸，又爱满野地里玩耍，脸上常常有一层土，堆积久了就变成了灰黑色。那时，母亲指着我骂，有时一把抓住我，把我的手按在洗脸盆的水中，用右手蘸水，使劲在我的脸上一把一把地洗搓。每当这时，她都边洗边斥责说：脸都黑成老灶爷了，长大了连个媳妇也娶不上！

那时，我猜想老灶爷的脸一定很黑吧，甚至黑得像锅底上的黑灰一样。我从来没有见过灶爷，不知道他有多黑，就跟母亲犟嘴说，老灶爷在哪里？我咋没见过！每至此时，母亲并不答话，而是扬手在我头上打一巴掌或者揪一下耳朵。这倒给我留下了一桩心事：总想知道老灶爷是谁，他在哪里。

大约是1977年腊月，反正离过年没有几天了。有一天，父亲赶集回来，很神秘地对正在灶屋熬糖的母亲说，今天请了老灶爷！母亲很高兴，边搅着锅里的糖稀边说，十几年都没请过了，今年得好好地敬奉敬奉他老人家，给咱家带点儿福气！

我在灶屋门口，听到母亲和父亲的对话后，心里猛地一惊，这次终于可以见到老灶爷了。他的脸到底有多黑，一定要看一看。于是，急忙问父亲：老灶爷啥时候来咱家？父亲一样一样地从竹篮子里往外掏着年货，并不搭理我。母亲是个暴脾气，就高声说：撕烂你的嘴，老灶爷也是你小孩子说的！快出去吧。

我离开灶屋，走出院子。但我一直不离院门，既然父亲请过灶爷了，他一定会从外面进我家院子的。我就在院子的大门口，不停地向外张望。从中午等到太阳西落，依然没有看到有人向我家这里来。吃晚饭时，我实在是急得不行了，就问父亲：大，灶爷啥时来咱家？半夜里来吗？

父亲笑笑说，吃饭吧，一会儿就来！

吃过晚饭，母亲收拾好东西，走出灶屋门口，对我们几个孩子说，都出去玩去，不许进灶屋，过一会儿要请灶爷来！

姐姐和三个弟弟因很怕母亲，都到堂屋里去了。我就是不走，都等一天了，不亲眼看到灶爷，心不甘。

母亲见我不走，就扬起巴掌说，你咋不走！

我带着哭腔说，我保证不吭声，我要看灶爷！

母亲见我怪可怜的，就说，坐灶门口去，不能吭声！母亲同意我留在灶屋，我激动得能听到自己的心脏在咚咚咚地跳。这时，父亲用清水洗了手，从竹篮子里拿出三个狼烟炮，走到院子里。咚——咚——咚，三个炮响完后，他才回到灶屋。他又从竹篮子里拿出三炷香，点燃，神情严肃地一根一根一根插在填满草灰的香炉中。接着，母亲把和好的面糊端过来。父亲从竹篮里拿一张花花绿绿、一尺见方的纸。他把面糊抹在纸的四个角上，双手提着，粘在锅台后面碗橱的墙上方，然后后退两步，对着那张纸拱手三次作揖，接着就跪在地上，咚咚咚连磕了三个响头。磕过头后，仍然跪在地上，恭敬地说："灶爷，灶奶奶，这十几年来不让请你们，俺心里也一直念想着你们呢。感谢你们保佑俺一家老小，天天能吃饱，年年都平安！今年请你们回家，俺会好好地供奉您二老！"

说罢，又咚咚咚磕了三个响头。

我站在锅门前，屏住呼吸，眼盯着父亲，都不敢大声喘气。

做完了这些，父亲从身上摸出烟袋，往烟锅里按上金黄的烟叶，就着锅台上的煤油灯点着后，一口一口地吸着。那神情是那种完成一桩大事后的高兴和满足。母亲把白天熬的糖，用刀背敲掉一小块，放在碗里，用热水化着。母亲化这一点儿糖干啥呢？我心里疑惑，但并不敢多嘴问，只是盯着她看。父亲吸完一袋烟，母亲说：送灶爷灶奶奶上天吧！她边说边来到刚才粘上的那张纸前，用筷子蘸着化好的糖稀，往那张纸上一筷子一筷子地抹。抹了五六筷子糖稀后，双手把那张纸揭掉，递给父亲。父亲又跪下来，用火柴把这张纸点着，纸灰向上飞舞。这时，父亲开口说："灶爷灶奶奶，也给你们嘴里抹糖了，二老上天后多言好事，保佑俺一家老小不磕不碰、有吃有穿、平平安安！"这张纸很快就着完了。父亲从地上起来，心满意足的样子。

由于隔着锅台，我没有看清纸上面印的是什么，心里十分遗憾。但是，我已经基本看明白了，原来灶爷灶奶奶就是那张纸上画的小人儿，他们的脸一定很黑。母亲往他们嘴上抹糖稀，是要甜甜他们的嘴，这样才能上天言好事，不说我们家的坏话。

没过几天就到除夕了。做晚饭前，母亲对父亲说，该迎灶爷了！我再次来到灶屋，站在门口。上一次送灶爷时我没吭声，表现还不错，母亲就没有撵我出去，好像没有看见我一样。

这次迎灶爷，跟七天前一样：父亲先净手，然后放狼烟炮、上香、跪拜，双手把一张印有灶爷灶奶奶的纸粘在锅台后面的碗橱上方。仪式完了之后，母亲才开始做菜。年夜饭做好后，一家人围在堂屋的桌子上，美美地吃起来。这是我吃得最高兴的一顿饭，有六样菜，也可以多吃几块肉，母亲是不会吵的。

年初一那天，给村里的长辈拜过年，天才亮。我从外面回来，偷偷地跑到灶屋，去看灶爷灶奶奶到底长什么样。原来是一张黑、绿、黄、红四种色的画，画上有十几个小人儿，中间并排坐着灶爷和灶奶奶，两边各有一个跟班儿；画面上还有鸡、狗、猪、羊。现在想来这张画就是一个家庭的缩影。当时，我并不明白这个意思，对这张画充满畏惧和敬意。他们能管着我们家平安，能让我们吃饱饭，真是太神奇了。

接下来的日子我注意到每次吃饭前，母亲都要用勺子舀一点儿汤，往灶台后一泼，边泼边祷告：灶爷灶奶奶，吃饭了！

每顿饭，母亲都会这样做，从来没有落下过一次。

这样过了一年，又到腊月二十三小年那天，父亲就会把灶爷灶奶奶的嘴里抹上糖稀，然后点着送上天。每年除夕都会重新粘上一张新的。也就是从家里贴灶爷灶奶奶那年起，我们家的日子一天天好起来。当然，现在我明白了并不是灶爷灶奶奶的功劳，而是改革开放的原因。一张纸，一个传说中的神，是不能让人们过上好日子的。现在已经93岁的父亲，每年还要送灶神。只是现在住在城市里，父亲就简化了各种仪式，但他的神情依然如故地庄严和充满期盼。

现在，我也明白了为什么小时候，母亲总说我的脸黑得像灶爷一样。因为，纸灶爷在灶屋里贴一年，那时都是烧柴草，一天三顿烟熏火燎的，能不黑吗？后来，有几次我想把这个想法同母亲交流一下，可一直没有跟她说。如今，母亲已经离世15年了，竟成了我终生的遗憾。就那么一句想说的话，现在已经没有机会说了。子女与父母在一起的时光，我们确实要珍惜啊！

这篇文章就要结束了，我想告慰母亲，我现在天天洗脸，你别担心我的脸会黑得像灶爷一样了。

挑　纸

相裕亭

　　盐区的火纸——带眼的。

　　那种毛边粗纸，早已经成为盐区这边祭奠先人时用的纸钱儿。而那句"盐区带眼火纸"的话，在人们说笑时，却演绎出了另外的一种意思，好像是说某些人做事情，不能同等地对待相同的人。

　　但它的本意，就是把祭奠先人所用的火纸，在中间开凿出一个一个圆孔来。在盐区人的意识里，只有那样的火纸，才能算是冥币，先人们才会接纳。

　　而那样的火纸，最早起源于尚家纸坊。

　　当年，尚家纸坊从城里挑来火纸，并不是马上拆封出售，而是要挑至内室，进行再加工——凿出孔来再上市。

　　那个时候，盐区北乡没有造纸作坊。祭奠先人们所用的烧纸（冥币），都要蹚沐河、过盐河，到城里去购买。而尚家纸坊所做的营生，就是把城里的火纸成捆成扎地挑来，凿孔加价以后，再摆到自家小店的门口，一"刀"一"刀"地卖给需要的居民。

　　火纸，原本也同正常的纸张一样，是一沓子一沓子叠在一起的。可买火纸的人和出售火纸的小贩，偏不说一沓子火纸或者多少张火纸，而是以"刀"来计数儿。

　　"来两刀火纸哩！"

　　至今，盐区这边的火纸，还是以"刀"来论价儿。

"给，两刀二十块钱。"这是当今的火纸价格。

而在那个时候，那种毛边的粗纸，是不值什么钱的。一刀火纸，也就是一把干枣的价儿。

而销售火纸的小贩，递火纸给买家时，往往是连刀数带价格儿一同报给对方的。至于说，一刀火纸是多少张，每一张火纸又该是多长多宽，无人去计较那些，反正都是给死人用的，一把火烧掉，尽尽活人们的心意，也就罢了。

盐区北乡的尚家，当年就是以那种价格低廉的火纸起家的。

当然，尚家销售火纸的同时，还兼带着做牲畜毛皮的生意。主要是给刚剥下来的驴皮和带毛的羊皮上硝搓碱，去掉皮质上的油脂。然后再撑开、晾干，卷成类似于芦席、草捆子一样，挑到城里的皮革厂去，再由皮革厂做成皮帽子、皮鞋和男人们腰间所扎的皮腰带，那就值钱了。

尚家纸坊兼做的兽皮，是制作皮帽子、皮鞋的第一道工序，是粗加工，没有什么技术含量，只要是不怕脏，能吃苦，能把驴皮、羊皮上的油脂刮干净，再将毛皮晾至半干，就可以挑到城里卖钱。

尚家人在城里贩运火纸时，意外地发现了那条生财之路。回来以后，便动员家里人，利用空闲时间，去周边村子里收购兽皮，做兽皮加工的生意。

原因是，尚家的火纸坊，不是天天都有买卖。那种祭奠先人的火纸，是分时节出售的，譬如初一、十五，信教拜佛的人会来买一些火纸烧烧；再就是每年的清明、冬至、春节，家家户户都要祭奠先祖。那样的时候，尚家火纸坊的生意十分火爆，见天要三五个人忙着收钱、递火纸，还忙不过来呢。

而平常的日子里，无人来尚家购买火纸。所以，尚家人便想起做牲畜毛皮粗加工的营生。那期间，尚家人借助于到城里挑火纸的时机，就可以把他们加工好的"半成品"兽皮，挑到城里卖掉了。回头来，再挑着城里的火纸回来，可谓是来回两不落空儿。

外人说，尚家人挣的都是"死钱"。

是的，尚家销售火纸是给死人用的，是"死钱"。而兜售兽皮，更是在捅死的牲畜身上，再"捞"一把。怎么说，都没有脱离一个"死"字。

所以，盐区北乡那边的人，把尚家人与地方上的屠户和帮助死人收殓的阴阳人，看作是同一类不吉祥的人。平时，尚家人很少到旁人家去串门，怕人家忌讳。大年初一拜年时，他们家门庭冷清——无人到他们家来拜年，他们家里的人也不到别人家去拜年。谁愿意在那个时候，见到与"死"有关的人家呢。

好在有一条，尚家人出门比较安全，尤其是尚家人挑着火纸走在路上时，无人去打劫他们。谁若抢那火纸，等于咒骂自己家中死人了。想想，那该是多么晦气！所以，就连拦路抢劫的贼寇，见到尚家人挑着火纸过来了，也都远远地避开。

当时，人们从盐区北乡进城，要途经一条宽约三里的沐河大河谷。那河谷里芦苇丛生，常有劫匪出没。可他们从来不抢劫尚家挑火纸的人。

沐河的河谷又称为麦湖。大概的意思是说，冬春时节，人们在那宽阔的河谷里种上小麦。转年，春风一吹，小麦儿起节，原本"贴地绿"的麦苗儿，很快就变成了一片麦浪翻滚的湖泊。

麦湖起"浪"以后，赶上当年雨水来得迟，两岸人家都能吃上新麦。若是当年雨水旺，或是上游雨水来得早，眼看到嘴的麦子，也都随着大水漂走了。所以，依河而居的麦湖人家，经常是守着麦田没有饭吃。

而没有饭吃的麦湖人，便偷，便抢，即使七八岁的小孩子，都晓得拦住过往的行人，伸手讨要钱财。

"哎哎哎！你的东西掉了！"

这是麦湖人拦路抢劫时惯用的手法。他们扔一个物件在你身后，诱导你回去捡。

而正在赶路的人，若真是回头去捡了，那可就上当了（那是诱饵），上来几个讨要"分红"的人，非把你身上的钱财给你"分"光不可。

倘若赶路的人识破那是个局，选择了不予理睬或是调头走开，那也不行，前面芦苇丛里，忽而又会冒出一个人来，拦住你的去路，怎么着你也得摸几个铜板给他们。他们肚子饿呀！

唯有尚家人挑着火纸过那麦湖时，无人拦挡。讨要火纸，既晦气，又不能当食物吃，要那个干啥。

可久而久之，尚家人从城里挑来的火纸次数多了，麦湖里的劫匪，还是从中看出了"漏"儿。

一担火纸，如同两斗糠草一样重。可挑在尚家人的肩上，却像是挑着两筐湿土一样沉，压得他们肩上的小竹扁担"吱吱呀呀"地欢唱，这对于常在麦湖边打劫的匪徒来说，那可就是事了。

一日，他们在尚家人挑着火纸走进麦湖后，逼其落下担子，扯开火纸一看，呀！纸里藏着白花花的钢洋。

原来，尚家人在那火纸中间凿出洞来，把兜售兽皮挣到的钢洋，一个一个，一排一排地塞进那纸的洞洞内，再一层一层地铺上火纸。那样，挑着火纸赶路时，既听不到钢洋的碰撞声响，又可以骗过见钱眼开的麦湖劫匪。

这在当时，可谓是一段民间传奇！

而今，半个多世纪过去了。尚家纸坊早已不复存在。可尚家人凿纸藏银，出售带洞的火纸敬先人的习俗，却一代一代地流传了下来。现如今，那种凿眼藏钱的火纸，在盐区有了一个较为贴切而又形象的名字——纸钱。

归仁绿豆饼

墨中白

归仁是泗州北大门，每年洪水来犯，就有官家驻归仁街，巡视加固归仁大堤。巡视人不算官，可在归仁镇老百姓的眼里也是大人哩。

大人姓董，董大人常驻归仁后，白天带人到大堤察看堤坝，晚上，他喜欢一个人沿街去巡堤，望着眼前人来人往，闻着从巷子里飘出来的葱香味儿，他感觉一天跑的路，值得。他就喜欢这人间的烟火气息。

归仁老街，南北长，沿街商铺林立，酒馆、饭店也多。董大人不爱到酒馆吃饭，喜欢吃本街人炒的家常菜。早餐和晚饭，董大人是自己烧，午饭才让人做。来给董大人做饭的人，董大人是给报酬的，可他们不要。董大人感觉心里过意不去，可做饭的人都说，让大人及时吃上热饭，是街上人最开心的事。董大人有时候也会陪烧饭的人喝两杯，酒是街上人烧的醉圣大曲。董大人喜饮酒，但不贪杯，更不会醉酒。常有陪他饮酒的做饭人，三杯酒下肚，就会和大人推心置腹说着街上的事，故事里有男人，也有女人。更多时候，董大人是听，他喜欢听人讲述老街上的事。

董大人中午吃饭的地方，两间茅草房，一间砌两个土灶，一间摆一张四方小木桌。董大人、跟班，还有做饭人，一人坐一面，一面空着对门。三个人四菜一汤，数量不变，变化的是做饭的人和菜的样式。四个菜，有两样菜是不变的，其中之一是杂鱼锅贴，鱼是跟班下网捕的，什么鱼，不固定，逮着什么吃什么，鱼是一锅蒸，鲜得很。另一个就是绿豆饼。绿豆饼是董大人自己用绿豆面做的小圆饼，和铜钱一般大小。董大人做饼的锅，做饭人都见过，平底，三条腿支起，直接在锅底烧火。变的，是食材，就像绿豆饼做法很多，烧炒、油煎、汤炖等，董大人喜欢每种烧法，每个人做出来的口味都不一样。也许菜也是有灵魂的，每个人的灵魂不同，做的菜才会各有特色。除了杂鱼和绿豆饼不变，另两个菜就是时令蔬菜，来做菜的人，似是约定俗成地从家中菜园里摘来茄子、豆角或是黄瓜、西红柿……不多，就带两样，够三人吃一顿的。在做饭人看来，与其说是给董大人做饭，倒不如说是来打平伙的，拿上自家菜园里种的蔬菜和董大人一起拼桌吃，实是自己赚了，极少有人会收董大人给的报酬。

其实，董大人最爱做菜了，还说人活着不就是为了这张嘴吗，要好好吃，不能亏待自己。归仁百姓知道，董大人说的好好吃，不是指的大鱼大肉，而是要把粗茶淡饭做得有味道。同样是山芋稀饭，在董大人手里，做的花样可多了，他用山芋配玉米面，或是做山芋叶荞麦面，也可用山芋藤熬红豆稀饭，总之，他能将手上的食材，变着花样做。董大人常说，做饭是生活的一大乐趣，人生苦短，如果再不好好做饭，这日子过得就少点儿味儿了。

归仁大堤长哟，每次巡查回来，董大人真是饿了。吃着他们用心做的午饭，董大人会伸手抓一把夏日里的风，洗下脸，舒服。而归仁的百姓望着长长的大堤，放心哩。别说是做一顿午饭，就是一日三餐，全由他们提供，大家也会答应的。

董大人做的绿豆饼，绿豆是他自己种的，面是他自己磨的，从和面到制作，都是他。吃过绿豆饼的做饭人，回来都夸好吃。大堤宽厚，董大人在上面种绿豆，收好的绿豆，让流动的水帮他磨成面粉，听说那盘石磨很大，五人合抱，抱不过来。没有人见过那石磨，却听了不少传说。总之，董大人做的绿豆饼，口味纯正，就两个字——好吃。

这个夏季的雨下个不停，董大人巡视的大堤，有两处差点儿漫了，好在及时发现，加固好，上游水才顺利平安流进洪泽湖。大水无犯，归仁百姓放心了，但由于田里内涝，有多户人家怕是要绝收了。

董大人心软，平日最见不得的就是别人挨饿。生活如此美好，吃不上饭，活着遭罪哩。他和跟班说，大水已去，近期无忧，去把今冬有可能缺粮吃的农户摸排好。跟班的领会去办，收秋时，那些绝收的百姓，家里有了少许绿豆饼，内心不慌了。

树叶枯落，雪花飘来，河水渐暖，荷叶冒尖。往年这个时候，董大人又该上堤来了。可今年来的不是董大人，归仁人只知道他姓黄，是知府派来巡视大堤的。姓黄的住到归仁街，尝遍大小酒馆。姓黄的爱吃一道菜，油炸绿豆饼。绿豆饼，归仁人也常吃，油炸的，极少有人舍得吃。百姓没有人尊称他为大人，背地里都喊他姓黄的。姓黄的也去巡堤，听说他上堤后，会派跟班去沿河转一圈，他躺在那两间茅草房里的竹床上，寻思着晚上去哪家酒馆喝两杯。

街上人开始怀念董大人在的夏天，特别是那些给他做过饭的人，更是想和他喝两杯酒，说说镇上新发生的一些事。

听泗州人说，董大人犯事了，是因为不懂规矩。一个巡堤的，管好那长长的大堤就行，还操心街上人吃上吃不上饭干吗？

泗州谈论董大人的人很多，可归仁街更多人在说董大人做的绿豆饼，真香。听说，每次姓黄的回泗州城，都会捎带些给府衙里的人，连知府也夸："好吃。"只是姓黄的一听到，董大人边巡堤边拖起个小石磨磨着绿豆面，就会摇头说："怎么可能？"可是巡遍整个大堤，也没发现传说中的那座大石磨。那么多绿豆面从哪里来的呢？姓黄的想不通呀。

杀　牛

伍中正

　　刚进腊月，姜富贵心头一热，不愿再喂牛了。

　　五年里，起早贪黑的姜富贵看着自己的牛从小牛到大牛，从膘不好到膘肥肉满，越看越喜欢。

　　腊月里，腿脚不再灵便的姜富贵想把那头喂养了五年的牛杀了，该卖卖，该留留，也算是对自己五年喂牛经历的一个圆满交代。

　　说话速度不快的姜富贵把杀牛的想法第一个跟村主任赵德瓜说了，他说得有点儿吞吞吐吐。心领神会的赵德瓜听懂了他的意思，赶紧劝他，别急着杀牛，喂着牛，说不定将来会有好处的！

　　起初清楚到后来有点儿疑惑的姜富贵问，好处在哪儿？

　　赵德瓜坚持一个理坚持一个说法。他说，总之会有好处，至于有啥好处，我一时半会儿也说不上。

　　脑子里装着疑惑的姜富贵把杀牛的想法吞吞吐吐地跟儿子说了。儿子很快听明白了爹的意思。儿子始终坚持自己的想法，他不同意杀牛。在外打工的儿子说，把牛喂养着，将来会有好处的，再说，杀牛会有危险的。

　　让儿子说得有点儿疑惑的姜富贵问，好处在哪儿？危险又在哪儿？

　　儿子说，好处我一时也说不上来，你要没了牛，连个说话的伴儿都没有了。儿子说完，伤心得只差哭了。

　　铁定要杀牛的姜富贵说，儿子，你放一百个心，安心在外打工，死心塌地对你媳妇好，看好我的孙子。以后，我找人说话去！

姜富贵把杀牛的想法还对一个人说了，那个人是海棠秋。

海棠秋原来是年轻姜富贵的女人，十年前成了别人的女人。离了婚的姜富贵没有憎恨海棠秋，海棠秋也没有恨姜富贵。在一起，依然有话说话，有事共事。

海棠秋坚决不支持姜富贵杀牛。海棠秋说，牛杀了，就啥也没有了，说话、做伴儿的东西都没有了。喂养着牛，将来说不定会有好处。至于有啥好处，我也说不上来。再说，杀牛不安全，说不定会有危险。

遭过村主任反对遭过儿子反对的姜富贵说，海棠秋，这回，你别拦我，杀了牛，我给你送一大块腱子肉。海棠秋一听，再不劝认死理的姜富贵。

姜富贵再不跟别人说要杀牛的想法了。他知道，只要跟谁说，谁就不同意他杀牛。

腊月的日子是赶着趟来的。过了一天，心情急迫的姜富贵找了六十岁出头的屠夫柳一手。柳一手两个名气很大。一个是杀牛的名气，一个是娶不上女人的名气。

提着两瓶酒拿着一条烟的姜富贵走进柳一手家里，开门见山地说，进了腊月，请柳师傅杀牛。说完，把酒和烟放在柳一手沾满油渍的木桌上。

柳一手推辞说不杀牛。柳一手寒心地说，杀了半辈子牛，连个女人都没有娶上，放下杀牛刀，再也不杀牛。非要请柳一手的姜富贵说，我五年才找你杀一回牛，你不答应，面子上过不去，还是杀吧！

柳一手经不住姜富贵的劝，说，杀！

柳一手提着叮当响的刀具出现在姜富贵禾场上时，又迎来了腊月的一天。一夜没睡的姜富贵小心地把牛牵到禾场上。就在柳一手用套过很多牛的绳套去套牛的腿时，那牛发疯一般跑了起来。这让柳一手没有想到，更让姜富贵没有想到。

姜富贵的牛不顾及姜富贵拼命的喊叫和愤怒的诅咒，没有停下脚步的想法，死命地在村子里狂奔。

嘴里息了骂声和喊声的姜富贵急了，瞪大眼睛焦急地看着禾场上的赵德瓜。赵德瓜说，赶紧报警，让派出所民警枪击。

等派出所民警赶到时，有点儿疲倦的牛卧在海棠秋的地头，看着腊月的天空。心情还没有放松的姜富贵上气不接下气地对民警说，牛再不会疯跑了，等我牵过来，杀了！

几乎是跌跌撞撞走过去的姜富贵缓慢地走向自己的牛。等嘴里不停喘着粗气的姜富贵走到地边，那牛疯了一般，站起身来，用头上的犄角狠狠地扎了一下姜富贵。远远地，就能听到牛角扎着姜富贵的声音。

无处可逃的姜富贵疲软无力地倒了下去。看的人急了，民警更急了，端起枪对牛射击。

砰！砰！两声枪响之后，牛也慢慢倒了下去，牛血从牛的头部汹涌地流出来，浸透了海棠秋的那块地。

海棠秋一阵号啕。那阵号啕，幽远地穿过腊月。

赵德瓜安排村人把已经断气的姜富贵抬到了他的家中。海棠秋坐在姜富贵的尸体旁又一阵号啕，只是，这阵号啕，没有先前在地头时响了。

地头，柳一手用刀熟稔地剥着牛皮。很快，牛就被柳一手手中的刀分割成皮是皮肉是肉了。

前来吊唁的亲戚朋友，还有左邻右舍，都吃着柳一手割下的牛肉和内脏。餐桌上的牛肉、牛汤热气腾腾。

姜富贵的儿子说，众亲友和乡亲，敞开吃那些牛肉。不吃，我爹走得不安心！

餐桌上，海棠秋没吃一口牛肉。看着那些牛肉她就恶心。赵德瓜也没有吃一口牛肉，看着那些牛肉他就想吐。

安葬完姜富贵，海棠秋当着姜富贵儿子的面说，你爹就是不听劝，让他喂养着牛，偏不听。

安葬完姜富贵，赵德瓜当着姜富贵儿子的面说，你爹要是喂养着牛，不想着在腊月杀牛就好了。

姜富贵的儿子说，我也是这么劝他的，他就是不听。说完，大哭起来，泪水打湿了腊月。

担　当

麦浪闻莺

匈奴征东大将军石勒驻扎的营盘，自是布局严谨，攻防兼具。

百里连营呈品字形盘踞在汉江边上，周遭还被三道深沟壁垒环护着。高耸入云的瞭望台下，弓弩手、马刀队、步战车依次严阵肃立。但有传令兵驰过，立时鼓角铮鸣，喊叫厮杀震天，尘土飞扬蔽日，直叫人看得两腿发软心惊胆寒。

石勒跃马扬鞭。夷甫先生，观我大军的此番操演，可有见教？

被生擒的西晋太尉兼尚书令王衍，此时面如死灰，如丧考妣，早已没了往日气定神闲的神态。

王衍出身琅琊名门，字夷甫，少时外表俊秀，风姿文雅，笃好老庄学说，为玄学清谈领袖，时人无不推崇效仿。他抬手擦了下额头的冷汗说：大将军自是英雄盖世！此次长途奔袭，用兵神诡，在下已经领教了。反观我大晋军队，武备松弛，又乏操训，犹如散沙，焉能抗拒大将军？

石勒听了，在马背上狂笑不已。

双手被缚的襄阳王司马范瞪大双眼吼道：王大人，你这是什么话？今败则败矣，你何必摇尾乞怜，在这儿糟践我殉乱的二十万大晋将士呢？难道，你是怕砍头吗？我呸！

王衍一时羞辱难当，强辩道：难道我说的不是实情吗？

石勒哈哈大笑，抢起鞭子猛抽。好你个司马范，好你个襄阳王，难道就你不怕死？那好，我就成全你！还有你任城王司马济、吏部尚书刘望、豫州刺史刘乔……

少顷，十多颗鲜血淋淋的人头，便被如狼似虎的匈奴兵挂在了旗杆上。

说起来，这是永嘉五年（公元 311 年）四月间的事了——

司马炎一统天下后不久，由于大臣专权，皇权衰弱，遂引发了分封在各地的司马氏诸王的连年混战，史称"八王之乱"。这些诸侯王起兵的终极目标只有一个，那就是登大位、临天下。北方的游牧部落趁势而起，率军南下大肆抢掠，其中羯族人石勒率领的大军于正月间就兵指襄阳，意图先占江汉，再取洛阳。见胡人来势汹汹，西晋东海王司马越尽点洛阳之兵去堵截。三月，司马越病故，众人皆推王衍为帅，继续御敌。王衍认为这些年兵疲民困，且忧惧失败，就反复推托，拒不敢当。众人不允，王衍无计，就错误地决定先奉司马越灵柩回东海安葬，再谋拒敌之策。没想到，途中竟被石勒大军截杀，二十万人几无幸存。

先生受惊了！石勒跳下马来，上前亲密地挽住王衍的臂膀。先生乃当今名士，我还有很多问题想请教您！

中军大帐自是另外一番风景。胡姬舞姿妙曼，美酒佳肴留香。王衍一时心里迷糊，真不知身在何处。

石勒嘴嚼羊腿，手持酒杯。我原本是上党郡的一个武夫粗人，素来仰慕先生的才学，敬佩先生视钱财如阿堵物的品行。但令我疑惑的是，夷甫先生历任黄门侍郎、中领军、尚书令、尚书仆射、司徒等要职，想必政务军情缠身，您哪有那闲暇时间，去整宿清谈争辩《老》《庄》之事呢？

王衍轻咳了两声。我对抽象玄虚的东西产生兴趣，也是被逼无奈啊！魏晋易代之际，司马氏控制了曹魏政权，除了继续进行对外战争，还在朝内大力铲除异己，造成了空前的恐怖气氛。险恶的生存环境，加上沉痛的心灵创伤，让人对现实生活感到厌倦，甚至悲观，所以我兴趣发生转移，把视线投注于自然界。

石勒点了点头，又摇了摇头。

那晚，两人相谈甚欢。

推杯换盏间，不知怎么又聊到了西晋的旧事上。

王衍便起身，一揖到地说，回禀大将军，说实在的，我年轻时就不喜欢参与政事，只是随牒推移，才至此位。然大晋兴亡，自有天数，我个人是无能为力的。今将军天生神武，手握重兵，又兼领并州刺史和汲郡公，更要挟雷霆万钧之势直取长安，平定四海，早登帝位，以救万民于水火呀！

石勒沉吟半晌。既如此，那夷甫先生可否归附于我，助我一臂之力？

王衍内心翻腾。别看现在石勒张牙舞爪的，试看天下争雄，究竟鹿死谁手，还犹未可知呢！他便躬身施礼说，夷甫本是个信口雌黄之人，被世人推举谬赞，浪得虚名而已。现如今，我年事已高，只想过闲云野鹤的日子……

石勒再也按捺不住，嗖地拔剑而起：好一个狡兔三窟之徒！你少壮就登朝，身负重任，直至白发苍苍，怎么能说是从不参与朝政呢？你是食君禄而不尽王事，居要职而不恤苍生啊！现在，你却反过来游说我谋逆篡位，好保全你的性命。误国祸害天下者，正是你这等罪人！难道，你想试一下我的利剑吗？

谋士孙苌急忙劝阻道：大将军，杀了这样的人，岂不污了您的剑？

是夜，王衍被人推倒墙壁，压死在下面，时年 56 岁。

据史传续记：

衍将死，顾而言曰：呜呼！吾曹虽不如古人，向若不祖尚浮虚，勠力以匡天下，犹可不至今日。

蒲公英

王小东

三角广场的航天发射厅里充满了离愁别绪。

航天发射厅位于三角广场的西南角，发射厅的正中间摆放着一排淡蓝色胶囊状飞行器。明天中午，人们将在这里同人类的英雄们告别，这些英雄将走进为他们量身定制的飞行器，开始漫长的宇宙航程。凝结着人类最新科技的飞行器，将护佑英雄们穿越强粒子辐射带，与极端环境抗争，最后在宜居的备用星球上降落，为正在面临生存危机的人类寻找新的栖息地。

发射厅指挥部的工作人员再一次检查了我体内的植入装置，这些装置将确保我的位置信息时时处于被掌控之中，随后便示意我离开。

我穿过熙熙攘攘的人流，快步走出三角广场。广场前的主干道整齐地铺着花岗岩，道路两侧爬满了不知名的低矮植物，一簇簇，一丛丛，单调地向远处延伸。妈妈向我抱怨，说如今这些植物都生长得蛮横无比，毫无情趣可言。而远古的植物既温柔又可爱，听说有种植物在大地上独自生长，到了适当的时节便开出细碎的黄花，结出降落伞般的果实。

大数据中心办公楼耸立在林立的建筑中，在生存危机下还能心无旁骛工作的人，恐怕都在这里了。接待人员的服务热情又周到，确认过我的预约信息后，便微笑着把我带到私人定制空间。

空间里的工作人员做了一些必要的准备工作，然后熟练地在我身上插满仪器的连接线，我看上去像一只变异的章鱼。对于大数据中心而言，在庞大的数据库中筛选出适合的约会对象并非难事。

略微遗憾的是，我只有短短的一天时间，工作人员特意为我量身定制了加速体验模式。一切准备就绪，我静静地看了一眼面前的红色开关，我知道，现实和虚拟之间只隔着那个红色的按键。

不需要长时间适应，置身于虚拟情境之中，我感觉周遭如此真切，铺满白色沙砾的海滩在日光下闪烁着点点银光，赤脚踩在上面，身后留下一串深深浅浅的脚印。面前是深蓝色的海面，海浪推搡着往前赶，再远处是群山，起伏的山势让人误以为那是固化的海浪。海风掠过，淡淡的咸湿气味儿沁人心脾。

海边的长凳上，男人只露出侧脸，乌黑蓬松的鬓发盖过耳郭，白皙的脸棱角分明。定制服务时我提出了额外要求，不能暴露彼此的真实长相，我总觉得外形是恋爱的杀手。

我瞄了一眼计时装置，知道十分钟后将会发生什么，对于不谙情事的我来说，一切都是崭新的。可不知为什么，我心里莫名地恐慌起来，这恐慌就像已经点燃的火苗，压住了这头，那头又蹿了起来。

大数据中心的服务很贴心，我虽然选择了加速模式，但是该有的体验却没有短斤少两。我和这个陌生的男人经历了一对恋人该有的所有过程，比如，上一刻是温存，下一刻是争吵，争吵过后是浪漫，浪漫之后又是温存，周而复始，转着圈儿又回到原地。男人的侧脸很迷人，白皙得像干净的纸，让人有想在上头留点儿什么的冲动。我有些后悔，当初应该选择看看对方的真实长相，那一定是一张完美无瑕的脸吧。

嘀嗒嘀嗒，计时装置响起了恼人的提示音，这声音让人的心沉沉地往下坠，我还在回味着刚才同他一起牵手走过橡树街的情景。

"我们再去一次橡树街吧。"男人一开口，我便流露出被他人洞穿心底秘密的窘迫，慌乱地点点头，而后又迟疑地摇摇头。既然分别在所难免，重走一次又有什么意义呢。

我抬起纤细的手臂，文在手臂上的那株植物青翠欲滴，黄色的花朵和青翠的叶子相得益彰。我告诉男人，这是一株注定只能孤独生长的植物。男人似懂非懂地看着我，他用修长的手抚摸我手臂上的文身，就如同文在我手臂上的植物长在了他的心里。

倒计时的提示音再次响起，一切该结束了。我们沉默着，谁都不忍心先按动那个红色按钮。离别在所难免，我走出定制空间时怅然若失。工作人员兴奋地告诉我："你们的亲和度接近满分，这太不寻常了。对方提出了线下见面的申请，你们可以在现实中约会了。"大数据中心的虚拟恋爱服务，最终目的是筛选出适合的男女，并帮他们成就婚姻，也许我和他真的是天作之合。

我抱歉地对工作人员摇摇头，走开了。

第二天，我按照保密约定，头戴面具登上了形如胶囊的淡蓝色飞行器，三角广场上，前来送别的人们脸上流露出不舍的表情。我知道，这里并没有我的亲人，我对妈妈说我要出差，时间会长一些。妈妈不知道我将踏上未知的危险之旅。大厅的电子显示屏上，我挥手同人们作别，文在白皙手臂上的那株远古植物清晰可见。

大厅的角落里，一个男人正默默地注视着电子屏幕，他目不转睛地看着一位英雄手臂上的刺青，黄色的花朵和青翠的叶子无比真实地映入眼帘。

多年后，男人偶然在古本资料中看到了那株传说中的植物，书中记载这种植物叫蒲公英，成片生长在远古的沃野中。

他多想亲口告诉那女孩，蒲公英从来不是独自生长的。

双黄蛋

李士民

大黄鸡临走前，下了一枚硕大的双黄蛋。

双黄蛋被我娘小心地放在灶台上，鲜亮，生动，温热，像贵客临门。

大黄鸡要去的地方并不远，柳湾村，我大姨的村庄。前一段，我大姨病了，做了手术，身子弱。平时，我大姨对我娘好，我娘要我大姨的绣花鞋，我大姨立刻从脚上脱下，眼都不眨；我娘要我大姨家的山羊，我大姨马上把羊绳从树上解开，递给我娘，脸都不红。大姨说，我娘就是要她的头，她都会割下来。

这会儿，大姨病了，我娘也不能无动于衷。其实，我家也拿不出贵重的财物帮助大姨，所以，我娘准备把大黄鸡送过去，给大姨炖鸡汤。

没想到，忠诚的大黄鸡，最后分别的时刻，奋不顾身地下了一个双黄蛋。

第二天一大早，我还在被窝里梦游，就被我娘拽醒了。娘把煮好的双黄蛋放在枕头边，告诉我，这个双黄蛋，你和弟弟分了吃，一人一个蛋黄。我兴奋得像得到了一个恐龙蛋，一下子从床上跳了下来，一连点了六个头。

于是，我把弟弟拽起来，商量怎么吃双黄蛋的事。我弟弟，平日看起来像个傻蛋，只要争论起吃的事，就像个滑溜的驴屎蛋。他提出让我吃鸡蛋白，鸡蛋黄留给他。我说不行，咱比赛，谁赢了谁吃完，谁输了谁不吃。弟弟攥紧拳头，比就比，剪刀锤子布。

剪刀锤子布，三局两胜，弟弟变成了缩头乌龟，他立马哇哇大哭起来，滑到地上打滚儿蹬腿耍赖皮。我说上场比赛取消，咱们再比一次，这次是长跑比赛，谁先跑到沱河堤谁就是赢家，谁是赢家双黄蛋就是谁的。

我手里捧着双黄蛋，嘴里喊着三二一开始！我和弟弟撒腿向沱河方向跑去。当然，这次耍赖皮的是我，很明显，长跑比赛弟弟哪能是我的对手，几分钟后，弟弟就被我甩在了后面，再过几分钟，弟弟的影子就被庄稼淹没了。

我一口气跑到沱河岸上，手里高高举起胜利的果实——双黄蛋，沱河水，哗啦啦地流，我的心，哗啦啦地被打开了。

是的，双黄蛋我不舍得吃，我是准备送给崔影的。

崔影是柳琴戏剧团的演员，这几天来村里演出。崔影的腰身像风摆杨柳，样子像贵妃醉酒。崔影一出场，闹人的小孩儿会停下哭闹，崔影一出腔，台下的咳嗽声会消失。

其实，上一年，崔影来村里唱柳琴戏，我就准备了一个鸡蛋，没想到，贪吃的弟弟偷梁换柱，给我搞了一个鸡蛋壳。那时，我心里有气，发不了脾气，心里有苦说不出来。

这一回，哪里还能再错过呢。

我知道，一大早，崔影就会来沱河边练嗓子。

果然，崔影就在河边，她正迈着碎步，扭捏着身子，唱着柳琴戏《马古驴换亲》：

> 见买主不由我泪珠直滴，
> 霎时我怀抱冰凉到心底。
> 夫年老妻年少怎能到头，
> 等待我薄命人尽是委屈……

只是，在崔影身边，那扮演马古驴的男演员也在练嗓子，那个演员长了一张驴脸，发出的声音也像驴叫：

孩他娘有病下世早，

撇下两个儿子一个闺女，

大儿子今年四十九，

二儿子今年四十七，

就数闺女岁数小，

打春后她才四十一……

我躲在一棵树后面偷偷观望，紧握拳头，恨得牙齿发酸，脚底发痒。

还好，我发现不远处的树杈上，崔影的布兜就挂在上面，我轻手轻脚走过去，把双黄蛋塞进了布兜里。

一百个没想到，那个驴脸演员要去玉米地里拉肚子，关键是，去玉米地半道上，还拐了个弯，绕到了那棵树边，伸手从布兜里掏走了双黄蛋，而且，那张驴脸得意忘形，龇牙咧嘴，像一头挨鞭子的驴。

正好，我弟弟赶了过来。我对弟弟说，看到了吗，那个驴脸演员，偷了咱们的双黄蛋，躲进了玉米地。弟弟一听，满脸深仇大恨，从裤兜里取出弹弓，掏出一把楝豆，兔子一样钻进了玉米地。

不大一会儿，只听哎呀一声，驴脸演员提溜着裤子从玉米地里跳了出来，一定是我弟弟的楝豆射中了驴脸或是驴屁股。我弟弟在前面跑，驴脸演员嗷嗷直叫在后面追。

趁着这个机会，我跑进玉米地里，找到了那枚丢在地上的双黄蛋，转身跑回了河堤。就这样，我再一次把双黄蛋放进了崔影的布兜里。

我弟弟跑呀跑，驴脸演员追呀追，眼看就要撵上了，我弟弟像一只猴子，噌一下爬到了一棵大树上。我弟弟在树上做着鬼脸，驴脸演员在树下奓拉着驴脸，驴脸演员说，我就在树下等你，看你能上天不。

我弟弟没上天，驴脸演员却蹬起蹄子，向村里跑去，因为村里的舞台上，响起了锣鼓家伙，驴脸演员，要登台呢。

第三天一大早，我还在被窝里梦游，就被我娘拽醒了。娘把双黄蛋放在枕头边，告诉我，这个双黄蛋，你和弟弟分了吃，一人一个蛋黄。

我娘还告诉我，昨天晚上，娘送给崔影一个小手帕，崔影送给娘一个双黄蛋。其实，我娘也是个戏迷，我娘也是崔影的粉丝。

我和弟弟吃着双黄蛋，我弟弟的脸变红了，我的脸变绿了。

送你一束康乃馨

于　博

　　再有一个月就退休了，想法一出，邱杨突然觉得心里一下子空落落的，仿佛内心的一切都被什么东西掏空了似的，掏得一干二净。空落落之后，邱杨就想痛痛快快地大哭一场。其实邱杨不止一次盼望早一点儿退休，甚至有一次竟抱怨自己怎么不得一场大病。但这一天真的要来了，她反倒无所适从了，那难以名状的情绪恰似一条绳索，紧紧地缠绕在她的身上，而且越缠越紧，令她窒息。这般感觉，还有一个原因，就是邱杨的母亲这个月过生日，而过生日这天自己恰恰走班。

　　邱杨是一名列车长，自从入路开始，从乘务员到播音员再到业务员，直到列车长，她在铁道线上跑了29年。那时候她高挑的个子，长长的头发，一双大眼睛黑多白少，上班第一天，就惹得同乘组的小伙子和姑娘们都多看她两眼。退乘后，她果断地把长发剪掉。她说，齐耳短发，显得干净利索，也更精神。这么些年，工作给她带来了无穷无尽的快乐和满足，但也有不少忧愁和遗憾，最主要的是与家人聚少离多。丈夫和孩子自不必说，邱杨觉得最对不起的应该是妈妈。按她的话讲，丈夫和孩子她有机会补偿，退休了有一大把时间，但是母亲就不一样了，一是她老人家年纪大了，二是父亲刚到四十岁就因病去世了，母亲一个人拉扯她，真是太不容易了。当女儿的自然要回报，何况人家还说闺女是妈的小棉袄呢。邱杨一想到这些，鼻子就发酸，嗓子就发咸，眼睛里就好像进了异物一般。哎，妈，这辈子，就亏欠您了。

就说过生日这件事情，她就觉得愧对母亲。

有一年，母亲过生日，邱杨走班，说好的丈夫给妈妈祝寿，饭店都订好了，可是早晨，正在岗位上的邱杨就接到了丈夫的电话，那端沉吟几秒钟，说出了对不起三个字。怎么了大刚？邱杨料到丈夫一定是接到了紧急任务，晚上不能为妈妈祝寿了，但她还是希望丈夫的道歉另有原因，比如孩子考试没及格，或者他忘了关水龙头，不仅把自己家淹了，还把楼下新装修的婚房也泡了，要赔偿人家一大笔钱。结果还是不出她所料，大刚接到出警任务，去千里之外一个城市抓捕一名犯罪嫌疑人。谁让我是警察呢，要是换个工作我就请假。丈夫长叹一声。邱杨刚要问去哪里，但立刻把话咽了回去，说了句注意安全，便挂断了电话。

那天晚上，邱杨在车厢的连接处给妈妈打了个电话。妈，生日快乐。妈，对不起，您得原谅我们不孝。电话那头妈妈爽朗地说道，傻孩子，你们这是有出息，要都在家陪我，这个生日我反倒过得憋屈了。有事干，好啊。都好好干，都出息了，妈比谁都高兴。邱杨控制着自己，身体随着车厢的晃动而颤抖几下。泪水无声地流下，但邱杨还是笑出了声。

参加工作这些年，邱杨和妈妈一起过生日的次数，她用手指头就能数得过来。最初通信手段不发达，她只能在心里默默祝福，后来有了传呼，发一条祝福信息，再后来有了手机，多少让自己的愧疚减轻了一些。如果恰好赶上休假，那是邱杨最高兴的，没有什么事情能和亲自给妈妈祝寿相比。她恨不得把天下所有的美食都摆在桌子上，看着妈妈幸福的样子。最开心的是，有一次妈妈过生日，正好赶上她忙完乘务退乘，邱杨在北京为妈妈买了一只全聚德烤鸭。不过这样的美事，邱杨这辈子就遇到过两次。

比如现在，本文开头提到的，再有一个月就退休了，但邱杨走班，妈妈的生日又不能参加了。有朋友说，你可以请假呀，一辈子勤勤恳恳、兢兢业业的，请一次假，领导会批准的，同事们也会理解的。邱杨摆摆手，正因为一辈子都没有因私事而耽误工作，那就保持光荣，以完美的姿态把这一百米冲刺跑完，不留遗憾。但怎么样给妈妈过一个有意义的生日，让邱杨费了一番脑筋。吃什么已经不重要了，穿的也什么都不缺。想了半天，邱杨抿嘴笑了。

邱杨决定在网上订购一束康乃馨送给妈妈。她知道康乃馨寓意母亲不求回报的爱，也具有浓郁的亲情的意思。妈妈过生日，送一束红色的康乃馨，祝愿母亲健康长寿，多浪漫啊。

到点了，邱杨交代好工作，兴冲冲地回到家。一进屋，见妈妈穿戴整齐，好像要出门的架势。邱杨说完妈生日快乐，便忙问，您这是要干啥去呀？我送您那束康乃馨呢？您和我学学，收到花的那一瞬间啥感觉？

妈妈笑了，啥感觉，就感觉你有点儿浪费。那么一大把真花，不少钱吧？邱杨摇着妈妈的手说，妈，明年就好了，我可以年年陪您老过生日了。哎对了，我看看那花，还新鲜着吧？妈妈平淡地说，我送人了，花一到手，我就直接送人了。邱杨一愣，为什么呀？妈妈拽着邱杨就往外走，边走边说，你没看我穿好衣服了嘛，就等你回来，走，去医院吧，大刚在医院呢。不过没啥事，大刚出任务的时候受了点儿伤，怕你着急，没给你说。我把花送给他了。

邱杨和母亲刚打开门，一束鲜红的康乃馨就迎面扑来。送你一束康乃馨。大刚在花的后面探出头，笑嘻嘻地说道。

第八级台阶

练建安

灰衣客喝了三大碗"酿对烧"，就趴在八仙桌上睡着了，鼾声大作。

一位白衣女子，皱皱眉头，继续拨拉铁算盘，清点流水账。单调的珠子撞击声和起伏的鼾声，互为应和。

夜深，秋风凉，残月如钩。客栈油灯昏黄，泛化出层层光晕。不时有三两只飞蛾，飞穿竹帘，扑向灯罩，噗噗有声。

客栈大厅，摆放十张八仙桌。此桌以闽西大山上等杉木制作而成。店主爱干净，每晚客散，必以茶渣饼、稻秆浸水擦洗，以致桌面发白，可见清晰的木纹。

放下水桶，老伙计摇醒了灰衣客。

"哎哟哟，俺这是在哪儿呀？"灰衣客揉揉双眼，茫然打量着四周。

"三大碗？俺家的酿对烧，谁也扛不住。"

"哦，俺这是在客栈。好酒！"

"枫林湾，云商客栈。"

"天光墟日？"

"逢四九。天光是九月初四。"

"俺该早起收货了。"

一块银子抛出，灰衣客摇摇晃晃，摸向客房。

老伙计嘀咕："来了三天啦，正事不做，就懂得喝酒。"

女子道："老黑叔，闲嘴咬鸡笼呀。"

老伙计嘻嘻一笑。

白衣女子停止了拨动，算盘往上一举一收，平放柜台，合上了账本。她是店主，善酿酒，精烹饪，经营有方，广交朋友，江湖人称"赛凤仙"。

一夜无话。

醒来，已是日上三竿。客栈外，早已是人声鼎沸，熙熙攘攘了。

透过二楼窗棂，可以看到汀江怀抱，臂弯，形成街道。一条跨江而过的木桥，似长虹卧波，上有瓦顶，风雨不侵。此为廊桥，又称屋桥、风雨桥，多见于浙闽赣粤南方诸省区。廊桥内，过道两侧又有靠椅，脚边，摆摊设点，为土特产交易场所。

灰衣客来回溜达，不到一个时辰，就采购回九担香菇。老黑见灰衣客出手阔绰，不免多瞧了几眼。

时近正午，灰衣客又带着一担香菇返回客栈。途经廊桥东端石阶，灰衣客的左脚一歪，摔倒在地。

菇农放下担子，扶起了顾主。

灰衣客龇牙咧嘴的，看看脚下。一块长方形青石板，鲁班尺长二尺八寸，宽一尺六寸，厚六寸，中间偏左有一道不规则凹槽。

灰衣客狠狠踩脚，大骂。

众人笑。其中有一人说，摔倒几多人哪，有本事你就换掉它。

灰衣客大喊一声好，说，不换石板，誓不为人！接着，又连踩三脚。

当日下午，灰衣客就备好了礼盒，来到了枫林湾里正大乡绅的深宅大院。

大乡绅瞟了一眼礼盒，满脸严肃地说："来人就系来龙，带嘛介东西嘛。"

"不成敬意，万望笑纳。"

让座，请茶。

"讲呀，远方朋友。要俺做嘛介？"

"里长先生，是这样的，廊桥东侧第八级石板，有个凹槽，上午，俺在那里跌了一跤，就当众夸口，发誓要拆换了它。"

"这个嘛，得大伙合计合计。住哪？"

"云商客栈。"

"哦，赛凤仙。"

"是。"

"尊姓大名呀？"

灰衣客手摸耳垂："小姓浮，贱名文贵。"

汀江流域行船，陈姓客人有此习俗。

大乡绅笑了："院子简陋，却也不好行船。陈先生不必客气。"

灰衣客说："常走江上，习惯了。"

"仙乡何处啊？"

"潮州凤凰山。"

"哦，好地方。做嘛介生意哪？"

"收点香菇笋干。小本买卖。"

"盐上米下。常来常往的。回去吧，等消息。"

"好嘞。"

灰衣客等了三天，里正那边一点儿消息也没有。这天晚上，他要来了一壶酒，一碟油炸花生米，捡靠窗位置坐下，边自斟自酌，边望着廊桥上朦朦胧胧的红灯笼发呆。

一团白云飘了过来。

赛凤仙把一碟五香豆腐干放在桌上。

"本店小菜，尝尝看。"

灰衣客说："夸下海口，做不到。无脸见人哪！"

赛凤仙一笑："心诚则灵。"

灰衣客掏出钱袋，高举头顶："三两黄豆子，够不够？"

"够了。"赛凤仙顺手接过钱袋，筛酒，一饮而尽。

好消息很快就等到了。次日晨，灰衣客在邱记店铺喝牛肉兜汤，老黑过来说可以换石板了，同时，还告知了他冯石匠的详细住址。

出枫林湾铺半路，灰衣客找到了冯石匠。

农家小院内，冯石匠正埋头打制一具石磨，叮叮当当声，不绝于耳。

放下锤凿，冯石匠抓起竹筒喝水。

灰衣客说："俺来找冯大师傅。"

冯石匠问："摔了一跤，就要换石板？"

"要换。"

"干吗？"

"当众夸口，要算数。"

"很贵的。"

"不怕贵。"

"十两银子。"

"给您。这是二十两。"

"哈哈哈，银子，不能收。俺帮你。"

"大师傅，您，您这是？"

"早年，俺有一个师兄，一碗饭分两人吃，俺忘不了。他姓陈。"

"您是禄生叔吗？"

"当年工期紧，少一块好石料。三十多年啦，这件事成了俺一门师徒的心病。"

"禄生叔。"

"石匠，自家不方便去换。"

"俺爹说……"

"莫多讲。叔晓得你，快走，莫停，千祈莫回头。"

"禄生叔。"

"快走。"

"不换好石板，俺不走。"

冯石匠带灰衣客来到草寮，掀开稻草，一块形制合适的青石板横卧泥地，布满灰土。

冯石匠唤来两个青壮徒弟，套上马车。

石板运到了廊桥东侧，四人手脚迅捷，片刻，廊桥东侧第八级台阶，严丝合缝，修旧如旧。

旧石板咋办？

带回去吧。灰衣客立定，弯腰，发力起身，稳稳当当，将旧石板托在双臂上。

"二寨主，别来无恙啊？"

灰衣客一怔，不知所措。

"三日为期，麻寨主约定远走高飞。你留在这里干什么？"

邱捕头笑眯眯的。背后是一群汀州府精干捕快，分散围拢过来。

远翔的白鸽

谢松良

那群关了很久的鸽子，从笼子里钻出来后特别欢快，它们徜徉在绿油油的草坪上。吴老汉点上一支烟抽上两口，轻轻打声口哨，鸽群就迅速集中到他周围，他从口袋里抓出一把玉米粒均匀地撒过去……看着鸽子在地上抢食，他感到一阵满足。

十九岁的我跟吴老汉他们是工友，工程烂尾后，我就跟他们一样，以工地为根据地，在小镇周边打打零工，或者在河边码头卖苦力，那装满沙石、煤炭、红砖的木船等着我们一伙人去把这些挑上岸来。

撒完口袋里的玉米粒，吴老汉回头看了看我。

我一惊，赶紧将忍不住拿出来把玩的一柄短刀藏进衣袖。

吴老汉走近我，严厉地说："快把刀丢了，就算拿不到工钱，我们也不可胡来。"

反正吴老汉已知晓我藏在心里的秘密了，我便不再隐瞒，气不打一处来地回道："可我不甘心，总有一天，我要让他付出血的代价。"

"小子，也许老板真有难处。我们就在这里等，跑得了和尚跑不了庙。如果你走极端，一旦犯事就不划算了。"吴老汉开导我。

我抹了一把眼泪说自己急需钱，回去复读参加高考，不能在这种地方待一辈子。吴老汉摇着头，轻轻地叹了口气，吹出了一声短促的口哨，鸽群听到命令后张开翅膀在草地上跑动几步呼啦啦飞上天空。

望着那群白鸽，我的心像被针扎了一下，回过神来后慌忙把短刀丢进远处的荒草丛。

"这就对了嘛！"吴老汉说完，转身提起空鸽笼丢给我，哼着小曲慢悠悠地往家里走。

我和吴老汉，以及原先给工人做饭的肥姨关系较好，我们住在东面一幢烂尾楼的三层。肥姨在靠近码头的大排档做洗碗工，她有时会将客人吃剩下的饭菜打包回来给我们改善伙食。

肥姨房间没有透出蜡烛的光亮，吴老汉习惯性地喊："四川婆，睡了吗？"

无人应声。

"这么晚了，四川婆去哪儿了，你知道吗？"吴老汉问我。

我没好气地回他："这会儿知道关心人家了，肥姨几次提出搬过来跟你一块儿搭伙过日子，你总拒绝人家，我都看见肥姨为此事伤心地哭过几回了。"

"早点儿睡吧！"吴老汉岔开话题。望着他的背影，我心想：你吴老汉和肥姨都是苦命的人，俩人一起生活不更好吗？

吴老汉摸进房门，点燃蜡烛，早飞回来的几只鸽子围过来，它们刚才没吃饱，伸直脑袋，拿眼睛盯住吴老汉要吃的。从两个月前开始，吴老汉给鸽子投喂的玉米粒渐渐少了，它们常处于半饥饿状态。每到这时候，吴老汉便轻叹一声，打开装玉米粒的木桶，鸽子的目光就转向那只木桶，怕它们失望，他迟迟不敢把手亮出来。

半夜三更的，鸽群在咕咕地叫着，又把我从睡梦中吵醒了。我听见隔壁的肥姨和一个陌生男人在说话："这个吴老头儿，自己都养不活了还养鸽子，让鸽子跟着遭罪，缺不缺德。"

"肥婆，你跟我走吧，离开这个穷地方。"

"可我舍不得这儿。"

"是舍不得吴老头儿吧？"

"懒得理你，你带来的玉米粒呢？"

接着，传来开门的声音和鸽群欢快吃食的声音。夜又恢复了寂静。

第二天，我们在河边的沙船上等吴老汉来装筐，可他却在做着另一件事。他把鸽群带到草坪上，和它们说了很多话，语重心长千叮万嘱，劝它们自谋生路。最后，他亲吻了每一只鸽子，吹出一声悲凄悠长的哨声，鸽群应声飞上天空，远去了。

傍晚，我收工吃完饭回来，在空空的鸽房里找到了吴老汉。他蹲在地上，对着屋里的鸽笼喃喃自语。我把打包的盒饭丢给他，他全倒在地上，说是留给鸽子，可哪还有鸽子的身影儿。

鸽子走了，烂尾楼一下子就显得格外空荡，随那股熟悉的鸽粪和禽鸟身上特有的腥味儿慢慢淡去的还有肥姨，她嫁给了小镇的一名退休医生。半年后，老板出乎意料地开着大奔回到了工地，他带着歉意给我们补发了拖欠已久的工资，并宣布找到了资金，工程要继续下去。一群工人在清除工地杂草的时候，发现了一柄锈迹斑斑的短刀，并被当成"宝贝"献给老板。

吴老汉和我相视一笑，我心里暗暗庆幸。

这时，一群鸽子由远及近飞过来，落在我们周围，围住吴老汉咕咕叫着，吴老汉边哭边赶它们……

不久，吴老汉悄悄递给我一张火车票，含着泪说："小子，你也走吧，你还年轻，应该像鸽子一样，飞向更高更远的天空。"

2023 年选系列封面绘图画家介绍

黄少鹏 中国油画学会学术委员会委员、广西美术家协会油画艺委会主任、漓江画派促进会副会长、国家一级美术师、硕士生导师。

《唐模古镇》 黄少鹏 80cm×100cm 2023 年

黄少鹏画作短评

　　如果说印象派的条件色体系关注的是物象的光色变化，少鹏在意的则是色彩的文化属性。这种属性是古迹在岁月浸润过程中残留下来的永恒色泽。少鹏崇尚魏碑的雄强古拙，这铸就了其艺术强悍的风貌，具有表现主义的性质，又因为书法运笔入画而兼有写意的蕴含。油画讲究画面的结构性和层次感，中国画则以骨法用笔见长。他汲取两者所长，兼具表现主义的强烈情感表达和中国传统写意画的文人内蕴，呈现出一种既粗犷又含蓄温润的个人风格。

——汪鹏飞（油画家）